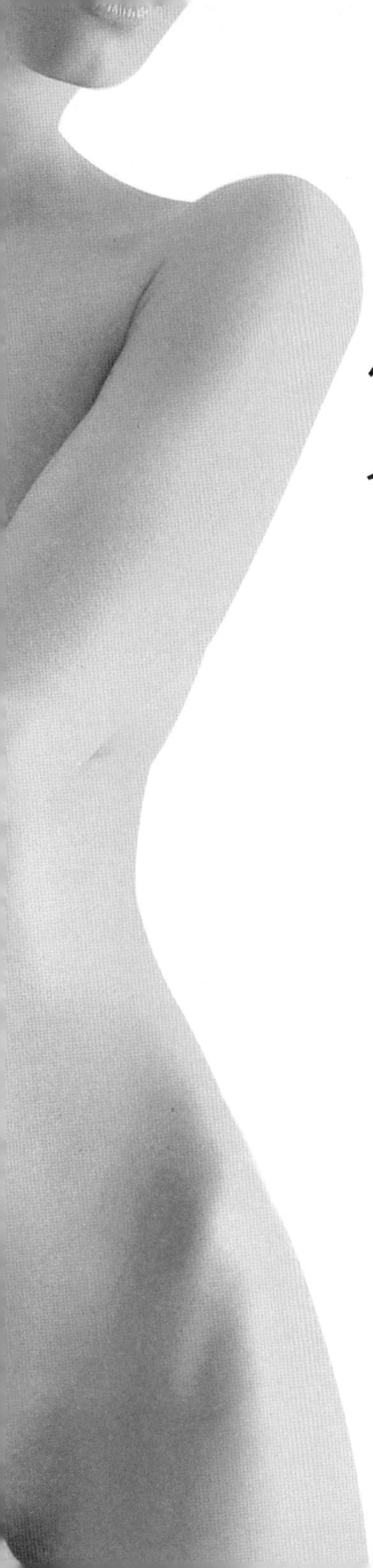

第五號房

謝曉昀 著

臺灣商務印書館

第五號房

見過第五號房的眾人，始終不願意面對面，談論自己在影片中所看見的一切。

他們像是集體聾啞似地閉緊嘴巴，眼神渙散，瞳孔更是如幽靜的湖面一樣，恆久悠長地凝結於此；但是只要仔細望進更深邃的底部，就會發覺裡頭充滿了一種無法言喻的污濁晦澀。

我們怎麼能用語言描述呢？他們心裡想。

這些日子裡，只要匿名登入〈第五號房〉的站台，便可輕易投身進入地獄（或可說是天堂？）去交換與親眼目睹。儘管裡頭沒有殘虐血腥的畫面，也沒有任何使背脊發涼的迫害。

這就是〈第五號房〉最迷人的地方。

所有緩慢流動過去的折磨細節，皆如一部精采的電影，而駭人聽聞的各種傷害，也操作得像魔鬼的詩篇般，充滿著無可比擬的張力。

關於這些、那些，僅只是因為我們不需要用真實身分，背對陽光地使用隨手抓來的名字，就可以躲在暗處恣意窺視裡頭的一切。

沒有什麼比這個要更媚惑人心了。

在每個黯黑幽遠的漫漫長夜，光想到只要伸出手指輕輕按下鍵盤，扭曲變態的他人地獄就在眼前展開；他們不明白這樣輕鬆的動作，為什麼需要費力去抵抗，為什麼不順從自己原始的慾望？

當然，還有一點原因。

他們集體在過長的時間裡，除了一致的沉默之外，其他人發覺他們也會同時閉上雙眼——在漆黑、空茫的腦子裡，並沒有因此熄滅轉動。

他們心裡想：那些沒有見過五號房的人，只是在抗拒這個世界中的絕美，與人性最原始的面貌，而我們早就臆測到其中的全貌景觀，只不過……（他們想到這裡，緊閉的雙唇總會無法克制地露出微笑）。

……

只不過我們真的好想用眼睛去確認呵。

第1章

我在傍晚天色還未全暗時走出家門；就像平時大多數人覺得胸口悶，或心情不好時都會做的事一樣，打開家門，踏出去呼吸點新鮮空氣。

一開始先讓視覺適應眼前黯淡的光線，接著為了避免被前後方來車撞上，於是讓身子順從街道兩旁排列整齊的路燈，緩慢地依序挨著往前步行。在最後一盞路燈下停下腳步，摸出口袋裡的香菸，點起一根。

就在嘴裡吐出第一口煙時，我突然覺得眼前的景物有些奇怪。忽閃忽滅的亮度好像有人正在上頭惡作劇地點燈、熄燈，又好像是有人張開手指，把手掌放在我的眼前來回搖晃。

我嘴裡叼著菸，盯著停放在巷口旁的一台藍色房車，一下子變成深藍偏黑，一下子又轉回原本的寶藍色。

我抬頭看了看上方的路燈，燈泡正喘著苟且殘敗的氣；一下子使勁亮起水銀色的輪廓線，卻馬上落敗地閃兩下熄滅，又再亮起……毫不歇息地輪替著這些順序。

我回頭往剛剛沿著的街燈望去，在這即將頹喪亮度的街燈前，幾乎沒有一個街燈是完好的。除去家門口數來的前兩支，其餘的在黑暗中都已慘敗般地隱褪亮度，成為一條條無用的廢棄長竿。

「搞什麼啊，難道就沒有人發現嗎？」我暗自罵了幾句髒話，搖搖頭無奈地大力吸了口菸。

這條巷子是這整個社區的死角。

當初規畫與設計社區內的高樓建築時，唯一有爭議的角落。等到前面統一設計的壯觀大樓蓋好，開放買家與仲介商進來此地時，全部的人繞完整個社區，才發現在左邊角落，有著這麼一間樸實到接近突兀的三角平房區塊；隔著街道緊鄰著社區卻沒有相同的豪華建築。後來才知道，這是這條巷弄的中央死角，在買賣土地的產權上有問題，平房就這麼尷尬地卡在中間，不知道該算是哪一邊的土地。

於是這裡就成了三不管地帶。

豪華的社區那絕口不承認是一體的；而另一邊整排的平房，也因為它緊鄰大樓所沾染到些許的浮華氣，更不願意管理與承認。

我把抽盡的菸彈到角落，又摸出了一根。在昏暗閃爍的燈光下回望這條街，卑微地隱藏在大樓後方的我的家，在黯淡中仍掩飾不了這位置的尷尬，好像它非常明白自己的處境，就這麼被兩邊永恆地丟棄在角落中；所以，即使在白日光線清澈時，看起來也是這麼的猥瑣無法見人。

這是我好幾年前剛結婚，才帶著中風的父親與老婆搬來的新地區。

我仍記得第一次見到這間老舊房子的想法，當時並沒有看穿這些問題，也沒有考慮太多；心裡老實的只想到那付得起的價錢，當然，還有些許貪圖前方壯觀社區的氣勢。只是我沒有想到忽略這些換來的，卻是永恆的嘲笑與輕視。

許多親友帶著禮物來拜訪我們，一進到社區內便會滿嘴地誇獎，稱讚我工作努力、做人成功還有青年才俊之類的話，等到一轉彎走進死角看見真相後，他們的臉上就會一致浮現那種要笑不笑，或強憋著什麼的表情。尤其是我的損友強尼，滿臉通紅的忍住大笑，卻又勉強用怪聲怪調讚賞的模樣，現在正從記憶裡放大擴張地浮到眼前，一陣憤怒不平的情緒油然而生，我恨恨地在嘴裡大罵了好幾句髒話。

這是我的命運：被人當成笑話，連最基本的住的地方都是。

如果要我形容自己的一生，除了這些逃脫不了被人輕視、當成笑話的命運之外，也可以形容這大半輩子，幾乎都在一種曖昧不明的狀況下活著。

我記得在高中的時候，父母親決定離婚。

那時母親長年不在家，父親沒有多跟我解釋母親的工作內容，只淡淡地提及過她在一個私人機關下的服務團體工作，每年必須出差到國外好幾趟。單親家庭的生活我們彼此都頗為習慣，後來讓父親終於下定決心要結束婚姻的關鍵點，是當母親不在時，總有些奇怪的匿名信寄來家中；父親懷疑母親的心跟她的人一樣早就不在了，就在幾次喝醉酒、發過酒瘋後痛下決心，把離婚協議書簽好寄到國外，毅然地決定乾脆了結這段關係。

我偷偷看過那些信。看過相同娟秀工整的筆跡，就會知道都是同一個人。

信裡雜亂無章地描述每天的生活，有時候花了很大的篇幅，只為了描述一間餐廳裡的招牌牛肉漢堡有多好吃；或者站在河邊，凝望天空的心情是多麼詩情畫意。都是無關緊要的內容，描敘著毫無頭緒的日子。那個人似乎想到什麼就寫什麼；看久了信的內容就會知道，他似乎非常樂衷模擬與母親面對面聊天的景象，那些極為口語化的形容詞，彷彿他的人正坐在你的對面。

但說那是匿名信也不是，信的最底總不忘寫上：**妳知道我是誰**。

現在那些信全都不在了。父親在一次酒醉後發瘋般地撕碎了所有的信，邊撕還邊大吼著：幹，老子就不知道你是誰！

根據父親的說法，母親一接到離婚協議書就打電話給父親，說要回來當面詳談，也仔細地告知自己即將搭回來的班機號碼，何時出發與抵達的時間。

當天一早，父親就開車帶著我到達機場，一起在等候室那張望。沒有想到在下午大約兩點多時，機場的廣播器便大聲宣讀飛機失事的消息。飛機沒有墜毀在海洋裡或是在天空中爆破粉碎，而是內部失火，被迫迅速降落在一個沿岸的小島上。混亂的情況下所幸傷亡不多，但離奇失蹤的人卻很多，母親就是其中一個。

父親很失落地看了好幾個月的新聞，國內早已於接獲消息的當日便派出緊急搜救隊。雖有成功搜尋到幾位失蹤者回國，卻仍有些連蹤影、屍體都沒有找著；而這份令人絕望的名單內又有母親的名字。

就這樣很無奈地，母親彷彿被置身在生與死的縫隙中，所有存在與生活的痕跡，完全被失蹤這曖昧的字眼給掩蓋掉了。在現實裡，我沒有了母親，父親沒有了妻子；而父親身分證上的配偶欄中，卻無法消去那個名字。

母親的形象在記憶裡很模糊，僅有的照片也在一次淹水中全部損壞。心裡母親的輪廓始終很黯淡，就像永遠站在那些即將熄滅的閃爍路燈下。

上大學之後，我交了一個女朋友。說是女朋友其實連我自己也不清楚究竟是不是。我們同一個科系，修的課意外都相同。每次在課堂上都看得見她的身影，很自然地在幾次客氣的點頭問候，詢問無關緊要的課表與作業之下，彼此逐漸熟悉了起來。

珍妮她不漂亮，絕對不是屬於讓人眼睛發亮的美女，但是也不醜，樣子非常普通，屬於很容易淹沒在人群中的那一型。她習慣紮著一頭淡栗色的馬尾，髮尾胡亂往不同方向捲著，好似這會讓她安心地從不把頭髮放下來。顴骨有些突出，高額，淡色近乎稀疏的眉毛，寬闊的臉蛋上挺著淡然幾乎沒有表情，但勉強可以屬於清秀的五官。喜歡穿著連身及膝的碎花洋裝，說話聲音低沉略帶沙啞，與人不太搭得起來，非常容易淹沒在四周吵雜的聲響中。

要是有朋友要我形容她，我總會支吾許久。問題就是那幾個：她會不會打扮？長相美嗎？身材好不好？我也回答不上來。穿著不突出亮麗，洋裝換來換去就這麼幾套，什麼腰身、體型皆模擬兩可；手腕與頸子上習慣掛著些亮晶晶、顏色鮮豔看起來有點廉價的飾品，所以要歸類到哪都很傷腦筋。

後來在一次去學校餐廳用餐時，我們兩人坐在一起隨口聊了些時下流行的電影，與對教授的看法，感覺似乎熟悉多了，於是，之後上課時會選擇坐在對方的旁邊或附近，放學後也會一起走回宿舍。

現在想起來，我們兩個人走路的距離也很微妙。

偶爾談到什麼讓她興奮的話題時，會把身體整個靠緊我的手臂，緊緊壓著幾乎可以感覺裡頭軟軟的肉體，但是當我此時企圖想拉起她的手，或趁機摟她的肩膀時，卻又馬上毫不留情地被推開。有時兩人距離近到連她呼出的氣，那種腥羶潮濕、又帶了點淡淡香水的撩人氣味，就在吸進時悶在胸腔裡繞啊繞的，好像在搔著癢，但又不讓我確實抓到那個癢處。

我曾經很努力想過，兩人這樣究竟算什麼？她遇見難過或傷心的事總是第一個打給我，電話裡從不詢問我是否有空便直接說了一大串她想說的，然後也不需聽意見般地斷然掛上電話。口氣有時捉狹地近乎親密，開心時會掂腳迅速地在我臉上輕輕一吻，有時卻又冷漠疏離得像是毫不相關；而在外頭，有別人在的場合就站得遠一些，沒人時便靠近到讓我幾乎以為自己可以擁有她。

這樣曖昧不明的關係已經維持了一個學期多，但是我仍不知道她喜不喜歡我，而又在無數次的失望與否定裡，想像自己一定可以找到更好的。

直到升上大三，同系有個大一的學妹跟我示好。

那學妹非常主動，第一次與大家聚餐後，就靠過來指名要我送她回家。回到她在外面租的房子後，又假裝酒醉地要我扶她上樓陪她聊天，於是就這樣發生了第一次的肉體關係。

但是第二天我以為兩人在一起了，興奮地去她家樓下等她，她下來看見我後態度異常冷淡，完全不理不睬，之後就變成她無聊時才會找我，其他時間與地方意外碰到面，連招呼都不打地就跟不認識一樣。

「天啊，我就快要被這兩個女人搞瘋了！」

我時常坐在學校裡的操場旁抽著菸，一邊想著自己凌亂不堪的情感。彷彿這兩個女人互相拿著刀，無形且隨意地切割著我的感覺與生活，然後再把那些碎片亂七八糟地扔在地上。可悲的是，我很清楚每個碎片殘骸都模糊到根本不具體，緣邊切割的形狀不規則到自己也拼湊不起來。

我在她們心裡究竟是什麼樣的角色？我的存在對她們而言，又有什麼樣的重量與地位？什麼都發生過，但是什麼都不屬於我的……我簡直就像個小丑被這兩人無情地耍弄著。直到珍妮終於知道她與我這泥濘般的曖昧裡，多了個學妹後，便好好地跟我談了一夜，終於結束這渾沌不明的情感，兩人公開承認在一起，畢業後就順理成章地結了婚。

大學畢業後，我找了好幾個月的工作，終於在一家公司找到了容身之地。但是這個公司非常奇怪，是隸屬在一家大型企業公司底下，所分支出來的子公司。裡面的部門很紛雜，有電子商品管理、美容企畫、出版期刊專案、模型標本研究、還有室內設計方案。

我記得當時被通知錄取後進到公司，就先開了許久的會。穿著一身標準黑西裝、長相英俊的主管先口齒清晰地詳細介紹整個公司的運作，包括我所應徵上的，這將近十人的出版期刊專案人員。但是開了一上午的會，再接連下午，我聽了很久仍不懂這個部門與其他部門的關係。

一進到有些空曠，像是才剛剛打點裝潢好的公司裡頭，坐在位置上的每個同事氣質與樣子差異很大。那先跟我打招呼，臉上橫肉四溢的胖子就完全一身休閒裝扮，像是剛征服了什麼高山似的氣喘吁吁、女同事們有些穿著套裝，有些則僅穿著短褲拖鞋像在家一樣的隨性、右手邊區塊聚集著皆二十出頭的年輕人，正聽著收音機裡的搖滾樂、幾個滿臉倦容的老人，則佔據後頭的休息間，喝了一整個下午的咖啡。

這是間把一堆不相干的人擺在一塊的公司。他們在我眼中是四不像，就像把許多動物的特徵全湊在一起，從哪個角度望過去都顯得相當詭異。

後來我勉強去了幾個星期後才知道，這一切都是最上層的企業公司，那年過六十的董事長興趣太過廣泛，在即將退休前，希望能把所有自己有興趣的事物都弄來玩一玩，才會成立這個混亂的子公司。

不管公司成立的原因如何，我深深覺得自己在這公司所處的地位實在很尷尬。

比方說我剛印好的名片上，印了清楚的「**塔德——出版期刊專員**」，但下面的有限公司卻是電子開發企業，這牛頭不對馬嘴的感覺真是怪異極了，好像勉強要與主要公司搭上關係，但在工作內容與內部運作上，卻又不完全屬於他們。

如果有一天董事長退休了呢？或者他年紀大到突然中風，某天出了意外甚至是生病過世呢？這簡直是把所有我的生計事業、個人命運，都放在一個完全不可靠的即興念頭上；如果以上的假設都沒有發生，等到這董事長三分鐘的熱度減退，是不是這個子公司也必須要面臨倒閉與消失的命運？

但這畢竟是份工作啊。我想起剛畢業時，每天在家裡寄履歷，到處面試，等電話，雖然也算是大學畢業的學士生，但工作不是要碩士或博士學歷，要不就是中學畢業即可，不上不下的處境讓我非常心慌。

我又含上一根菸，點燃，小小的火光在面前搖曳著。抽了一口之後，街燈模糊的光線照到腳邊無數根菸蒂屍體，在漆黑中頹喪地捲曲著，我才猛然想起自己走出家門的原因。

今天提早下班回家，一開門便習慣向裡頭喊著珍妮，從裡面的浴室便傳出細細的回聲。我沿著聲音走過去，看見浴室的門大敞著，珍妮正在幫中風的父親洗澡。她穿著一件棉質短褲與貼身背心，把全裸的父親放在身體前面的地板，她自己則坐在低矮的凳子上，兩腳貼著父親兩邊的腿，一邊往他身上澆著溫水，一邊抬頭對剛回家的我微笑。

這是我第一次看見珍妮幫父親洗澡的畫面。

父親的生殖器官頹軟地癱在她的小腿肚上，隨著沖水的動作上下起伏著，反覆摩擦那一塊皮膚，臉上露出痴呆的笑容。我知道父親此時很舒服，正沖著溫度適中的水，身體每一個細微處正被細心照顧著；但是，我仍無法克制地由體內竄起一陣噁心感，感覺今天中午吃過的東西都在胃裡翻攪，黏膩的胃酸湧上喉間，於是倉皇地對珍妮隨便點點頭，搗上嘴巴，退出浴室。

我狼狽地退到客廳的茶几上方，彎腰拿起上頭的菸，瞥見一封熟悉字體的信件，安靜地躺在桌上。我順手把信拿起來塞到口袋，走出家門。

難道她都是這樣幫父親洗澡的嗎？

但是這也沒有錯啊。我自己也幫父親洗過澡，這動作算是最安全且方便的，不但可以洗得乾淨，又不會讓已嚴重中風，如同植物人般的父親不舒服；但那軟黑的生殖器官……小小頹喪地躺在記憶裡，卻好像已經充血，正鼓脹且奮力地挺直著，來回粗糙地刮磨過珍妮細白的皮膚。

這噁心曖昧的動作，在腦裡如影片重播般，定格重複，重複後又定格。站在已經全然暗滅的街燈下方，不舒服的感覺重新由胃裡緩緩升起，又開始想要嘔吐了。

我深深地做了幾個深呼吸，吞了吞口水，把頭用力甩了甩，決定不要再繼續想下去。準備再點一根菸的時候，突然摸到口袋裡的信封。

我沒有多想地取出皺褶的信封，點燃打火機，很吃力地藉著火光看著信封上的字體，才猛然想起這就是多年前幾乎天天來信給母親，並且也間接曲折地讓父母親決定離婚的匿名信。

我忿然地把手上的打火機扔掉。被扔擲出去的金屬打火機，在黑暗中如同一躍而起的流星，畫出道光芒後掉到深藍車旁消失蹤跡。

在過了很久的時間之後，我仍記得這整件事情的開端。

人的記憶就是這樣。如果沒有一個標準與適當宣洩出來的方式，鎖在腦子的記憶就會胡亂地蹦跳出；比方說某一個眾人僵持了幾分鐘，很想笑出來卻又憋住了的話題、幾張帶有古怪，神情卻又一閃而逝的臉、或者徹底發洩過所有憤怒的情緒，那種體內空掉了的虛無感……以上皆可隨意拼貼，但是統一的特徵就是雜亂無章。

現在，我正被眾多全身穿著黑色、胸腔位置套上厚實防彈衣的警察架著走出法院。一打開盡頭那扇玻璃大門，外頭的記者蜂擁地拿著麥克風堵著我的下巴與臉頰旁，似乎都已經做足了功課，幫我把散落的拼圖拼好，釐清全部的事件之後，仔細地重頭詢問：

這起震驚社會的〈**第五號房**〉案件，究竟是怎麼開始與發生的？

犯下這重大刑案的初始原因，那燒盡整座森林的星星之火，究竟從哪裡點燃的？

「事件的起因，是因為一盞快要熄滅的爛街燈！」我清清喉嚨，假裝鎮定地回答。

「什麼，你說什麼？」記者那扭曲疑惑的臉，在人群中看起來非常滑稽。

「是因為街燈，我家外頭那該死的，閃了幾下就壞掉的街燈！」

我突然抓狂地大喊起來，伸手作勢抓起那記者的衣領；接著，我感到後腦勺一陣爆裂的劇痛，眼前一片漆黑地昏厥了過去。

當我從昏迷中緩慢地清醒，睜開眼睛，後腦勺那巨大的痛點便從上蔓延到全身，讓我痛苦地呻吟了起來。

等到視線勉強恢復正常後，我開始轉頭確認自己現在身處的環境。完全不出乎意料，監獄就是這麼酸臭的地方：到處瀰漫著尿騷混合餿水與鐵鏽的氣味，不到五坪的小空間裡，僅有一張泛著褐色體液的低矮床墊，與黏貼在牆壁上的簡陋便池。我眨眼看著四周，忍受著頭上的劇痛，突然發現眼前的光景一閃一滅，好像有人正惡作劇地玩弄著上方的燈泡。

我抬頭注視著那閃晃著光線，即將成為完全黯滅的燈泡，感覺體內有股狂熱的氣體迅速噴發上來：

「去你媽的!!我要光線充足的燈泡!!」

第2章

迅速被警方逮捕、由最高法庭確認罪刑，接著在走出法院時被打昏後，我被移送到路得島的碉堡監獄。

我的頭髮全部被剃光，臉上的鬍子則往鬢角的地方延伸，亂七八糟地橫長著。這裡沒有可以反射形象的任何東西，所以這幾天我從未見過自己的模樣，僅只能用手的觸感來回確認著臉上的五官配置。我應該瘦了好幾公斤，往下望可以看見胸腔兩邊突出的骨頭，還有底下如竹竿一樣關節分明的雙腿；也因為自從入獄後完全無法入眠，接連嚴重影響本來就很糟的食慾。

入獄以來我沒有真正入眠過。

不是說對於適應環境的能力太差，而是我對牢房如同永夜般的漆黑非常不能習慣。時間感在這裡似乎被截斷了。

本來我的時間觀念是從生活作息來區分，由那些吃飯、洗澡、刷牙、運動、工作、通勤、睡眠之類的行動清楚區別，一旦失去了具體且慣性的行為模式，彷彿只能無止盡地蹲在狹小空間的角落後，根本無法確認現在的時間與上段的時間，這中間究竟差距多少。

但是我沒有因此感到心慌或是無助，相反的，我甚至有些自得其樂的想像。

原本在我習慣的時光裡，最痛恨的就是傍晚時分，那種奇怪的要亮不亮，也沒有多昏暗的陰沉時光；既不能算是白天，也不能算是夜晚，每天都要渡過這曖昧不明的天色讓我非常不能釋懷與痛苦。

所以現在，即使我無法入睡，喪失所有的時間感，但是眼前望出去卻是彷彿直到永恆的漆黑與靜默，我的心情便可以維持平靜，甚至帶有一些快活。

頭十天我都待在這黑暗的獨居房中，寒冷陰暗且臭氣逼人。一開始常常下意識地會摀住鼻子，久了也就開始習慣，甚至感覺呼出的氣體味道都是一樣的。

心理輔導師保羅醫生在第三天後來看我，說是之後要進行團體的心理輔導治療，提醒我將會接觸到其他犯人，必須先有心理準備。後來我才知道，那根本不是什麼具有輔導性質的治療課程，只是一個監禁的必經過程，藉由這個輔導程序，讓保羅與其他醫生評估誰有危險性必須繼續待在獨居房，誰又可以移送到大型集體的牢房中。

「怎麼樣？目前為止還習慣嗎？」保羅的聲音突然在漆黑中響起時，我嚇了一跳，整個身子貼向原本蹲踞著的角落牆上；後來他們轉開了牢房前頭走廊上的燈，頓時一片明亮地讓我睜不開眼睛。

大約過了十幾秒後，我瞇著眼逐漸看清楚了前面挺直站著的人。保羅醫生長得相當高大，穿了套合身、連細節處都十分吻合身型的高級灰色西裝，我與他對站著幾乎只到他的肩膀下方。他戴著一副金邊眼鏡，擁有一種與體型很不搭調的陰柔氣質，但是眼神銳利，第一次從亮光下終於適應後看見那雙眼睛，幾乎讓我以為自己已經被他看穿。

「還好，這裡挺不賴的。」我聲音乾乾的回答他。

「不賴？」他挑了挑眉，嘴角微微地牽動了一下。「這是我在這裡工作多年，第一次聽見的形容詞！看起來你似乎很習慣被關？」

「被關在這我倒沒有意見。我想我習慣黑暗，甚至是喜歡黑暗。」

「這樣啊，的確很稀有，我沒聽過有人喜歡黑暗……嘖嘖，所以你也就以為別人跟你相同？」他絲毫不畏懼地向前走近了幾步，把臉完整地靠貼在鐵杆上。我感覺他呼出的氣，細長地混進了酸臭的牢房中。

他在提我的案子，這狡猾的傢伙在話題中提及我所犯下的〈第五號房〉命案。

「也不是喜歡黑暗，應該說我喜歡徹底清楚的白或黑，不是全亮就是全黑，不要給我在那裡曖昧的要亮不亮！」我說到這，感覺自己脖子上的青筋都爆出來了。

「喔，不要動怒啊，那個被你嚇到的記者，可是回去躺了好幾天才能下床呢！」

保羅對我眨了眨眼，坐到放置在走廊中央的椅子上。接著他告訴我明天將要舉行團體治療，要求我必須平靜面對，在問話時要口齒清晰地回答。

「這些應該不難吧？」

我點點頭表示願意配合，沒力地退回到角落讓疲憊的身體靠著牆。來到這我感覺前所未有的疲累，或許是食慾降低缺乏營養，也或許是太久沒有曬到陽光，身體的關節與肌肉全在潰散著所有的力量，這讓我連把手舉過頭都感到困難。

保羅看見我往後退時也站起身，把手插回褲子的口袋裡，對我點點頭後走了出去。

第二天的團體治療我被警衛從牢房中拖出來走了很久。

這期間我幾乎都是閉上眼睛的，因為已經不適應光線，所以任何微弱的光都讓我眼睛酸疼，淚流不止。睜開眼後看見一個像普通教室大小的長方形空間，灰黑色的牆壁佈滿了斑駁的壁癌痕跡，中央擺了圍成圓圈的幾張椅子，角落則放置了三台彼此間隔有序的攝影機。他們把我壓在圓圈中央的位置上，接著把我銬上手銬的雙手反過來銬在椅背上。

沒過多久，保羅先走進來，後頭跟了幾個與他相同穿著西裝的男人。年紀都差不多四十出頭，滿臉寫著長期受高等教育的那種驕傲、目中無人的模樣；下巴抬高，嘴角牽動著輕蔑的笑意。最後進來的是跟我穿一樣淺藍囚服的犯人，兩個，所以加我只有三個犯人，其他全都是他們這些道貌岸然的心理學家。

他們把我們三人安排在位置的中間，等於三人形成一個三角形，彼此可以清楚的看見對方。我環顧四周，在靠近天花板的地方有兩扇小窗，正從外頭透進兩道金黃色微弱的光，光影中飛舞著細小的灰塵，薄透的光線稍微減輕了裡頭的壓迫感。

那兩個犯人與我一樣頭髮被剃光，留著雜亂的鬍子，看起來似乎很害怕。他們的身體猛打著哆嗦，臉色發白得像嚴重的毒癮者。現在四周非常安靜，大家好像都屏住呼吸在等待什麼，僅有些許衣服的摩擦聲，還有移動時，腳上鐵鍊撞擊的清脆響音。

一旦頭髮被剃光，穿上相同的刑服，外貌居然可以如此相像……我觀察著另兩個犯人，在心裡想著各種念頭。

「人都到齊了，來，我想就先從伊凡開始。

請伊凡簡單的自我介紹，再告訴我們犯下案件的原因。」保羅眼睛往三角形的左邊望去，那個犯人閉著眼睛，嘴裡喃喃自語著。

「喔，我是伊凡，」他睜開眼睛挺直了胸，用沙啞的聲音開始述說。

他原本是一個在稅務局上班的公務員，後來因為長期壓抑對上司的不滿，於是自己變得有點神經質以及憤世嫉俗，每天嚴重失眠到必須長期服用藥物。

後來他受不了折磨而遞出離職書的那天，上司不巧又說了些難聽的話，讓他決心把所有的怨氣化成行動。

他在上司下班時跟蹤了他，等到轉進沒人的巷弄時，便向前敲昏了那位可憐的上司，拖上他開的那台家用休旅車，接著開始長達一星期多的綁架案。

伊凡沒有多講過程，但是我光看他發抖的樣子就知道，這老實人綁了上司後自己一定很後悔，也不知道該如何對待自己發了瘋的傑作，於是就把上司丟在家裡儲存食物的地窖，像私藏了個秘密般根本不敢下去看望。

等到警方依循線索查到他家時，那上司早已死了，全身爬滿了肥大飢餓的白蛆。

另一個叫杜佛尼的傢伙，則是犯了多起的連續綁架案。

他有奇怪的癖好，喜歡大約十歲的年輕男孩。他習慣躲在校園外頭的巷子內，用許多時下流行的遊戲卡，吸引一些落單、被同學排擠而孤單一人的男孩。他的手法都相同，不需要費力把他們打昏，只要說家裡還有更稀有的遊戲卡，男孩們就像蜜蜂看見花一樣地鬼迷心竅，自動跟著他回家。

然後呢？杜佛尼說到這嘴巴閉起來了，保羅醫生用帶有威嚴的語氣要他繼續說，他卻把仍打著哆嗦的身體平靠在椅子後頭，聳了聳肩。

其他的醫生很認真的在資料上作著筆記，沙沙的寫字聲貫穿了這短暫的僵持。

「說下去。」保羅醫生用強硬的口氣說。

「噢，」杜佛尼跺了跺腳，恢復精神。看起來不是不想說，只是裝模作樣地想吸引更多的注意。

「不要誤會，我沒有戀童癖！只是想在他們身上取得我需要的東西，就是那一顆顆小小的牙齒！你們無法體會用牙齒作成的各種手工藝品，比起貝殼，那庸俗如塑膠的貝殼漂亮太多了，在陽光下會透出更晶瑩飽滿的色澤，簡直就是上帝的傑作！」

為了滿足杜佛尼變態的喜好，他先有計畫地讓男孩們缺乏營養，全面從體內損耗他們的鈣質、蛋白質，把他們丟到漆黑的空間好幾個星期，這期間只供應乾冷的麵包與少量的水，然後等待他們耗弱到即將死去之際，再輕鬆地動手取出那些完整的，他所謂上帝傑作的牙齒。

從開始犯案到最後，總共消失了十二個男孩，以及製造出佔滿半個房間，用牙齒作成各種遊艇、船隻，還有些動物模型的精緻工藝品。

杜佛尼說完後，全部的人便把目光看向我。

輪到我了嗎？該輪到我說這件現在想起來，仍覺得驕傲到無法言喻的案子了嗎？我最喜歡這種時候了，也就是所謂集體沉默的等候時刻。大家無聲地瞪大眼睛，喉頭間分別傳出清晰的吞口水聲，然後無意識地在下方把手指頭縮緊。期待越大那緊縮的程度也越大，就好像幾只有力的伸縮彈簧。

我一向都喜歡期待，我對別人或是別人對我的；然而最美妙的，是那些被囚禁者無望的期待，空洞又閃著剔透光芒的雙眼，像是沒有盡頭的黑洞更是讓我著迷不已。

聽完眼前這兩人幼稚無條理的內容，我疑惑起他們對綁架的定義。綁架這個動作僅只需要幾小時，甚至幾分鐘就可以完成，之後才是重頭戲，才是所謂「綁架」這個行為的精華。

當然起因可以是任何原由：衝動憤怒、有目的性、愛慕、收集標本、有怪異癖好的用各種方式，把人抓來囚禁；接著，居然連自己都不曉得該怎麼辦的束手無策，那麼，豈不是完全浪費了自己可以成為另一個人，成為那無助受害者的上帝的機會？

事情就是從家裡外頭那破敗的街燈開始。除了那盞閃著曖昧光線的燈泡，還有就是那封匿名信，讓我決定從曖昧不明的人生泥濘中，奮力跨出去。

信封在多年後，已經從純白無任何標示的標準信封，換成底色帶有淺粉紅色系的玫瑰圖案。我出汗的手捏著那封信非常久。

這個人怎麼找到這地址的？

我在心裡揣測著。可能是父母親在法律上不算正式離婚，登記住處時也會順帶把行蹤不明的母親給寫進來，所以經過多年，這個人不死心地不知從哪裡開始尋起，找到了現在居住的地方。我把信拆開來，從頭到尾看了一遍。一樣娟秀工整的字體，一樣雜亂無序地寫著生活瑣事，描述那些小到不能再小的細節。

過了那麼多年，信裡寫出已經想走入婚姻的現況與心情，並且……我揉揉眼睛，不可置信地把信拿到眼前。

「我從工作單位那提出退休，決定專心地作個家庭主婦。」

什麼跟什麼啊，他居然是個女人哪！我張大眼睛把信繼續看下去。

「以前的妳，可能會不敢相信我就此甘願屈就生活，決定走向婚姻這途。我都自稱自己是個男人，事業企圖心比什麼都來得強烈，但是年紀到了，在幾次夜深人靜的片刻也終於感覺孤獨。在外面奔波的日子異常艱辛，還是像妳這樣，很早就選擇結婚、生小孩，過得比較輕鬆自在……」

我睜大眼睛望著底下的署名：妳知道我是誰。

我把信重複看了好幾次，甚至已經把句子含在嘴裡仔細地默讀著。頭上的街燈在閃爍了不知幾下後終於決定熄滅，而那片突然湧上的漆黑，把我完整地團團圍住。我舉起雙手在眼前晃了晃，被黯黑包圍的空間裡，好像所有的什麼，都在空氣中漸漸地沉澱降落下來。

我閉上眼睛，覺得有種自己不再是自己的感覺。

頭腦沉甸甸的，四肢擺動的感覺也很不自然，陌生的酸疼此刻緩緩發散在肌肉與關節中。我頹然地把信放下，又被瞬間升起的憤怒情緒給攪和得很混亂，頭腦沉重得像要炸開來似的，便一股衝動把手上的信撕個粉碎，再讓碎片紛亂地散在四周。

這是什麼奇怪的世界，為什麼所有的事情都曖昧不明呢？不管人生、情感、家庭、工作甚至是身體的接觸，都那樣曖昧到簡直在考驗我的極限啊！

我頹喪地坐在滿佈碎紙的地上，閉起眼睛，許多畫面一格格地由內心深處緩慢地向前推擠，再推擠，許多曖昧事件的過程都已經失去了細節，我只看見一個滿臉哀傷的自己，置身在每個曖昧點上，尷尬無奈，還有被那眾多的不知所措所折磨的表情。

我緩慢地把手撐在地上爬起了身，在心中對自己大喊：我絕對，再也不容許任何曖昧在我的人生中發生！

把父親送到養老院的那天是個標準的秋末氣候。

大敞的窗戶不斷吹進強烈的風，間歇的雨勢讓窗戶底下的地板積成一個圓形水漬。珍妮在知道我的計畫後，幾乎完全不跟我說話，連待在家裡兩人眼神不經意交會時，她也會硬生生的把視線移開，好像我是個渾身沾滿毒素的怪物。

當我推著父親的輪椅從臥室到客廳門口時，她正趴在地上擦著那塊淋濕的地板。花色的洋裝所撐起的圓形弧度正對著我與父親，隨著雙手的擦拭搖擺起規律的節奏。這畫面很滑稽，我有點想笑，但是隨著她側身過來狠狠瞪我一眼之後，我馬上收斂起笑容，輕輕咳了一聲假裝鎮定。

「你很不孝。」珍妮站起來，冷冷地開口說了這句話。

「不用擔心，療養院有更多專業的人會照顧父親。」我把雙手一攤，表示自己的立場。

「我從沒想過你是這種人。」她轉身走過我與父親旁邊，眼睛憤恨地朝上瞪著，卻迅速伸出手，握了握父親攤在輪椅上的右手臂。

我不曉得這個動作代表什麼，但是看在眼裡卻擁有各種意涵。

我想她是與父親培養出感情了吧，說不定每天的洗澡是她最期待的時刻：兩人半裸著身體一起待在狹小的空間中，被暖烘烘的肥皂香氣包圍，彼此的肌膚舒服地來回碰撞貼合，從其中蔓延出來的溫潤曖昧感，一定讓她相當著迷吧。

我在心裡罵了句髒話，加重雙臂的力道把輪椅推向外頭，接著上了療養院開來接送的小型客車中。這期間我僅只跟駕駛座上，那看起來不怎麼喜歡說話的司機打聲招呼，望了望後座表情仍痴呆的父親，便把頭轉向車窗，讓沉默無聲的氣氛包圍我們。

灰白色的雲朵遮蓋了天空，空氣中充滿了潮濕的氣味；隨著客車往山坡上開，路邊較低矮的房子逐漸變得稀疏，換來的是彼此間隔較大的氣派住宅。這些住宅幾乎都以歐式建築居多。由色澤低調的磚瓦還有牆面圍起，望上去有股和煦、溫厚之感，但是成三角狀尖聳的屋頂，卻以非常突兀的姿態，穿刺了寧靜的氛圍。

我心情平靜地用眼睛追逐著它們，隨著緩慢的前進，房子越來越少，濃鬱的樹葉在平坦的柏油路上紛紛投下漆黑的影子。吹進來的風稍為變得沁涼了些。

客車每在路的盡頭轉一次彎，就可以看見遠方帶了些霧氣的藍色海平面。我的記憶開始回到這個即將被送走，只要不主動過去，就永遠不會再相見的父親。

在我還小的時候，發覺每個同學來學校，都期待放學那清脆的鈴聲，接著就是奔回家的雀躍時刻。但是這種心情我似乎從未有過。一早出門到學校上課，隨著時間過去越來越接近黃昏，也就是所謂的放學時間，我的心臟就開始慢慢地緊縮起來。

這絕不是種抽象感覺，而是真實的緊縮，心臟附近的血管從倒數第二節就開始束緊，呼吸漸漸變得不順暢，之後整個胸腔就要吃力地承受嚴重的悶痛。這讓我從教室門口走出校門，直到回家的路上，臉色都相當青綠難看。

同學們因此給我取了個綽號：昆蟲。

我曾經問過這綽號的由來。他們說我的臉看起來就是如此，毫無變化的青綠，糾結的眉毛與眼睛、鼻子，皺在一塊就像那些長相古怪的昆蟲。

那個時候我與父親還住在老家，離現在這尷尬三不管的新家有一段距離。老家位在小鎮的南方郊區，從鎮中心過去先要經過幾條大道與巷弄，隨著漸漸稀疏的住宅區，以及櫛比鱗次的偏遠工廠，才會在盡頭處看見那地點清幽的白色平房。

直到我決定與珍妮結婚，才搬離擁有眾多回憶的偏遠老家。

那時候，父親每天都在門口等候我的回家，第一件事就是拉著我去他的收藏室。那是位在老家地下室的一間地窖。要下去地窖必須從房子的後門出去，再從後門右邊的一扇小門進入底下。裡頭的空間幾乎與房子的面積一樣大；雖然早已經裝好了通電系統、自來水管、水槽、還有各種簡易設備，但是因為終年無法曬到陽光，所以底下總是充滿了濃厚的霉味，與濕潮如冬季般的寒冷氣溫。

裡面的牆已經漆上了工整的白石灰，地窖的天花板略矮，呈現拱型的圓弧狀，會讓人聯想到教堂的地下室。

這是父親的收藏室，裡頭充滿了他稀奇古怪的收藏。

父親在一家大型的食品連鎖公司擔任主管，據他形容工作的內容極為制式無聊，每天根本不用動到腦子，只要本能性的處理桌上文件，簽幾個名字，打幾通電話，掛著相同笑容面對其他同事與高層長官，幾乎就這樣安然渡過好幾年。

或許因為工作的無趣，身邊也少了長期缺席的母親，父親開始往其他方面發洩精力。最早開始他先收集蝴蝶，下手處則是郊區草原上各式的美麗蝴蝶。先從普通常見的品種，之後進階到稀有品種。接下來隨著他的胃口越養越大，收藏的標本從昆蟲換到了小型動物：天竺鼠、松鼠、兔子、貓頭鷹、鴿子……

後來我還曾經在裡頭看過，張貼在電線杆上的尋貓啟示，那隻走失許久的波絲貓。

我對屍體標本毫無興趣，面對父親興沖沖地拉著我，態度甚至是強迫跟我分享感到相當反感；好幾次我還真的就在地窖前嘔吐了起來，但是他根本不當一回事，站在旁邊耐心等我吐完，面無表情地遞了幾張衛生紙給我，確認那反攪的胃部已經盡空，不會有任何嘔吐物弄髒收藏室，一樣半推半拉地強迫我，進去觀看他今天的收穫。

地窖裡成列著各種剖肚挖腸的屍首。這是我小的時候，認定為全世界最恐怖與陰森的地方。

有好長一陣子，我幾乎每天想著延長回家時間的各種方式：繞道而行、去街角的書店翻看漫畫書、去同學家、以及走到附近的河邊待上幾個小時……但是這些方式皆無法持續過久，從體內泛出的本能飢餓感，就是最先擊潰我的敵人。當時我所體會到的飢餓感確實非常嚇人，它會讓我全身發冷，頭暈胃痛，甚至在腦中出現奇怪的幻覺。

除了飢餓，我也十分清楚如果不回家，父親就會像石柱般恆久佇立在門口，那個盼望我的身影出現在遠方，泛著攝人的期待眼神讓我於心不忍，所以不管思緒飄到哪，心裡有多麼抗拒，還是猶如繞著圓圈般地回到原點，想起父親的眼神；於是，總在被這兩種挫折的籠罩中，仍頹喪地踏上回家的路。

在這個痛苦的差事中，只有一件事讓我感到稍微舒服，不那麼噁心難耐——那就是標本的製作過程。

那一次是在我放學前幾小時，他剛在草原中捕捉到一隻擁有深紅帶黑點翅膀，如手掌般大小的蝴蝶，等到我回家時剛好是他要開始著手製作標本，於是我便發現了這痛苦過程中，唯一可以忍耐的事。

父親製作蝴蝶標本有個特殊的習慣，他不像其他人會先用乙醚弄昏它們，他抓到獵物且如果時間足夠，便直接進入標本室，期間再以無比謹慎的態度，異常巧妙地控制手腕與指頭的力量，完成他的活體標本。

我看見父親站在工作台前，先用左手捏著仍拍動翅膀的蝴蝶腹部，背部朝上，再使用細長的昆蟲針從胸部中央由上向下垂直插入，用力穿過胸部。他仔細讓蝴蝶背部至針頭的部分留有一公分，以便將來標本的拿取。

接著，將標本垂直插入展翅板的凹槽中，使昆蟲針及蝴蝶的腹部與展翅板垂直，翅膀則剛好平放在展翅板上。

「怎麼樣？很美是吧。」父親轉頭對我說。我望著蝴蝶翅膀的璘粉，散落在桌面所微微發出的光，心裡感到相當的不可思議。

父親說完後，嘴巴再度閉緊呈一條線，使用鑷子的末端將前翅向上提，全程小心翼翼地避免傷及鱗片，直到前翅後緣與身體呈九十度，取出辛格拉紙蓋在翅上，以大頭針固定於翅膀周圍。

過程熟練且異常乾淨俐落。

我甚至聽見在昆蟲針筆直刺入蝴蝶的胸腔時，那種稍縱即逝，輕微地猶如短聲嘆息的生命覆滅聲。那聲音好聽極了，噗的一聲，就這麼乾脆地從生，瞬間跨越到死絕。

「聖心療養院到了。」駕駛走下車把車門拉開。

「喔，真是謝謝你！」我回過神，踏下車門，與駕駛一起把父親的輪椅抬下車，然後推著他走進療養院中。

這間歷史悠久、古老破舊的療養院位在山頂上，從鎮中心開車過來大約需要兩個多小時。

我之前決心送走父親時，曾上網仔細查過這個鎮上的所有療養院。當然不乏許多設備新穎、醫療器材豐富的院所，但我只中意這家。

儘管知道這裡的環境骯髒陳舊，不論清潔與照顧都很隨便草率，在網路上的評語也極差；而父親的狀況只剩下正常呼吸，貧乏的面部表情，與還能勉強說出簡短的字句之外，其他的都需要別人代勞。

但我還是毅然把父親送過去，並且預付了一年的錢；原因沒有別的，那就是我在盡力避免珍妮與父親曖昧的肌膚接觸，企圖解決人生中所有曖昧的情況；還有，聖心療養院真的夠遙遠，足夠排除任何繼續見到父親，以及那些不堪回憶的機會。

再來便是我的工作。

自從下定決心要讓自己的人生脫離任何曖昧情況後，隔天到達公司，我便先到人事室打聽，詢問要如何擠進主要的企業公司，需要什麼樣的專長與準備。

「這問題很多人詢問過，就是沒有人成功。」

那位愛穿低胸緊身洋裝，滿臉濃妝的人事主任艾莉絲，口吻不耐地回答我。她從未對人有好臉色，除了會對那些長官上司堆滿笑容，與擠出她雄偉的胸部之外，其餘的人連看都不看一眼。

我冷冷地朝下盯著她。艾莉絲屬於風騷妖嬈的那種女人，模樣大約四十出頭，打扮仍喜歡像二十歲的少女一樣，那些過分晶亮的飾品讓她看起來，像一棵怪異累贅的耶誕樹；過分花俏且短的洋裝只要一彎腰，就可以看見腿部背面與臀部交接處，令人怵目驚心的兩道彎月形皺褶。

這讓我幾乎不用猜測，就可以嗅到濃厚腥羶的費洛蒙氣味。她一定是缺乏約會的對象，所以總是如此不耐與憤世嫉俗。

「艾莉絲，我一直很想告訴妳一件事，但是……我沒有勇氣……」我裝出有些害羞尷尬的樣子，彎下身子，把厚實的胸膛湊近她。

「什麼？」她從堆積如山的文件中驚訝地抬頭。那嘟起的紅色嘴脣真是可笑極了，讓我想到熟透了的熱狗。

「我……我真的一進來這公司就覺得，妳是全公司最性感的女人……妳的魅力簡直讓我看一眼頭就昏了，根本無法專心工作！」

「你……你怎麼會那麼大膽！」艾莉絲整個臉紅了起來，襯著她誇張的腮紅，我沒有辦法不聯想到動物園裡的猩猩屁股。

我努力克制自己想要大笑的情緒，裝模作樣地把身子再靠近她，盡全力擺出著迷的神情：

「我其實一直在找機會問妳，我是否有這個榮幸約妳下班後去喝咖啡？」我曖昧地對她眨眨眼睛。

老實說我什麼都不會，但是對於曖昧這件事卻最有心得。

我想，既然老天爺欠我一個清楚分明的人生，那麼就把祂習慣加諸在我身上的，使勁加倍用在之後的人生中。經過這次曖昧的調情後，其他的細節我想也就不用多作描述。我們一到咖啡館坐定位後，兩人的腳已經在桌下勾纏得難分難捨，在很短的時間內喝完咖啡，馬上就勾肩搭臂地上了汽車旅館。

在每個星期固定約過幾次會後，艾莉絲果然不負我的期望，她詳盡地告訴我需要作什麼準備，還替我抄寫了幾份備忘錄，以及提示我要特意巴結哪幾個重要的上司。

這段時間裡，我開始比其他人晚下班地拼命蒐集資料，去報名關於電子相關培訓的補習班，每天花很多時間鑽進那不熟悉的領域。而艾莉絲則負責幫我密切注意關於公司裡的職缺，終於，在一個招收電子業人員少數缺額的考試裡，成功地擠進了主要公司。

每天早上起床，我換上公司新發的一套深灰色西裝，在鏡子面前反覆照著，心裡都有一種全新的感覺。鏡子裡頭的面孔已煥然一新，灰暗的臉色也開始恢復了一絲光彩，怯弱的眼神終於充滿自信；的確，我從現在開始，一切將會往更確切與明朗的地方行去，絕對不允許任何曖昧在我的生活裡出現了。

當然，我對著鏡子裡頭的自己撇嘴笑了；除了艾莉絲，這個儘管長相醜陋，卻在床上對我言聽計從的女人，這些我自己找來的曖昧不算在內。

這樣完美的生活大約過了一個多月，就在某天早晨，我一邊慣性地在鏡子前撥弄頭髮，一邊計畫著下個月的薪水，要拿去買上次雜誌上看見的新型車款時，我聽見前方客廳的電話響起。鈴聲清脆地把我的思緒打斷。

「珍妮，珍妮電話響了！」我的眼睛仍盯著鏡子，嘴裡大喊。

「我在上廁所，你去接啦。」她含糊的聲音悶悶地從遠方傳來。

我拉了拉領口上的領帶，轉身走出房間。

「哈囉，請問……請問蘿妮女士在嗎？」低沉略帶沙啞的聲音從電話中傳出來。

「請問您哪裡找？」我非常驚訝，畢竟這個名字很久沒有聽見了。

這是母親的名字，最後一次出現是在報紙上的失蹤名單中，從此這個名字就猶如人間蒸發般地不存在，也甚少在我的記憶中出現。

「是這樣的，我之前寄了很多的信給她，但是從來沒有收到回信，想來詢問一下地址是不是弄錯，或是她仍住在這裡嗎，還是搬走了？」

是她！我感覺自己全身雞皮疙瘩都豎起來了。

就是這個人把事情全部壓倒性地往模糊地帶推去，從她那一封封曖昧不明的信開始，父母親的婚姻起了無法修補與解釋的裂痕，而母親也意外地搭上了失事的班機消失蹤影，全都是因為這個人！

「哈囉，你還在聽嗎？不好意思，我是不是打錯電話了？」

「喔，我是蘿妮的兒子。您的信有收到，我想我必須跟您坦白說，關於我母親的情況有些複雜……我希望能與您見個面，再把詳細的事情經過告訴您。」

於是我們約在我下班之後，在鎮上一間大型的連鎖咖啡館見面。

這天上班的過程非常不順利。

我先在休息間中打翻了秘書剛煮好的整壺咖啡。濃厚的咖啡味溢滿了整個空間，褐色的液體則潑濺到了我的白色襯衫上，形成一圈圈醜陋明顯的印漬；弄錯了幾張訂單的日期還有地址，搞壞了影印室裡其中一台機器；頻繁地閃著紅點的影印機過沒多久，就冒出了一陣燒焦的白色煙霧。最後，是主管先前交代我的文件，也遺忘在家裡忘了帶出門。

主管表面上說沒關係，明天記得放在他桌上就好，但我幾乎可以看見他背過身後的不耐表情。

怎麼回事？我沮喪地坐在辦公桌前，把頭埋在雙臂中，心情煩悶地幾乎就要窒息了。那通電話出乎意料地全然滲透到我的思緒中，原本來公司的路上我還一再告訴自己不要多想，千萬要鎮定住自己的情緒，一切等下班後見了面再說，但是原來沒有那麼簡單。

許多過往的事情積壓在內心角落，隨著時間過去你以為會遺忘，會擁有另種看待的角度，其實不然；也或許在這些時光中你從未把它挖掘出來，沒有認真分析裡頭的內容物，以至於當它後來唐突現身，那原來完整的心情也跟著這意外瞬間呈現，甚至程度更加嚴重。

終於挨到了下班時間，我抱著公事包跑出公司，一逕地往那家咖啡館衝去。當我扶在咖啡館旁的白牆上喘氣，小心翼翼地往透明落地窗向內望，女人已經坐在她在電話裡說過的，吧台最右邊的位置。

我張大眼睛把臉貼在玻璃上。

她給人的第一眼感覺很好。儘管是背對著，但那斜側邊優雅地翹著修長的腿，鮮紅的荳蔻色指甲正停在攤開的報紙邊緣，優美的手指弧度讓人聯想到細長的紅酒高腳杯。我有點手足無措，深深呼吸了一口氣，退後幾步狼狽地低頭整理自己的儀容，拉了拉自己的領帶，提起精神走進咖啡館。

「您好，我是蘿妮的兒子塔德。」我走到她身邊的位置，禮貌地打了招呼。

「噢，你好！」女人抬頭望了我一眼，不急不徐地放下報紙，伸出手來輕輕地握了我的手一下，隨即放開。

她是個看起來大約才三十多歲的女人（但如果與我母親同年，今年也應該四十多歲了），穿著剪裁合身的淺藍色套裝，鎖骨戴著一條細長的金色項鍊。隨意把頭髮紮成馬尾，在耳際邊垂下捲曲的幾綹髮絲，使她那張心型臉蛋有種說不出來的朦朧美。

我很驚訝她長得如此動人。

在之前不下數百次的想像中，我以為應該是個不討人喜歡的古怪婦人，頂著張晦暗的臉色，肥胖酸臭的身軀終年套著件寬大的花洋裝；因無處可發洩自己的不幸和無趣生活，所以才會如此有耐性地寫著長時間的匿名信。

「我是柯薇亞，很高興見到你。」她先像調焦距般地微瞇起眼睛打量我，接著露出一個燦爛的笑容。

「有關那些信，我只是很想知道蘿妮究竟怎麼了？這些年都沒有她的消息。」她沒有多說任何客套話，口吻急切地直接進入話題。

「有關我母親……很不幸地要告訴您，她在好幾年前的飛機失事中失蹤了。」

「嗯，」女人一點也不驚訝地點點頭，眼神露出一絲無奈：「她後來沒有回過信，我有想像過各種可能，包含意外。」

「這也不代表我母親已經過世。我想所謂的失蹤，什麼都有可能發生！」我急忙慌張地解釋著。並不是擔心她誤解，而是這解釋就那麼深植在我心中；我想，我只是藉此告訴自己，母親沒有過世，沒有遠離這個世界，一切其實沒有那麼嚴重……我對這還懷有一絲的期盼。

「也許吧。謝謝你特地過來一趟告知我，我想我就不打擾了。」女人聽見母親失蹤的消息之後，便開始收拾桌面上的東西，接著很乾脆地背起包包，起身走出咖啡館。

我愣愣地看著她敏捷地轉換動作，眼神盯著那遠去的修長背影，消失在道路的盡頭尾端。

我什麼都還未弄清楚，積壓多年的疑惑就這麼突然降臨，然後瞬間消失。

這件事我在當天晚上躺在床上時，認真地思考了許久，卻什麼結論都沒有。然而，就在隔天與艾莉絲偷情後，我沖完澡躺在床上，看著她正努力套上那件過緊洋裝的背影時，女人的臉又刷地瞬間湧上心頭，便開始對她簡單扼要地說起了整件事。

「所以你什麼都沒有問她？」艾莉絲嘟起嘴巴疑惑地望著我。

「沒有，根本沒有時間，一切都非常突然，而我的反應真的太慢了！」昨天只是感覺很唐突，強烈的衝擊感從早晨的電話開始，魂不守舍的工作時間，接著跳出一個與想像中反差過大的美麗婦人，然後，一切畫上句點。

那持久未消的衝擊感，從終於對著艾莉絲說出後，開始漸漸和緩下來，一些奇異的情緒也紛紛冒了出來。我想我真的太笨了，怎麼就錯過了一個解決多年來疑惑的機會呢？我坐在床沿邊，把頭與臉苦惱地埋在雙手中。

「噯，你在自責嗎？不要這樣，說不定還有機會遇見那個女人，如果真是這樣就一定要好好把握。」艾莉絲走過來抱住我，熟悉的香水味鑽進了我的嗅覺中；這讓我的情緒逐漸平靜下來，並且重新打起精神。

沒有想到艾莉絲隨口安慰的話，再過了兩個月的時間後，居然變成了事實。

我記得事情發生的那個時刻，我已經下了班，正站在公司樓下與另兩個同事說話——安迪與魏恩。他們兩人是那種每個人身邊都會出現的無趣朋友，話題圍繞在網路交友、電玩遊戲、大胸部女人、近期的棒球賽事、還有狗屁生機飲食上。

我本來想要打個招呼就離開，但是兩人拖住了我，先是曖昧地脹紅著臉笑了一會，彼此幼稚地在底下推來推去，後來終於進入主題，詢問起關於艾莉絲的事情。

原來是安迪想追求她。我盯著他黏貼在肩膀上的油膩頭髮，內心一陣作嘔。

「你是說人事室那個艾莉絲？拜託別鬧了！」我了解他們想說的事情後，馬上放棄離開的念頭。

依照他們的詢問來做判斷，應該還沒有人知道我與艾莉絲之間的姦情，沒有人對已婚的我起疑，只是以為我們的私交很好。

「我覺得她很迷人。」安迪口氣堅定地說。

「但是你不覺得她年紀過大了嗎？還有那身恐怖的打扮，嘖嘖……簡直就像……」

正當我想用反諷法企圖讓他打消念頭時，柯薇亞那套淺藍色的套裝，正緩慢地從安迪肥胖的身後走過。她正側面橫向地要進入左轉的巷子，而我的位置剛好清楚地瞥見她的側臉。

我們正在談論艾莉絲，而她說過的話，馬上在我心裡像警鈴般乍然響起。

女人飄然經過的身影反射餘暉，帶著強烈耀眼的光，我的心跳霎時跳動得震天作響；於是我像發了瘋似的，連說再見的時間都沒有，側身撇下同事驚訝的神情，奮力拔腿衝向左邊巷子。

天色漸漸黯淡了下來，遠方的夕陽隱沒在前方盡頭的樹叢下方。四周匯聚的吵雜聲緩緩如細小波浪的蟲鳴，接連有序地襲上漆黑的夜晚。

我不知道在鎮上彎曲的街道中走了多久。然而幸運的是，要跟蹤柯薇亞非常容易。她的步伐零碎、速度緩慢，踩著高跟鞋的腳步忽左忽右，倒是方向非常明確，抓著背在右側肩上的棕色肩帶皮包，低著頭毫無猶豫地一逕往街道前方走去。先步出附近被大片樹蔭遮蔽的人行道，再筆直穿越過幾條大路，進入城鎮的後方廣場。

我小心翼翼地抓準兩人中間約十公尺的距離，讓眼睛望過去只有柯薇亞在走動時，搖擺規律的裙擺，與在夕暮中皮包隨之擺盪的弧度。前方的她正穿越過大馬路上的行人、各式交通號誌、正停在紅燈前與路邊的車輛、一整條商店街，步伐維持一樣的速度往前繼續走著。

她究竟要去哪裡？我望著遙遠的盡頭在心裡想。

上方的黃色夕暮，一刻一刻地往著更濃稠的地方移動過去。在時間分秒過去中，她堅定地持續往前走，飄然地經過人潮洶湧的鎮上，再筆直跨越城鎮底部的一大片樹林。這一路上，柯薇亞沒有遲疑地維持緩慢的速度；既沒有回頭也沒有停下腳步，沒有要搭上任何交通工具的跡象，連伸手去調整皮包肩帶的時間都沒有，就這麼一味地走著。

最後，夜晚降臨，我跟著她來到了城鎮南方底端的郊區。在昏黃的月色下，前頭的她直直穿越前方整排屋舍，然後側過身，轉彎走進一片草原，接著到達我熟悉的地方——我的老家。

我蹲在房子外頭的草叢邊，看著柯薇亞從包包裡掏出鑰匙，插入轉開，跨步走了進去，然後關起大門。我在確定她真的走進去後，便從草叢中起身，走到白色的平房外頭，抬頭瞇著眼睛，看著眼前在印象中，已經逐漸褪色的老房子。

她怎麼會回來這裡？

那些匿名信是曾經寄到兩個家中，所以等於她當然有兩個家的地址，只是她為什麼現在會來這裡，甚至還有鑰匙？而且她一定來過許多次，那熟練俐落的動作足以說明一切。

我費力地調整自己的呼吸。

聽覺中，只有風悄悄掠過樹叢頂端的沙沙響聲，遠方城鎮的聲音與氣味到這裡皆已消褪，湧出的是陌生的野生氣息；除此，這裡真是安靜無聲，連印象中夜晚會出沒的蟲鳴鳥叫也皆被革除在外；吸進肺部的空氣格外沁涼。上頭的月亮，往地上投射出巨大陰暗的黑影。

站在門口沒有多久，我決心進去一探究竟。於是從包包的夾層中掏出早已生鏽的老家鑰匙，打開了這個封閉在記憶裡許久的大門。

那時候我們搬到新家時，曾在各個地方張貼出售老家的廣告，但是乏人問津。理由多半是位置過於偏僻、交通不便；而真正來看過房子的賣家，則嫌棄裡頭過於晦黯，始終有股揮之不去的屍體腐臭味。

老家就這樣被我們隨之而來的新生活，給擠壓與退縮到從未想起的角落。

一進到屋子內，我很勉強地仔細辨認著裡頭寬敞的空間。

幽暗的長廊中，凝結著一股寒冷幽靜的氣息。外面僅剩的風聲與些許的細微雜音，不知何時早已隱約地從聽覺中逐漸褪去。長廊底部的上方，懸掛著一盞簡陋的油燈，所有的視覺都仰賴著油燈裡，正燃燒炙烈的蠟燭光線。

我默默地要自己努力記起曾經熟悉的老家。

長廊的右邊是窗子，一整排從挑高的天花板連延而下，屬於舊式雙層懸窗，有序排列地直到長廊的最底端；而左邊則是有距離地間隔著統一外觀的門，同樣挑高，帶有些花朵雕飾的雪白色大門。

這些門現在全緊緊闔上。搖晃的蠟燭光線，正分別於門上投下不明確的陰影。

我側耳傾聽，清空空的，沒有任何聲響。柯薇亞去哪了呢？

我把腳步放輕地往屋子內探去，然而什麼都沒有發現；就在仔細地繞過屋子內第二圈，想起了父親底下的收藏室。

第3章

保羅醫生後來評估我只能待在獨居牢房中。

重新確定要待回原來的牢房後，我變得可以入眠，甚至得到幾夜甜美的好眠。原本我很少作夢，這一天卻第一次夢見母親。

夢裡臉孔模糊的母親牽著年幼的我，兩人一起身在人潮擁擠，正在舉行每週一回的大拍賣超市裡。

匯聚的聲潮，來回襲捲著內部空間。我感覺腳底下踩著的似乎不是正常堅硬的地板，而是各種不同質地、軟綿的他人衣物裙擺；抬高的下巴與小小的視線，望出去的全都是流轉而逝的各種顏色與形狀。

母親似乎明白我不安的心情，從頭到尾都用出汗的手緊緊握著我，不時彎下腰在我耳邊說著就快要好了，我們就要擠出去嘍，這些稍微讓人感到放心的話。

出來超市時，我的手上多了一根把白糖放入機器中，就會變出細棉如雲朵的棉花糖。我一手牽著母親，一手緊握著棉花糖，一高一矮的兩人離開超市，往前方的街道底部走去。

這一路上，我完全沒有抬起頭，非常專心地舔著自己手上的棉花糖，等到裡頭的淺色木棍露出，已經沒有東西可以吃的時候，才猛然抬頭，發現竟與母親走入了一座森林裡。我不知道居然走了那樣遠，就在專注吃糖，意識中絲毫感覺不到流逝的距離與時間。我想開口詢問母親，才感到那出汗的溫熱的手溫早已消失，母親遠遠的背影，正豎立在前方森林的盡頭。

我驚慌地拋下木棍，努力撥開蔓延到身上的森林野生氣味，往母親的背影方向奔去；但是隨著心慌而腳步的加速，兩人的距離卻沒有拉近，始終維持著一大段遙遠的距離——可以勉強看見身影，但是卻靠近不了。

灰白如初曙的濃霧把我們隔開，鳥聲蟲鳴從四周邊境往我的方向聚攏過來。我發現不只正在失去母親的蹤影，自己也開始失去回家的正確方向。

我在這個時候從夢中驚醒。

我抹了抹身上的冷汗，發覺夢境真是面老實的鏡子；所有內心最害怕的事情，在這裡都會一一現出原形。

「喂，醒醒！有人找你。」我瞇著眼睛，發覺自己的牢房大敞著，外面的獄警粗魯地把我從裡頭拖了出來。

會客室遠離迷宮般一間間曲折的牢房，位在碉堡最前頭的一樓大廳後頭。我被丟進一間連扇窗子都沒有的封閉空間裡，裡面僅有一張桌子與兩張椅子。獄警粗魯地把我反手銬在椅子上，手腕正承受著不舒服的疼痛。沒過多久，左邊的門突然打開，走進一個穿著過時套裝的女人。

一看就知道一定是某單位的政府官員；在腦後方紮著簡單的馬尾，黑色的裙擺及膝，襯衫鈕子全緊緊扣了起來，全身充滿了一種呆板又嚴肅的氣質。長相還算秀氣，立體的五官凝結著犀利的神情，微皺的眉頭加上緊縮的肩膀，看起來既緊繃又焦慮。

我對她的長相似乎有點熟悉，但是想不起來在哪裡見過她。

「來這裡還習慣嗎？」她把手中的資料放到桌上，拉開對面的椅子坐下。

「這問題很多人問過了，換個別的。」我帶點挑釁的意味盯著她。

「這樣啊，」女人意味深長地看了我一眼：「那我們就直接進入正題吧。我是隸屬政府單位的刑事警官，你可以叫我溫蒂，我是來這裡跟你談談你所犯下的〈第五號房〉案件。」

「有什麼好談的？你們最擅長寫的報告上不是都有？」

溫蒂的表情和緩了下來。「我手邊是有詳細的資料，但是還有一個疑點沒有被釐清。」

「什麼疑點？」

溫蒂微張開嘴，本來想直接回答問題，但是她似乎又想到什麼的閉上嘴巴。她在幾秒鐘內心裡冒出的念頭非常多，但是一個念頭馬上就澆熄了她的衝動。保羅醫生說過，眼前這個犯人不是普通人；應該說他的心理狀態有很大的問題，在他先前一進到路得島碉堡監獄的這幾天，他們早已用了各種方式要他說出真相。路得島監獄早已放棄了傳統方式的嚴刑烤打。用那些殘暴方式逼出來的話，有時根本就是犯人因為忍受不了皮肉的痛楚，而在意識裡胡亂打撈，掰出各種拖延時間的答案。

於是根據這一點，他們在之前花了很長的時間，製作出一套如烘咖啡豆機般大小的發電機器；右邊有透明壓克力包裹住球狀內的主要內件，從中延長出一個小曲柄，只要輕鬆轉動它就會產生無數駭人的靜電。

犯人則被脫光鞋襪固定在冰冷的金屬板上，一旦轉動曲柄讓機器導電，其上的犯人就會感到全身的皮膚，鑽進強度不一的麻痺感；就像被千萬枝細小的針，尖銳地來回刺穿毛孔。尤其是頭皮，在那短瞬之間，導電的犯人甚至可以清楚知道自己的頭皮上，究竟佈滿了幾百萬點的毛囊。

這有助他們思考，以及正確回答出我們想要的答案——這是典獄長樂迪歐使用這台導電機的理由。他很肯定機器所帶來的效果，甚至喜歡暱稱它：這可愛迷人的小風球！

他們當然直接讓塔德上了這個風球，甚至在他昏迷後清醒，再拖上去加大電量，但是效果卻相當糟糕；他什麼都不肯說，盡只在渾沌之際，從嘴裡蹦出許多不堪入耳的髒話。

直到第三次塔德昏迷了好幾個小時，用了各種方法都無法讓他清醒，在旁邊的保羅醫生才發覺不對勁。

他說服典獄長先暫緩烤問，給他點時間評估這犯人的心理狀態。

於是保羅趁著塔德昏迷時，用了最新研究的腦磁波來偵測他腦袋裡的狀態。

這是根據法拉第定律——電生磁：當腦神經活化時，所產生的電訊號會引發磁場變化，所偵測到訊號的大小即為腦磁波，也就是記錄大腦活動時的電波變化。人身上都有磁場，思考時磁場會發生改變，形成一種生物電流通過磁場產生「腦電波」，通過能量守恆，思考的約束力越強，所形成的電波也就越強。

經過幾小時精密的偵測後，保羅隨即沮喪的明白，塔德的腦波在電波圖上呈現極不正常的波動，他似乎把命案中的最後疑點，像畫重點般地圈了螢光記號，完全理性地區隔在腦子的另個角落，跟其他記憶截斷得相當徹底。而這個角落只能靠他自己的意志啟動，或者什麼特殊的口令與動作，來勾起他打開的意願；否則，再用什麼恐怖的酷刑烤打都沒用，他就完全像個失憶的人，根本不會想起。

風球實驗就是個最好的例子。

塔德醒來後根本不記得發生過任何事，甚至一般犯人會有的嘔吐、頭痛、四肢僵硬、全身發冷等一些副作用，他也完全沒有；詢問他記得發生過什麼嗎？他回答：「沒有吧，這些天就一直蹲坐在一片漆黑的角落。」這令人啼笑皆非的答案。

溫蒂是在兩天前臨時接獲命令來到監獄。

他們先讓她看過這些從旁側拍的紀錄影片，然後再跟保羅醫生做詳盡的溝通。但是就在她終於明白這一切複雜的程序，只是要讓她清楚這個即將面對的犯人有多怪異時，她不禁疑惑起自己為何會被派來的原因。

「究竟是什麼疑點？」

我原本想用雙手用力搥向桌面，來喚醒眼前突然閉上嘴巴，看起來頭腦不太靈光的女人；但是雙臂一出力就感到綁緊的手銬。

他媽的！我痛苦地罵了聲髒話，改用雙腳用力踹向桌腳。

「喔，」她回過神來，雙眼迅速眨了幾下：「我看過你與其他醫生，以及兩位綁匪的團體治療影片，但我想聽你親口敘述跟蹤柯薇亞，之後在收藏室發生的事。」

「還嫌那天拍得不夠清楚？」我挑眉咂了咂嘴。

「是你說的不清楚，我想再聽你說一次。」溫蒂很堅定地提出要求。

本來我很不耐煩跟她耗時間，但是來到監獄裡就會明白，這是沒得選擇的事。這些他們口中的心理醫生、警察、長官、律師……各種頂著頭銜的人來到這跟你對話，就是必須要清楚的回答，要不你就搖頭說不知道，態度反抗或閉嘴不談只會讓之後的日子更難受。

我思考了一會，而眼前的女人又露出那種期待的目光……我對這個神情最沒輒。其實我自己也喜歡說，一個人的時候也常沉浸在這個記憶裡；我想我在這個案子中，有著濃烈連自己也感到驚訝的表演慾望。

「交換個條件怎麼樣？如果你詳盡地跟我配合，那麼這段時間就不用跟其他犯人一樣，接受勞動？」溫蒂對我眨眨眼睛。

我在清空的老家屋內沒有發現柯薇亞，便繞出來轉到後門右邊的小門口。我的猜想果然沒錯，門沒有完全闔上，從底下透出淡淡燭火搖曳的光影，空氣中甚至還留有一絲香水氣味。我放輕腳步往地窖走去，把自己躲藏在轉進收藏室之前，那座白色石牆後面，再從旁側露出一點點視覺，偷偷盯著裡頭的動靜。

還未真正看見柯薇亞的人影，我已經被重新裝潢的收藏室給驚嚇得說不出話來。那裡不知何時已經從一間廢棄發臭的恐怖屍體室，變成一個清爽乾淨的獨立房間。挑高的地窖空間，正中央的天花板，懸掛的是一盞由七條金屬固定，從上而下結串編織的菱形水晶燈。圓形連結的燈泡所散發出的暈黃燈光，勉強能照亮這方正寬闊的空間。在這空間的四面牆，皆打造成與天花板齊高的櫃子，規矩地沿著牆壁排列著堅固的深色櫃子。

以前父親用來製作標本的工具全都不見蹤影，而所有的標本現在被放在靠牆的架子上方。那些浸泡在福馬林中載浮載沉的動物標本，現在一個個如碩大暈黃的水晶燈，如裝飾品般被好好地收置在櫃子上。

歷久不衰的潮濕霉味，已經被角落的除濕機烘乾；後方的牆面則掛了幾張小型的靜物畫，以及一幅進入秋季末期、滿是褐色枯葉的山丘風景油畫。

擺在中央的桃木桌子，桌面置放著一盆插滿雪白毫無雜色、花瓣綻放的弧度已到極限的大開百合花；百合花的香氣，正與空間內各種氣味混合在一起。而在所有底下踩著的木質地板上，則鋪滿繁複圖案的波斯地毯；地毯四邊到處是磨損後，露出毛邊的粗糙編織紋路。整體空間飄散著典雅的氣質，還有擺設恰當的床、斗櫃、桌子、椅子，以及各種生活中需要的簡易用品。

我望著四周驚人的改變，已經忘記了自己前來的目的，瞠目結舌的頭腦一片空白，呆滯地站在地窖中央。

我還依稀記得掛在老家窗上的破損窗簾，與積了大量灰塵的地板、桌面、沙發，連呼吸到肺裡的空氣，也是粗大粒子的灰塵霉味。熟悉的記憶在這裡憑空掉落出我的腦子外，眼前巨大的改變卻像早已與空間融為一體，成為一幅年代久遠的古典畫作。

我站在那裡沒有多久，從裡頭隔屏中走出的柯薇亞看見我，也如同我見到她一樣，兩人同時倒退幾步，發出短促驚嚇的尖叫。

「妳在這裡做什麼？」我回神粗聲地詢問她。我還沒忘這是我的老家，而父親是這裡的權狀持有人。

她低下頭來沒有回答，原本蒼白的臉此時浮出一絲漲紅的羞愧。

現在的她看起來與先前相當不同。那個與我在光線充足的咖啡館中見面的女人，全身散發著一種沉熟穩重，歷練十足，甚至與人疏離的冷漠職業女強人形象；而現在，她正穿著一件寬鬆的連身棉質洋裝，非常居家，就像電影裡標準的女主人與母親的打扮，讓我不禁出現一種模糊的情緒。

這模糊的情緒瞬間佔滿了我的心，是一種既單純又複雜的想像，直到事情發生很久後我才漸漸明白：這個老家長久缺乏的就是我的母親，一個溫柔的女主人。而她這樣打扮出現在此地，在我空乏的回憶與實景中，直接且強烈地扭曲了我的心態與感官，還有一切可稱之為理性的東西。

於是就在短瞬間我變得非常迷惑，迷惑眼前所有的事物；不管是柯薇亞或是實際的家具，它們變得像是透明的海浪般，在我的視線裡翻湧出一條條波紋。我感覺自己的心臟發出乾乾的聲響，呼吸急促，全身蹦發出細微的顫抖……

現在眼前呈現的，就好像你正在自己長久以來作的美夢中，只是它不是夢，是活生生地把你包圍在其中。

「我在這裡整理，只是……只是覺得讓這裡荒廢掉了很可惜。」

「這樣多久了？」我深深呼吸一口氣，那強烈古怪的心情不停地在心裡膨脹。

「去年夏天開始。」

「妳就一個人在這裡住？還是？」

「沒有。一直到這裡都裝潢得差不多，我有時會因為整理得時間過晚，錯過回去的地鐵，便只好在這裡過夜。」

「喜歡這裡嗎？」

「還好，整理過後有些樣子出現，就比較能夠接受。」

我們的對話到這裡結束。現在空間裡一點雜音都沒有。除了鑲在牆壁上的小型座式時鐘，不時發出滴答秒針往前移動的中空響音外，只剩下角落中的空調，響著細微規律的風聲。

之後迅速發生的事情，我想要是柯薇亞之後回想起來，一定印象相當深刻，甚至一輩子都忘不了。

此時，異常渴望的情緒已經全然地佔據了我的心；在我眼前的她，已經不是那位陌生的柯薇亞，而是我長久以來，朝思暮想的母親。

我這時已完全喪失了所有理智，那些透明的波紋滿佈在瞳孔裡，在發漲、喘不過氣來的胸口中；我感到再不這麼做我就要瘋了……於是便唐突地走過去，蹲下來抱住她的大腿，就像小孩子跟母親撒嬌那樣，把雙臂打開圈攏住她僵直的雙腿，臉頰靠在她的膝蓋上，然後抬頭露出我自認為最可愛的笑臉，再捏著嗓音裝出孩童似的聲音：

「那媽咪我要去睡了，您可不可以給我一個晚安ｋｉｓｓ？」

柯薇亞僵硬的表情瞪大眼睛，簡直像看見什麼恐怖的東西一樣，不敢相信一個成年男人會突然做這樣的事情。

她當然沒有彎腰在我臉頰上輕輕一吻，全身硬挺地如同一尊蠟像，臉上凝結著恐懼的表情；反倒是我站起身，嘟嘴在她臉上用力吻了一下，用甜甜的聲音跟她道晚安，甚至還幼稚地揮了好幾下手，接著轉身走出地窖，確實地把門牢牢反鎖上。

隔天我從家裡床上起身時，手臂碰到了珍妮的肩頸，她輕微地發出一個氣音，我俯下身看她。她的頭髮鬆軟地披在鎖骨旁，露出的肩頸則散著淡淡的乳液香味。我輕輕地把手放在她的長髮上，小心地讓髮絲穿過手指間的空隙。

這麼做沒有別的，我只是想再一次確認自己現在身處的地方，還有自己確實的身分。

「你昨晚去哪了？為什麼那麼晚回家？」珍妮閉緊眼睛，拉起棉被緊緊摀在下巴底下。

「和安迪與魏恩去了公司附近新開的酒吧。」

「真的嗎？」尾音質疑地拉長。

「真的！安迪想追人事室的主任艾莉絲，我們兩人幫他出些主意。」

「可是你身上沒有酒味喔！」

「拜託我是司機要送他們兩人回家，當然滴酒不沾。好老婆，我這次忘了打電話跟妳報備是我的錯，下次我一定會記得。」我俯身輕輕啄了一下她的額頭。

「今天下班記得幫我買玉米片和甜椒！」珍妮的聲音聽起來滿意了，又轉身沉沉睡去。

我下床後進去浴室盥洗，對著鏡子刮淨下巴的鬍子，換上筆挺的西裝制服，一切回到正常的軌道上。

這天剛好是一星期一次與艾莉絲的午間約會，但是我提前傳了短訊給她，告訴她我頭痛，而且好像有點發燒的情況。她在這之間用了幾個理由藉故來我的辦公室，手裡拿著幾本不重要的資料簿晃了幾圈。我盯著她高聳的胸部與屁股，心裡在一剎那時後悔了幾秒，但是隨即把這念頭撇開，因為我知道我有更重要的事要做。

我利用應該與艾莉絲約會的時間去超市，買了珍妮要的東西，也順便買了許多吃食，專挑那些可以儲存許久的罐頭與雜糧，甚至還買了一些可以丟棄的紙內褲與內衣。

老實說，我不曉得我的下一步應該怎麼做。

我兩手抱著裝滿東西的紙袋，站在自己大敞的車廂後頭，一一把東西放了進去；之後，刺眼的陽光透過大樓的玻璃門反射到我的臉上，我盯著那幾只紙袋皺褶的邊緣看，一陣茫然感包圍了我。

我現在到底在做什麼？把一個女人囚禁在地窖中？然後呢？我究竟在想什麼啊？我有點沮喪地蹲靠在車子邊，用手抓了抓頭。

一旦思索到自己荒謬的行為，昨晚柯薇亞如同母親的形象便在腦海裡出現。一靠近便可聞見的身體乳液氣息，鬆軟的髮絲與慵懶的棉質睡衣，朦朧的雙眼與嗓音，則淡淡地在意識中生根。

我後來發現，當我開始質疑自己的行為時，這些一生中所欠缺且極渴望的，母親的形象就會在腦中放大；它們似乎在柯薇亞現身於老家的地窖中，那個我們兩人驚嚇地望見對方的那一秒鐘，就已經自己埋下了深刻、無法更改的形象，與應該要進行到最終的命運。

而柯薇亞的身分，這個長久以來，寫著匿名信間接破壞我的童年與家庭，與失蹤的母親不知有何深刻交情的女人，是最適合補償我所欠缺的母愛的最佳人選。

這天我在下班的時候繞到老家，確認四周仍安靜無聲，沒有任何人影與聲響經過，心裡不禁讚美起這棟老屋。小時候總是抱怨位置偏僻，太過寂靜無趣的根本沒有同學願意來家裡作客，長大後才發覺父親過人的眼光。這裡安靜偏遠，的確恰當合適地提供想要進行秘密行為的人，一個完美的庇護所。

這是我在搬離多年後，第一次用全新的眼光，打量著在心底逐漸陌生的老家。這裡座落在城鎮南方最底，夾在兩片低緩丘陵中間的郊區。

前面有一整排樣式統一的白色平房，經過久遠時光的侵蝕，建築早已蒙上一層混濁的污漬。從遠方的鎮上眺望此處，視線會先被朦朧霧氣與雲層遮掩，只能隱約望見夾雜於樹端中的瓦礫屋簷，讓人不自覺地想起遙遠記憶中，那些已遠逝的童話故事。

在很早以前，從遠方前來這裡的一位異地商人，因看上丘陵的良好地理位置——不算過分遠離城市，但確實隔絕了喧囂。低矮的丘陵成東西縱走方位，在每天清晨，能萃取陽光中最光華透亮的時刻，便開始在此大量的買地建設，決心於此鎮定居與投資。

剛建好之後的那段時期，南方郊區成為鎮上唯一清幽的區域。有些人投下大量的金錢，裝潢成可租貸的別墅，也有些人特意從鎮上搬來此地定居。

但是隨著時間過去，沒落的經濟衝擊與變化激烈的社會結構，據聞還有些個人因素與那地區發生的一些事，許多原本在此居住的富商，陸續搬離此地或撤走原本的投資，使得這區塊開始呈現某種疏於照料的蕭條感。

尤其在秋季入冬的季節更動，從枯槁灰澀的樹葉空隙望過去，黯淡已熄滅的光采更讓人感覺荒涼。

沒有鎮民願意在傍晚靠近郊區。我曾經問過其他人對此地的看法，他們皆無法具體形容，貧乏的語言表達不出心裡細微的感觸；自從那裡大多的居民搬離後，郊區便沾染上了無法抹滅的陰森感，還有一種隱晦、不同於其他地區的荒涼。

要從外面的世界與大路通往南方郊區，需要沿著繁華的區域到達偏僻的鄉間小路。首先必須繞過鎮中心的中央廣場，接著，再經過旁邊錯落的住宅區、學校、醫院、旅館、商店街，以及集中的行政區域。往南方前進的路上，越往前走，與後頭的公寓住宅離得越來越遠。沒有多久，只能見到幾棟孤立黯淡的房舍，間歇地出現在光禿的柏油路兩側。

在城鎮後頭，整條柏油路往上延伸的盡頭深處，便埋藏了此塊郊區。而進入此區前，必須經過一大片長期用心照料的大樹林。

樹林不似深山中的陰森林子，但是其濃密蒼翠則有足夠條件，完美地隱藏所有想要藏匿起來的秘密。梧桐、欖仁、木棉、黃槐、七里香這些修長聳高的樹木，呈現長久亙遠，豎立在前方的歷史感，讓隱藏在後頭的平房，更顯得如破碎的夢般的深幽場景。

這就是我的老家，一座被所有人遺忘的白色平房。

一靠近這裡，印象最深刻的就是父親背光站在工作枱前，彎腰專注於標本的身影；那已經成為了某種深刻的烙印，也幾乎濃縮成我蒼白的童年。

那時候的他，可以站在那裡工作好幾個小時，同時也要求我必須坐在旁邊陪他。印象中，我曾因為過程裡那無法忽視的無趣與厭惡，便開始趁他不注意時，把眼睛撇開，然後隨口拋出許多奇怪的問題，企圖彌補這空白又乏味的時光。

「為什麼我們會住在這裡？離鎮上這麼遠？」這是我曾經提出無數次無聊的問題之一。我沒有真心在意答案，僅想要在過分寂靜的空間中，聽見一些聲響。

「住這裡的原因啊！」父親停下動作，側身看了我一眼。

「這理由說起來很奇怪。當時在找房子之際，房屋仲介商聽過我對靜謐環境的要求後，便開車帶我來到這裡。我記得那個名叫邁爾斯的中年業務跟我十分投緣，我們在看房子之際，隨口聊了許多。

他不像那些油腔滑調，只想從你口袋撈錢的商人；邁爾斯的態度謹慎誠懇，柔和的眼神讓我安心不少。他耐心地領著我，仔細看過這裡周遭的環境。白色的平房上堆積著陳舊的石磚，絕世獨立地矗立在一片草原後頭。草原延伸到山腳的北邊，西面是一片遮蔽住此處的高大樹林，狹小的道路就在樹林兩側。

我原本還在考慮，心裡最主要的規畫，便是擁有一間獨立製作標本的隱密地點。

邁爾斯聽見我提出的最後需求後，便很懂我似地慎重點了點頭；說到這裡，我永遠忘不了他的眼神。那深邃神秘的發亮瞳孔，似乎藏了一個在陰影下方的靜止潭水，在那裡什麼波紋都沒有的絕對安靜無聲；再繼續往下凝視，那如映在水面上的印象，直直地望穿了我——或者透過我，看見了更多，連我都不知道的事情。

他非常專注地望著我的臉很久，之後低下頭，默默地帶領我來到房子後面，掏出鑰匙打開地窖，也就是現在這間收藏室。

我們沿著漆黑的樓梯往下走，潮濕的氣味早已覆蓋住底下的空間，斑駁的白漆蔓延著恐怖發霉的壁癌；他一邊領著我彷彿要走到底層世界地往下探，一邊告訴我關於這間房子，與這個地窖的由來。

那是一個悲傷但十分動人的故事：關於打造這裡的商人胡賽因，還有他的老僕人迦尼的真實過往。我第一次聽見這個故事就深深被吸引，所以當我與他走出地窖後，毫無猶豫地便付了房子的訂金，決定買下這裡。」

「是什麼樣的故事？」

「是一個關於贖罪的故事。」

這是唯一一個父親百說不厭的故事。

我聽他說過非常多次。每次當他雙眼閃爍光芒，著迷地述說故事時，一開始，我很好奇那不會分心、不會影響精密標本的製作過程嗎？後來發現這擔心根本是多餘的；這個故事已生根於父親的心底，他們兩人在父親的體內與生命中成長茁壯，彼此糾結成同一個個體。

我有時甚至覺得，這個關於胡賽因與迦尼的贖罪故事，才是父親最熱愛的標本，恆久不衰的唯一珍藏。

父親對製作各類型標本的熱情，一直持續到他中風後才真正停止。我曾想像過，或許我終究會像父親一樣，必須真正收藏什麼來喚醒對生命的熱愛，來封存住那剎時間，令我感到心醉神迷的美好標本。

然而，那些會是什麼？什麼樣的美才能留住我的目光？現在的我還不清楚，卻已經能感受到那彷若遙遠預言般的大門，已經悄悄地等待在前方的盡頭。

我回過神來，掏出鑰匙打開收藏室的門，抱著紙袋走下去後，發現柯薇亞正躺在床上睡覺。我沒有吵醒她，輕輕地把東西擱在旁邊的桌子上，然後坐在床沿邊盯著她的睡容看。

她真的很美。閉上的雙眼，長且濃的睫毛陰影正灑在眼眶下方。鼻樑驕傲地高聳著，那形狀優美的嘴巴則微微地開了一條縫，好像正在做著無聲隱密的微笑。我目眩神迷地盯著她許久，心裡想擁有這樣美麗的母親，在學校的母姐會上應該可以很驕傲。

『塔德你母親真美，哪像我媽那樣像個老太婆！』

『哇，你媽咪的頭髮可以借我摸一下嗎？一下就好……我用全部的遊戲卡跟你交換！』

『我可以牽你母親的手嗎？』

『我好羨慕你，我也好想擁有這樣美麗的媽咪喔！』

…………

所有以前曾經被人嘲笑，諷刺沒有母親的錐心回憶，現在因為柯薇亞的出現，一個個自動在腦子裡轉化內容，像一幕幕動人的電影情節，閃著炫目光芒的畫面，開始自動更改我連想都不願再回想的記憶。

直到她慢慢醒來，那雙微張的眼睛望著我，我想我沉浸在想像中的臉可能頗為難看，她突然全身打了個劇烈的寒顫，滿臉驚恐地迅速退縮到貼緊床的牆壁旁，兩頰臉龐的肌肉則不斷抽動著。

「媽咪您醒來了啊！睡得好不好？肚子餓了吧，我有買東西給您喔！」

我興奮地從床上躍下，走到紙袋旁把東西全部拿了出來，聲音高昂地像在邀功似的：有高級的鵝肝醬、各類海生魚罐頭、吐司與法國麵包、花生與藍莓果醬、幾瓶罐裝保久乳、還有一瓶勃根地的紅酒。

「你……你決定把我關在這裡？」柯薇亞在我終於介紹完所有上等食物後，驚恐的表情稍微褪色了些，取而代之的是疑惑，無法理解的歪著頭，小心翼翼地吐出這句問話。

「不，媽咪怎麼會這樣想？一家人本來就應該住在一起的啊，所以媽咪當然要待在我身邊嘍！」我又回到床的旁邊，她非常害怕地縮起身子，把全部的身體緊靠在牆壁與床的角落中。

我壓低身子到她的腿邊，先溫柔輕緩地如同撫摸一隻小貓般的，撫摸了她凌亂的頭髮，接著再躺平身子，把我的頭枕在她的大腿上；這動作就像我小時候發高燒躺在床上，長久以來一直幻想的畫面。

她沒有反抗，也不敢動彈，身體就筆直地僵硬在原處。她劇烈的顫抖夾雜著體溫，緊緊地貼在我的臉上。因為靠近，我似乎也感覺得到這一刻——就柯薇亞而言，時間彷佛靜止了下來，熟悉的世界開始緩慢地出現崩解。

「媽咪，妳今天好嗎？我不在的這段時間妳都在做什麼？」我捏起了嗓子，企圖裝出孩童稚嫩的聲音。

柯薇亞沒有回答，枕在下方的腿仍劇烈地顫抖著。

「媽咪妳有沒有聽見我在問妳？媽咪？」

我用手把自己的身體撐起，轉過去盯著她蒼白無血絲的臉。她那雙大眼睛，深褐色的瞳孔裡，正印著我扭曲憤怒的表情。

「你耳聾了嗎？」我把聲音提高：「我要妳回答我！」我怒吼出聲，舉起右手臂作勢要甩她巴掌。

她聽見怒吼，眼睛睜得更大了，很恐懼地倒吸了一口氣；然而看見我舉起的手臂後，眼眶馬上流下淚來。就在我們僵持的這幾分鐘裡，我看見柯薇亞的臉，流轉了非常多細微的表情；接著，再非常勉強地擠出一個比哭還難看的笑，上揚的嘴角還掛著淚珠，用極細小的聲音說：

「我很好。」

我滿意地放下手臂，對著她咧嘴笑開。柯薇亞終於弄懂了我的意思。

我絕對沒有想要傷害她，或者做出更下流、卑鄙的事……所有女人總會在事發當下，像可憐的被害者所預想與幻想到的，我連想都沒有想過；但是前提是我希望她配合，希望她配合我所有對她做的事情，包括重新塑造一個我從未得到、擁有濃厚母愛的童年。

只要她願意陪我演這場戲，彌補內心所有的空乏，我就絕對不會傷害她。

不對，不是希望，我盯著她怯弱地用眼神詢問我，等我點頭答應後，再緩慢地從床上爬起身，艱困地摸索向前打開桌上的吃食，像隻餓了過久的動物般把頭埋進食物裡時，我在心裡否定了剛剛的想法。

不是希望，是需要，我確切需要一個如柯薇亞般美麗的母親。

這天我沒有多對她要求什麼，靜靜地坐在一旁盯著她吃東西的模樣。

此時的她很飢餓，我很理解極度飢餓時的匱乏感；那會讓人喪失理智，被渾身湧出的無力與無助感團團包圍後，讓人忘掉自己本來的面貌。我看著她動作粗魯地撕開包裝，不顧一切地用雙手抓起食物塞入嘴中，但所有的樣子仍高雅得讓人著迷。

上帝在這方面真是不公平；我一邊盯著她，一邊在心裡想。長相好看的人做什麼樣的動作都好看，即使動作野蠻飢渴，仍會從中流露出一股率性天真的氣質；然而長相粗鄙的人，再怎麼小心翼翼地拿著湯匙喝湯，慢條斯理地切著牛肉，那觀感卻仍帶著強烈，無法言喻的不潔感。

我趁著她在吃東西時，非常仔細地從上到下環顧了這個房間，在心裡列出應該增添的東西清單。

如果需要她陪我演出這真實情境的幻夢，那麼就不應該虧待她。以她幹練優雅的模樣，應該喜歡看書、畫冊與時尚雜誌、散文遊記、還有添購可供我不在，足以打發時間的東西。

我在離去前，又如昨晚一樣地蹲下身體，緊緊環抱住她的大腿，撒嬌地跟她討晚安吻。這次她只是發愣了一下，沒有拒絕。

然而，當柯薇亞彎下腰，冰冷發顫的唇從我臉龐輕輕掠過時，我感到心臟都要跳出來般地欣喜若狂；這就像完成長久以來幻想過無數次的夢想，雖然不到一秒，但是卻感到全身舒暢，好像登上了難以攀躍的高山頂峰。

隔幾天後，我買了非常多的東西到地窖去，甚至到女性精品店花許多錢，買了好幾套我心目中母親應該穿的，適合在家裡打掃與做事，但仍不失優雅與高貴氣質的居家服。

售貨小姐看見我進去後，臉上維持著一種好奇與憋住笑的模樣，我想應該從沒有單獨的男性，會進來店裡認真的東挑西選。我騙她說我正在替我母親工作，母親是個女強人，沒有所謂自己的時間，連坐地鐵都需要盯著電腦螢幕，所以我替她來此選購一些在家裡穿著舒適，如果臨時有客人來，也不會感到失禮的居家服。

她看起來似乎不大相信，隨意的點點頭，不耐煩我如此認真對她說那樣多的理由。或許她打從心裡認為我有變裝僻，只是找些爛藉口掩飾自己古怪的行徑。

最後結帳時，售貨員看見我都挑最小尺寸，且價格昂貴的衣服，便終於鬆口氣般地，大大地稱讚了我的眼光。我的心裡感覺非常驕傲，柯薇亞是個體面的母親，而我做兒子的確實與有榮焉。

柯薇亞今天看起來氣色比昨天好，或許是吃了營養的食物，臉頰紅潤了許多。她看見我又如同邀功般地把所有東西一一倒出來時，黯淡的眼神有亮了那麼一下；但是僅只如流星般的一閃而逝，那熟悉的憂鬱神情馬上又回到她的臉上。

或許她終於明白，地窖裡的東西越是齊全，表示自己就會被關在這裡越久。

「媽咪妳不開心嗎？我買了好多好多東西給妳耶！」

她點了點頭，沒有回答。我歪頭看著她，打算換個話題。

「媽咪今天做了什麼？」我坐到床沿把頭靠在她的肩上。

「沒什麼。」她搖頭。

「那麼媽咪陪我做功課好不好？好煩喔，老師今天出了好多功課啊！」我站起身把公事包拿起來，從裡頭倒出許多佈滿數字的電子業務訂單。那是主管安排我完成的文件，已經拖了好長一段時間都沒有空弄。

「好。」她輕輕地吐了這句話，移動身體坐到我旁邊。

這天的進度非常好，在母親慈愛的關注下，我埋首拼命地把訂單全部統整了一遍，甚至進度超前地對每個廠商列出詳盡的細目。就在我終於吁了一口氣，放鬆下緊繃的身子高興地表明自己已經完成，側身過去抱住她撒嬌後，她的臉又蒼白了起來。

「我可以問你一個問題嗎？」她小心翼翼地看著我。

「怎麼了嗎？」

「我們這樣……我是說我們母子要在這裡多久？」

「噢，媽咪怎麼會這樣問呢？這是我們的家，我們應該要永遠住在這裡的不是嗎？」

「所以我不可能回到原來的生活，甚至不可能走出地窖曬到陽光了？」

「簡單的回答是沒錯，但是當然也有例外！哪有母子兩人始終在家裡呢？所以也會需要妳牽著我，共同創造一個出去逛街，或者散步的快樂回憶啊！」

「那除了家裡與外頭，創造你所謂的什麼回憶之後，我有沒有可能……」

「回到原來生活？」我替她接下去。

「嗯，不要誤會，我的意思是我也很喜歡你，把你當兒子看，但是我仍有自己的生活……」

「不對喔，這回答有問題噢！在這裡妳是我母親，妳要慢慢遺忘原本的家庭，把我當成妳的一部分，要如同母親疼愛小孩般地寵愛我。」

我斜眼看著她，她現在似乎已經相當清楚我在做什麼了。

我不是那種全然把自己投身於夢境中的精神患者，我的需求清楚明白，而身在這如戲劇般的彌補戲碼裡，她也清楚我並非固執地認定自己是個孩童。我的頭腦仍舊清晰，她可以問她所有想知道的答案，但我的角色隨著問句與場景變化。我可以裝傻裝不懂，裝各種我想要的模樣，端看自己的心情轉變。

這讓她知道自己的處境更加為難。

因為我畢竟是個成年男子，如果我真是個精神病患，把自己心智年齡強硬縮小成孩童，那一切或許還好過一些；她可以哄騙我，可以用任何計謀讓我打開大門，但是我沒有病入膏肓，我仍清楚知道：在這裡，我便擁有對她的全部操控權。

柯薇亞聽見我的回答後，沒有抗議，也沒再繼續發問，只是抿著嘴流下眼淚。樣子真是楚楚動人，讓我想到電影中，許多為孩子做錯事，而流下痛楚眼淚的母親。

她應該從未被人恐嚇與威脅過，看她的樣子就明白，她非常懼怕我像上次那樣舉手作勢打她，這好像比什麼都要令她害怕。我想像她在以前的生活中，應該是一個生活順遂、養尊處優的公主。我仍記得她寫的匿名信內容，永遠都是不著邊際，充滿幻想與優渥生活的描述。

她從未冒險與吃過苦，而這就是我的優勢；表示她一旦陷入自己也無法理解的困境，就如同沾上蜘蛛網的無助昆蟲，無法自救。

她無聲地流著眼淚過了一會，又重新深呼吸地調整心情，緊閉眼睛似乎在用力思考著什麼。我當時因為時間過晚，沒有辦法顧及她的想法，於是匆匆地要她吻我一下，便趕著回家。

這幾天我密切注意著報紙與新聞，看看有沒有刊登出柯薇亞失蹤的消息。

我把車停到公司停車場中，走出來向街角的攤販買了所有的日報，再像抱著一大束捧花般地進去辦公室裡讀。會提早到達公司，就是希望趁這個沒人的時間好好閱讀，看看有沒有相關消息。我先從第一份報紙的頭條時事讀起，接著看社會新聞。

上面寫滿了荒謬怪誕的許多新聞：有一隻西藏敖犬從自家門口衝出，嚴重咬傷了清晨跑步的女子、長期吃速食食品會導致心血管疾病與增加腦中風危機、某醫學實驗證實了人體的脂肪……

「你怎麼那麼早來？」辦公室的門突然被推開，艾莉絲表情冷漠地站在門口。

她先盯著我，接著把目光移到桌上如同被小偷光顧的混亂情形。報紙成份地堆積著，已看過的則一張張四散在周圍，幾乎把全部的地板都給遮蓋住了。

「我……」我的腦子轉不過來，緊張地胡亂想著藉口：「我希望提升業績，所以想額外關心時下的經濟狀況。」

「是這樣嗎？你也太誇張了吧，把全部報紙都買來了。」艾莉絲邊叨唸著邊走過來替我收拾。她似乎沒有懷疑我的說法，報紙上的彩色圖片正吸引著她的目光，她開始邊整理邊看起這些報紙。

我沒有阻止她，於是我們兩人分坐在辦公室一角，眼睛盯著手上的圖文。

「欸，這圖片上的女人真美！」她嘖了嘖嘴，口氣有點羨慕：「這女人長得好像某個明星喔！這報導則是她失蹤多日，警方已經派人搜索的消息。」

「什麼？」我的心跳加快了起來。我站起來走到她身邊，假裝鎮定地靠近報紙。消息被放在社會新聞的右下角，一個非常不起眼的地方。

已從證卷交易所退休的主管柯薇亞，目前被鄰居通報失蹤。

年約四十三歲的柯薇亞，於前年從交易所退休後，獨自居住在西北A區二十七號的

大樓中。據鄰居錢斯太太表示，認識柯薇亞多年，她的個性內向善良，沉默寡言，沒有與任何人有較密切的往來；沒有婚姻，也沒有家人，一個人過著半隱居的生活。

錢斯太太說因為她們的背景類似，兩人形同姊妹，每星期都會固定時間交換食譜，或者一起上餐館用餐。她於幾日前找不著柯薇亞，以為她獨自出去旅行（這情況曾經發生過幾次），但是後來時間過久覺得不對勁，因此決定通報警方。

警方呼籲曾在前幾個星期見過柯薇亞的人（旁邊放了張大頭照。裡頭的柯薇亞相當年輕，應該是二十幾歲的照片。臉上帶著淡淡的笑，模樣看起來聰慧迷人），或者知道相關失蹤的任何消息，請儘速與警方連絡。

「這女人失蹤了呀，沒有家人的她真是可憐，」艾莉絲又咂了嘴：「已經四十三歲了，放了張二十幾歲的照片要人怎麼辨認呢？」她把報紙移近自己的臉，仔細地盯著照片看了一會，又失去興趣地丟到一旁，拿起了別張報紙。

「對啊，可能年紀大了不喜歡拍照吧。」我聲音沉穩的回答，但已經感覺自己的背脊流下了大量的冷汗。

如果照報紙上所寫，柯薇亞在最後一封匿名信上寫的決定走入婚姻，或許只是起了這個念頭，實際上則還沒有成家。警方已經注意她的失蹤，而目前看來，報上的鄰居錢斯太太似乎也不知道柯薇亞的秘密：定時會獨自來到南方郊區的老家整理。我呼吸急促地思考著。

這報導對我也有另個好處，無疑地給了我一劑強心針：許多失蹤人口在各地上演，除非家人不斷去打擾與催促，否則警方絕對是把這案子丟在一旁，任其淹沒在茫茫案子中。

「你最近怪怪的！」

正當我還在絞盡腦汁思索時，艾莉絲已經把報紙放下，回頭望了望緊闔的大門，接著坐上我的大腿。

「沒有，我只是覺得自己對工作不夠盡心，所以才會想多花點心力在工作上。」

「不對，我覺得你是不是有別的女人，對我沒興趣了？」她把臉靠近我，我聞到一股化妝品的脂粉味。

「沒有的事！那，那我們今天下午偷空去約會？」我閉眼吻了她那濃妝過度的臉。她看起來終於心滿意足，跳下我的大腿走出辦公室。

這天下午，我在床上非常盡力地滿足艾莉絲，直到與她在旅館中辦完事，兩人穿好衣服準備回去公司時，她突然像想起什麼地，轉頭對著我說：

「對了，你之前跟我提過，就是寫匿名信的那個女人後來呢？你有再遇見她嗎？」

我那時正低頭整理自己的領帶，感覺手指頭僵硬了起來。我仍低著頭，心裡想著：對呀，我曾經告訴過艾莉絲這件事，還是她要我把握機會的，自己怎麼就忘了？

「沒有，我之後因為事情多就忘記了。拜託，整個城鎮人那麼多，我想再遇見的機會極乎其微！」

「也是，」艾莉絲走過來幫我把領帶打好，對我露出一個甜膩的笑容：「除非她自己找上門來。」

這幾天或許是因為看了報紙的消息，情緒中多了些許的心虛與內咎，於是在下班後，便把車直接開回家，不打算過去老家那。

我預想著那些罐頭，還有雜糧食物應該可以撐上一陣子，其他日常用品也夠，便決定在家裡好好陪珍妮。我帶著點補償的心理，不要她麻煩地張羅晚餐，兩人連續幾天上館子，吃了幾家她看雜誌上介紹的道地印度與義大利菜，又去看了幾場目前最紅的電影。

她像個小女孩似的，整個過程顯得相當開心，臉上紅潤地持續著嬌媚的笑，好像已經很久沒有這樣開心過了。在回家的路上，經過鎮上那間最大的精品店時，她站在櫥窗前盯著裡頭的商品目不轉睛。以前我總會嫌棄她的品味與眼光，在這種時候，老是語氣冷漠地諷刺她看上的商品都很廉價，但是今天不一樣，我二話不說地替她選購的洋裝刷了卡。

她心滿意足地提著袋子，滿臉笑意地親暱地勾著我的手臂，兩人踏上回家的路。

我低著頭，看著從上頭稀疅下來的銀色月光，把自己與珍妮的步伐和身體，拖映到旁邊的石牆上，變成兩條黑色的，已經拉長、變形的黯淡影子。

我轉頭偷偷看了珍妮一眼，然後在心裡想，我對妳的感情其實已經逐漸冷淡了。

應該說結婚這件事不是個名詞或動詞，代表的是一整個完整的世界——讓我有了真實成為一個男人，步上正常軌道的一個分水嶺。我熟悉她身上淡淡花香的頭髮氣味、早晨一定要洗澡的習慣、一星期換一次牙刷、會仔細地撿拾掉落在洗手枱中的頭髮、不管出門或是在家，只習慣穿連身的洋裝、喜好會發出光澤的晶亮飾品；還有只要一生氣，不管多克制自己的情緒，那雙單眼皮的眼睛旁邊，就會出現幾條細長的皺紋。

簡單來說，我的人生因為與她結合，而順利地到了下個階段。就工作與婚姻來說，是什麼也沒得挑剔的完美人生；但是我仍無法滿足，這已經不是珍妮的責任，跟她毫無關係。

我還記得剛結婚後，我們兩人安排了一趟約一星期的蜜月旅行。回來後我盯著其中一張，由珍妮掌鏡，幫我獨照的一張照片看了很久。

照片裡的我，全身正承接著金燦的陽光，眼睛瞇成一條細縫，坐在一座開滿繁花的公園，中央那座寬敞的石椅上。沒有什麼表情，嘴角牽動著不太確定的笑意。

「你在拍這張照片時，正想些什麼？」珍妮指著照片中的我的臉，疑惑地問我。

「沒什麼，可能陽光太大了吧！」

「是啊！那天真的好熱啊。」她轉過頭，繼續整理其他照片。

但是這張照片卻讓我心痛。

我把照片握在手中，仔細在眼前端詳著，在心裡想：妳可能永遠都不會明白吧。裡頭的我，不過是個稀薄的影子或是某個部分而已。真正的我，則在過往某個很遙遠的場景中、在許久以前、在母親的離開與失蹤，還有許多磨損我的曖昧情景的夾縫裡；在所有無人理解的孤寂之中。

我明白我已經喪失了很多東西，在連自己都不清楚的地方。

這幾天由於我的刻意陪伴，珍妮的心情看起來非常好。兩人與高采烈地逛街吃飯，晚上回到家則窩在火爐邊，聊了許多話。原本我們隨口聊到其中一部電影情節，那是描述關於親情的電影；然後她突然在我發表意見時安靜了下來，臉上露出一股奇怪、臉頰都笑開那樣特別溫暖的笑容；等到我說完後，她不急不徐地告訴我，結婚好幾年了，現在的她想要生小孩，生一個我們的小孩。

我本來帶著微笑的臉逐漸感到僵硬，口氣冷淡地問她何時有這念頭的？

「自從你把爸爸送到療養院後，我覺得家裡空空洞洞的，只要你晚回家我都覺得好孤單。」

「那生小孩會好一些嗎？」我繼續詢問她。

「或許啊，你想想，我們都結婚好久了，而你現在的工作又穩定，有個小孩陪我不是很好嗎?」

「這樣啊……」我假裝考慮地低下頭,珍妮拉著我的手臂乞求著。

「好啊,我想有個小孩家裡也會熱鬧些!」

然而,這幾天我在與珍妮上床的幾個小時前,偷偷地在她睡前要喝的牛奶裡,加了雙倍的避孕藥。我清楚自己這麼做的原因,現階段的我無法面對另個新的小生命。應該說,我現在正竭力地為自己彌補所喪失的缺洞,在另個空間與時間裡,正極其認真地扮演一個小孩,一個極需要母愛滋潤的無助小孩;而這個小孩,是絕對不可能接受另個小孩存在的。

我大約過了一個星期後,才去採買許多食物回到老家。

柯薇亞那天穿著我買給她的整套藍色居家褲裝,很無力地背對著躺在床上。我走下地窖時,心裡感到一陣強烈的內咎;太久沒繞過來這裡陪她,什麼都沒說的就把她獨自遺棄在這裡……這段時間她應該感到非常無助吧。我連她或許生了病都有考慮進去,所以在下班時,特地繞去藥房買了各種止痛與消炎藥品。

「媽咪,妳今天好嗎?幾天沒見面了,有沒有想我?」我捏著嗓音呼喊她,接著躺到她的身邊,像小狗一樣地用下巴頂著她的背膀。

「唔，我好像發燒了，身體很不舒服。」她的聲音沙啞，用微弱的氣音對我說。

「真的嗎？讓我看看！」我擔心地坐起身，把手放在她的額頭上。很燙，轉過來通紅的臉頰著實讓我吃驚。

「除了發燒，還有什麼不舒服的症狀嗎？」

「我不知道……我的頭很昏，嘔吐了好幾次……」

「我有帶藥來，你要不要先吃？吃過了身體就會舒服了！」

「好……還有……還有那個隔屏後面的浴室，裡頭的洗手枱壞了，可否請你，請你幫我看看？」她虛弱地說。

我轉頭看著房間的後頭，放著一張從天花板延伸下來的淺綠色隔屏，那是用來區隔房間與後方的衛浴設備。

我點點頭起身，繞過隔屏後走到地窖後方。

那原本是一間用來堆置雜物的儲藏室。父親在前面製作標本，而其他家裡無用的東西，就被他雜亂地堆放到後頭。先前準備搬離老家時，早已把這裡清得一乾二淨，所有佈滿灰塵的大型無用垃圾，有的捐給慈善機構，有的則請了搬家公司一起處理掉。

現在這個正方形約十坪大的空間，已經讓柯薇亞改建成簡單的浴室。

她很有設計空間的能力，也或許是有錢能使鬼推磨，看起來她花了大錢把截斷的水電全部連接起來，在牆上弄了台高級的熱水器、一個白瓷做的小型浴缸、簡易式馬桶、一面鑲著古典花紋的銅製圓形鏡子，以及一個與浴缸同質同色的洗手枱。

之前我把注意力全放在柯薇亞身上，沒有好好地觀賞她對此地全然重頭設計的景觀。這裡真的煥然一新，不僅只是前頭父親的工作間與收藏室，連印象裡骯髒老舊的儲藏室，都被她整頓得非常具有美感。

我一邊嘖嘖稱奇，一邊走向她說的壞了的洗手枱。

只不過，她從沒想到會被囚禁在自己一手改建的地方吧！我的腦中聯想到這裡，不禁自顧自地笑了起來；不知道為什麼，這帶有諷刺意味的想法讓我非常開心，有著不可一世的暢快感。好像我本身是個造物主，一個徹底改變我與她的命運的偉大造物主——這個想法讓我非常驕傲，彷彿完成了什麼了不得的大事一樣。

我微笑地對著那面漂亮的鏡子，撥了撥正上方的頭髮，企圖把頭髮撥到前面，掩蓋住有點微禿的光亮前額。接著，我低下頭伸手試了試兩邊的水龍頭，奇怪，清澈的水馬上流了出來，順暢地流進底下的溝蓋。

我狐疑地試了好幾次，一切沒有任何問題。

然後我轉過身，看見後面黏附在牆壁上方的熱水器，上頭的紅點正大亮著，裡頭溫度相當高，也就代表她不久前已經洗過了澡……我馬上伸出手，不可置信地看著剛剛摸著她額頭的掌心，相當憤怒地吼叫了一聲，轉身拔腿跑了出去。

地窖前頭的房間空空如也。上面大開的門，正吹進沁涼的微風。

果然，這一切都是騙局。柯薇亞利用剛洗好澡的熱體溫，欺騙我她發了高燒，再騙我說洗手枱壞了，趁我走到後面時偷偷逃跑出去。

我像發瘋似地衝出了地窖上方，把雙手插在腰際上，望著黑茫茫的草地喘氣。

「柯薇亞，我的媽咪，親愛的媽咪妳在哪裡啊？」我對著漆黑的空間，怪聲怪調地喊著。

黑夜裡，如彎刀般的月亮掛在上空，四周淺淺地沾染著水銀色的亮光。但是亮度仍然過暗，老家外頭沒有任何路燈，少了人工光線的照明，輕淺的月光僅只反射著附近的草叢，發出細微無用的亮點。

此時我的心情其實非常緊張與混亂，腎上腺素飆高，全身冒著大量的冷汗。我並非沒有想過如果柯薇亞逃跑，再去向警方報案，我馬上就成為各方緝捕的通緝犯的危機，但是，這卻不是我最害怕的。現在的她如同風箏一樣地在空中飄搖，我就快要失去手中控制她的線，這絕不是失去一個提供娛樂的玩具那樣簡單。

我現在腦子裡想到的，是再度失去母親——如同以前聽見飛機失事，自己即將成為一個沒有母親的孤兒。

這些事情給我的結論是：任何人似乎都擁有可以隨意丟棄我的權利——這想法讓我感到非常痛苦，而這痛苦中又帶有強烈的，自己也無法理解的極度憤怒。

現在，她想要逃離，而我想要捕捉，我們相同有目的地在一片黯黑中茫然對望著，但是我對她的心情卻相當有把握——此時的她一定害怕極了，如同我極端的憤怒一樣，極大的恐懼正如同電擊般竄流著她的全身。

時間還不夠她跑遠，所以她現在一定蹲躲在某個地方，大張著空洞懼怕的眼神凝視著這裡。

「媽咪，妳在哪裡？怎麼可以丟下兒子跑掉呢？」我跨大腳步往草叢裡走去。

「媽咪，妳趕快回來，沒有妳我活不下去啊！」

「柯薇亞媽咪，媽咪……我以後一定會當個好孩子，不再惹妳生氣，請妳不要懲罰我，我真的會聽話……媽咪妳不要躲了，趕快出來好不好？我好需要妳，好需要妳的關懷與愛……」

我一邊焦急地喊著，一邊全神灌注地往草叢中尋找著。

沒有多久，這些喊話似乎讓躲藏在黑暗中的柯薇亞崩潰了。現在，她眼中的我幾乎如同一個已經喪失理智的變態，正用神經質且在靜謐中產生的恐怖回音，大聲地呼喚著她。於是她趁我遍尋不著，回頭觀望著老家的白色外牆時，在身後從草叢中站起來，拔腿往另個方向跑去。

我聽見聲音回過頭，看見她瘦弱的身影奔馳在遠方的樹叢邊，也馬上奮力追了上去。

她拼了命地一直跑到距離老家前頭，約二十哩的整排平房那，在那裡瘋狂地敲打著門，一邊喊著救命。

等到我追上來站在她的後頭，前方原本漆黑的屋子突然亮起了燈，裡頭先是傳出微弱的回應：

「誰呀？這麼晚了是誰在敲門？」

「求求你，拜託你開個門讓我進去……」她對著裡頭的燈光說到這裡，我喘著氣從後頭一把抓住她的手臂。那一定是令她大吃一驚的強烈力道，可能不是痛，而是突如其來的勁道幾乎讓她窒息。她驚懼地回過頭，臉頰上的五官扭曲，全身發出恐怖的顫抖。

屋子裡走出了一個年過八十幾歲的老翁。佝僂的他顫抖地攙扶著一根枴杖站在門邊，充滿皺紋與斑點的臉上，則寫滿了不耐煩與厭惡。他吃力地推開紗門，低頭看著站在門外的我與柯薇亞，用混濁的眼睛瞪著我們。

第一眼就可以知道這老翁一定相當討厭陌生人，說不定還曾經有過被惡作劇的經驗，絲毫不喜歡多管閒事，看起來異常厭煩我們的打擾。

「不好意思，我母親身體不舒服，家裡的電話壞了，這附近又沒有醫院，所以才會來這裡打擾您……」

我心裡當時的想法是，如果她不開口，我還能掰個什麼理由，隨意地道歉離開，只要她不要繼續開口就好……我的腦子轉了非常多念頭，但是運氣就是這麼好，柯薇亞可能因為太久沒有曬到陽光，總是窩倨在狹小的地窖裡，這時候一口氣跑了那樣多路的她，連話都無法說的，開始低下頭嘔吐了起來。

「是不是要借電話？」老翁撇了撇嘴，看起來是相信了我的謊話。

「不用了，我想起來家裡還有藥，我待會餵我母親吃藥應該就沒事了！真的很不好意思。」我對老翁禮貌地鞠躬道歉，他沒有繼續多問，不耐地回過頭關上大門。

我押著柯薇亞回到地窖後，異常憤怒地甩了她好幾個巴掌，接著用麻繩把她反手緊緊地綁在椅子上。

她沒有反抗，逃跑失敗的她在後來的過程中，都像隻戰敗的受傷動物，任憑我的所有處置。

我焦慮地在旁邊走來走去，不斷地用腳尖踢著牆壁，腦中與心裡皆充滿了激昂且尖銳的情緒。後來終於感覺疲憊了，才回頭過去拿水餵她喝，並且坐在旁邊耐著性子，重複對她說了許多，那些應該要幫助我完成夢想的責任與義務。

她沒有發出任何聲音，被淚水浸濕的臉龐上，佈滿了我從未見過的絕望。

我又感到心軟，那血紅掌印橫披在她蒼白的臉上，讓她看起來相當柔弱不堪；盯著那些傷痕久了，我甚至還有些心痛的感覺。

「媽咪，妳為什麼就是要那麼調皮？妳為什麼就是不能接受妳應該要盡的義務呢？」

她哭腫的眼皮往我這望了一眼，眼神裡盡是滿滿的挫敗感，沒有回答。

我站起來走到櫃子中拿出醫藥箱，替她的傷口敷擦上了有薄荷味的藥膏。在我的手指頭貼近她的臉頰時，她沒有閃躲，閉上眼睛承受著我的擺佈，那絕望感依舊濃厚得讓我感到心寒。我望著那雙緊閉的眼睛，微顫的睫毛正不安地抖動著。我不忍心地終於把綁著她的繩索鬆開，扶她躺回床上。

在準備離開之前，她依舊側身緊緊地貼著牆壁。我望不見她最後的表情，不知道她心裡在想什麼。

接下來她不肯開口說話了。

接連著好幾天，我一下班就開車前往老家，她連看都不看我一眼。

到最後我甚至打開地窖的大門，忍受著撲鼻的霉味走下去時，沒有以往興奮的心情，就已經可以想像她正躺在床上，面容朝著裡頭的牆壁，把她的身子勉強翻過來，也是緊閉著雙眼與嘴巴，再也不看也不對我說話了。

不僅如此，她連飯都不吃了。下班過去前總會帶個新鮮的三明治或中國菜之類的食物，以前的她總是吃得津津有味，現在她連看都不看一眼，像一尊沒有生命的蠟像。

「媽咪，請不要這樣對我，這樣妳的身體會受不了，對我們都沒有好處。」我很明白，如果繼續這樣下去，整件事就失去了所有的意義與趣味。我表面上裝得很鎮定，其實心裡害怕極了。

直到第五天還是一樣，她既不吃東西也不說話，甚至也沒梳洗，身上還穿著那套逃跑時弄髒的藍色居家褲裝，發出了陣陣的酸臭味。我非常擔心這個情形，不曉得一個人不吃也不喝究竟能夠支撐多久，而不清洗身體又能夠維持多久。

她看上去比以前任何時候都還要虛弱蒼白，好像一個被人家丟棄在路邊的骯髒洋娃娃。於是這天我決定強硬地把她從床上抱起來，走到隔屏後面的浴室裡替她洗澡。

她在這過程中似乎有驚訝了那麼一下，大力地張開眼睛，用飄忽的眼神驚懼地望了我一眼，但隨即放棄，身體癱軟地隨我處置。我把浴缸放滿了適溫的熱水，接著小心地脫下她身上的衣物。

她裡頭沒有換上我買的紙內衣褲，穿著是她原本的白色胸罩與內褲。那些貼身衣物一露出來便發出奇怪、類似動物的體騷味，邊緣則沾染了淺黃帶深褐色的汗漬。

我憋住呼吸地把這些衣服堆在一旁，心裡想這裡應該還要添購一台洗衣機。

她的裸體比我想像中的還要勻稱，沒有一處受到地心引力的拉扯；完全不像以前在夏日海水浴場，看見那些正在做日光浴的老婦，絲毫不避諱地挺著碩大的肚子，與幾乎垂吊到肚臍的胸部，場面簡直讓人觸目心驚。

一個人的飲食與生活習慣，看他的身材便可一目了然；柯薇亞應該是個相當重視飲食與運動的女人。我看著她平坦的小腹與細長的雙腿，還有略下垂但形狀優美的胸部，緊繃閃著光澤且毫無瑕疵的肌膚。凝視這具膧體，體內有種異樣的慾望在悄悄燃燒。

不行，這是我的母親，我絕不能有奇怪的念頭，不能因此弄混我們的關係！

我晃了晃頭逼迫自己不要去想，把她抱起來小心地放進加有玫瑰香精的溫熱水中。本來幾乎堅持不肯有表情的她，因為身體的舒適開始輕輕地嘆了一口氣，緋緊的全身鬆弛了下來，看起來很享受地泡在水中。

我走出浴室，回到外頭的房間，把之前替她購買的小音響打開，選了蕭邦的夜曲，加大音量地放了出來。蕭邦優美迷濛的琴聲，頓時盤旋籠罩在整個地窖中。我在音樂的環繞中放輕腳步走回浴缸旁邊，捏著嗓子喊她，並且討好她地，開始坐在一旁唸起書櫃中的一本小說。

這是一位由六〇年代的無名作家，所寫成的短篇小說，卻是我最喜歡的一則故事：內容描述一個小男孩經過大戰後與家人分離，自己形單影隻地經過非常多折磨與苦難，努力找尋著母親，以及艱困地追求活下去的所有力量。

「媽咪，我不要求妳了解我，」我確定她開放了自己的耳朵，於是把書唸完後輕輕闔上：「但是至少可以試著愛我、喜歡我，把我當成真正的妳的孩子。」

「我不知道你在想什麼，」這是她這幾天以來，第一次顯現出活力：「把我囚禁在這的整件事顯得很荒謬，也很恐怖。

我不曉得該如何形容這種感覺……每一天、每小時、每分鐘都一個人待在封閉的這裡，我感覺自己都快要精神錯亂了！」

「難道妳還未接受這是妳應該付出的代價嗎？」我試圖好好重新告訴她我的想法：「當初妳花了這樣長的時間，寫著一封封匿名信寄到我家裡，間接地破壞了我父母親的感情，我因此沒有了母親妳懂嗎？因為妳的匿名信讓我從此成為沒有母親的孤兒。」

「你的母親在飛機失事後就沒有消息了？」

「對，全然失蹤，無消無息！」

柯薇亞聽見我的話後，表情有些古怪，看不出是開心還是感傷，那扭曲的眉毛與半瞇的眼神，讓人完全無從分辨。

「我想，」我刻意忽略她奇怪的表情，終於開口問出隱藏在心中大半輩子的疑惑：「我常常在想，妳是不是很愛我的母親蘿妮，所以才會堅持長時間地寫著一封封的信給她……」

「等等，你是說我愛蘿妮？」

柯薇亞的表情突然轉變，用力挑起了兩邊的眉毛，嘴角露出明顯的嘲笑弧度，看起來覺得這句話可笑到了極點：

「我怎麼可能愛她？這大概是我聽過最好笑的事情了！告訴你實話吧，我簡直恨透她了，長久以來，我幾乎懷抱自己所有的力量憎恨著她！」

柯薇亞說這完這句話時，沒有句子中的忿恨，表情只是瞬間傾倒出一種終於發洩的舒緩，口氣依舊輕柔，但是這卻比應該要有的憤怒還讓我吃驚。她的回答令我費解，但更詭異的是態度，整件事被她這麼形容下來，似乎只是個玩笑；異常有耐心地對著憎恨的人，所開的一個大玩笑。

接下來我不知道該怎麼對她了。

我愣愣地坐在浴缸旁邊，盯著那些逐漸變成白濁混水的泡沫。

柯薇亞說完後也閉上眼睛，舒坦的五官中，嘴唇仍緊抿著，像在思索著什麼重要問題。

老實說，我對自己的母親也沒什麼印象。在我的稀薄的記憶裡，她只是一團團模糊的影子，由眾多破碎的句子與影像重疊出來；但是只要仔細地再往內部進去，那疊出來的記憶似乎都令我難以釋懷，好像一部混亂的短片，片中的母親總是站在遙遠的盡頭，完全不願意朝我這裡走來，甚至連看都不看我一眼，眼神飄到遠方地讓我連想都不願意回想。

我的母親或許不那麼愛小孩，不那樣喜歡我吧……我悲傷地想著。分給我與留給我的時間少得可憐，但是既然如此，又為什麼要生下我呢？

我的腦中充滿了無法理解的情緒，甚至開始對眼前的柯薇亞產生朦朧的，彷若混雜著眾多愛與恨的情緒。我很沉重地站起身，告訴柯薇亞自己該離開了。

這次她主動要求給我一個晚安吻，並且在我準備轉身過去時，給了我一個極其美麗的笑容。

第4章

溫蒂在每天用過中餐，下午準兩點整定時會出現在會客室，不像第一次那樣偷偷摸摸地，把錄音筆藏在胸口的口袋中，而是放在對面我要坐的位置前方。來監獄找犯人談話的各種人，旁邊幾乎都會有拍攝的錄影機與錄音機，所以我在第一次見完面時，要她不用如此拘謹，大方把胸口的錄音筆拿出來，錄下的聲音才會清楚。

我盯著溫蒂的胸部，她臉都紅了；生澀的模樣讓我猜想她才剛從警察學校畢業，要不就還是個實習生。在這段時間的相處，我發覺自己很喜歡跟她說話，一天天過去，在每天接近她到來的時刻，我便捧著熱烈的期待等候她的身影出現。

她似乎非常擅長傾聽人說話，瞳孔在那段時間只忠誠地刻印著我的身影，還有所有敘述的內容。如果這不是她天生體貼人的習慣，而是學校教授她的，那麼我必須承認，這絕對是所有知識中最有用的一門學問。

她與其他只想打探案情的警官完全不同，我獨自一人時有曾經想過這個差別。

應該是有沒有融進我所講述的故事裡頭。其他警官只是依照命令，把這些當成工作在聽取，暗自懷抱各種破案的心態分析裡頭細節……雖然這都是自由心證，但是我光看他們眼睛透出的折射就會知道。那種想從中掠奪好處的眼神，是直接平板地橫鋪在我的臉上；那光芒黑白混濁，缺乏任何色彩般地枯燥空洞。

而溫蒂不同的是，她似乎想都沒有想過關於破案這事，她只是充滿興味的聽，就像聽著她不了解的世界，真誠地關心裡頭的光影變化；她的眼神蘊含著溫煦的暖意，從對面確實地投射過來讓我接收；這樣的相處使我感到愉快，受人重視，使得監獄生活不至於如此痛苦孤單。

這個月保羅醫生特地來跟我說溫蒂在警局中有事，所以無法依照往常般過來詢問案子的細節。

「她這個月不來？那下午的時間我要幹嘛？」

「我想你就跟其他犯人一樣去勞動吧，現在木材工廠很缺人手。」

「集體勞動是嗎？嗯……」我歪著頭，不太理解他說的話。

自從我來到監獄後，總是有股奇怪的感覺，除了第一次的集體治療外，這裡的人似乎在盡力避免我與其他犯人見面的機會。不論是想像中應該有的集體用餐，或者共同沐浴，也包括各種勞動，全都被其他古怪的理由阻攔下來。

我的精神狀態有問題，必須要獨自一間牢房——這是他們把我單獨關在這裡的理由。自從上回做過團體治療後，換了間上方鑲著一扇小窗的牢房，但是我仍沒有任何同房的牢友，甚至連兩邊的牢房都空無一人，安靜得出奇。

一個人用不銹鋼的盤子吃著冷飯；其他犯人早晨起床後，所有的集體活動與勞動時間，我每天卻被各單位通知，輪流做著繁瑣的精神治療：必須獨自面對哪個長官，聽他對我說一大堆狗屁人生道理……這當中也有屬於犯人權利的放風時間，等到興致勃勃地被獄警拉到外頭曬太陽時，卻發現只有我一個人。

那樣的場景實在非常詭異。空洞的碉堡與外面通了電的高大柵欄，這中間偌大的草原與球場，只有獨自一個被陽光拉得長長的黑色影子……

「只有我一個人？怎麼搞的？其他犯人呢？」我驚訝地回頭問獄警。

「其他人放風的時間跟你不一樣，獨自享受這片草原不是很好嗎。」獄警冷冷地回答我。

「不對啊，為什麼要特地孤立我？」我不解地想要知道答案。

獄警不耐煩地瞪著我：「有放風時間就好好珍惜，再問就取消你的這個權利！」

他說完後作狀要抽出腰帶上的警棍，我馬上攤手表示不敢了。進來監獄裡，我吃過無數次這警棍的苦頭，逞一時之快的結果只有一種，就是讓我躺在監獄醫院的病床上，一個星期都下不了床。

這些迴避的情況，當然還有政府派來的警官溫蒂，每天要求我回憶案子，所有細節被要求講述得一清二楚。而其中又只有我與她，沒有任何其他人，連一個守在後頭看著我們對話的獄警都沒有。不知道他們為什麼就對溫蒂如此放心？還是紀錄的過程本來就是如此？我什麼都不知道，只知道眼前的女人是我這段時間中，最熟悉的一張臉孔。

每個月的倒數第二天是會客日，從上午八點便開放碉堡前頭的大會客室直到傍晚五點。我坐在暗黑的牢房床上，側耳傾聽從遠方傳來如蟲鳴般的細微響音；囚犯們期待已久的興奮、雜沓零碎的步伐、被截斷的話語、眾多車子同時往碉堡聚集，那如破碎海浪的引擎聲、還有從體內蒸發而出的焦躁……這匯聚的雜音有太多可以想像的東西，斑駁的牆上白漆，甚至在騷動的過程中，剝落下幾片，孤獨地掉落在我黯淡的床頭邊。

但是，從沒有人來看過我。

我不知道是他們禁止我會客，還是真的沒有人來看我；入獄迄今，我連張明信片或問候信都沒有收過。我知道我已經徹底與外面的世界隔離了。偶爾想起工作大樓底下的街道，鎮上的廣場與公園，家裡外頭那條鋪著紅磚的走道……所有熟悉的景象，在腦海裡集中形成一條光影雜亂的長河；發著亮光的熟悉臉孔，一一地漂浮在長河的上方，卻一個個緩慢地喪失框在外圍的輪廓線。

我逐漸意識到，自己已完全失去了能再度體會置身外頭世界的悲傷。

那悲傷十分巨大，但有時在心裡又顯得麻木。應該說我曾經想像過自己的下場，對現在的一切絲毫不感驚訝，但是，真正待在這想過無數次下場裡的每小時、每分鐘，它們竟是如此孤寂難熬，難熬到我甚至起過後悔的念頭。

在這之中，我曾想起珍妮、父親以及柯薇亞，還有一些原本生活在周遭的朋友同事。不知道他們過得好不好？有沒有曾經花過一秒鐘，一秒鐘都好的時間想起我？還是，我就是必須如此無奈寂寞地反省自己糟糕的人緣，放棄所有對他人的期待。

在每日早晨的時間中，上方的小窗會斜射進一方金黃色的陽光；儘管光線充足，但是在我的眼中，卻是如此晦澀黯淡。

無論是出太陽或者陰霾的日子，炎熱或寒冷，白日或者黑夜，光線的種類似乎都一樣。相同的光線都帶有一種天色已逝，橘黃褪去接著大片黯黑即將籠罩的遲暮感。不知道為什麼，我感覺生活在牢房的期間，看出去的氣候，永遠都是昏暗不明的陰霾天氣。

即使有陽光出現，在視覺中也總像某種奇怪、不自然的人工裝飾。被金黃籠罩，細微毛絮在中間飛舞的線條；或從窗外篩落下的各式圖案，那看起來像是造假的，刻意披上暖色系的不祥預言。溫度與光線永遠無法順利從眼前，真正曬進感官中。

待在牢房裡久了，我感覺自己似乎是一個格格不入的闖入者：監獄裡頭長期所沾染嚴重的、悔恨與暴力交織的氣息，與我曾經感到的悲傷，或者愧疚過的感覺完全不同。

我在黑暗中輕輕嘆了一口氣。

進入監獄後，當時失去珍妮與遠離世界的感覺又重新湧上心頭；那是孤寂混合自虐的一種特殊快感，很痛，但是這傷口卻又讓你忍受不了癢般地，想要戳搔著痛處。

所以當保羅醫生今天特地前來告知我，必須在溫蒂不來，也沒有任何人來要求與探視我的時間裡，終於要面對其他犯人，與大家無異地共同參與勞動時，這另一個意義便是可以暫時進入真實世界，在那裡短暫地擁有棲身之地，我的心情幾乎可以說是雀躍的。

這天在牢房獨自用過餐後，我被獄警從牢房中帶出來，手銬與腳銬先牢牢地套帶上；接著，帶我反方向走過長長的走廊，直到碉堡的後頭，一間大型的木材工廠門口。保羅醫生全程都跟在我們的後面，他看起來非常煩惱，好像不知道要求我與其他犯人一起勞動的這個想法，是否是正確的。他整路上都緊鎖著眉頭，低頭盯著我腳下鏗鏘作響的腳銬；鼻樑上的鏡片蒙上幾只清晰的指紋，在光線下折射著不同顏色的亮點。

「你們兩人不要離開，聽清楚了嗎？雖然裡面各處角落都有專人看守，但是聽清楚我的話，不管任何理由你們都不能離開，直到下午五點勞動時間結束，眼睛都不可以離開他，知道嗎？」保羅醫生嚴肅地對旁邊抓著我的獄警們說。

「拜託，有那麼嚴重嗎？」我嗤之以鼻，岔氣笑出了聲音。

「我又不是什麼多恐怖的連續殺人犯，或是變態殺人魔，幹嘛下這樣的命令？你不怕嚇壞旁邊這兩位小兄弟？」我推了推旁邊兩人。

但是他們兩人似乎異常緊張，根本沒理會我的冷潮熱諷，謹慎堅定地對保羅醫生點點頭。他們目送著保羅醫生離開的身影，接著把我帶進了木材工廠。

那是間用粗鋼架所搭建的挑高工廠，裡面的面積大得驚人，大約足足有一個籃球場般寬大，到處都橫置堆積著粗大、未處理過的龐然樹幹。所有機械正火熱地運轉。除了高度直達天花板，如同大型古早生物般的機器，其他空間全站滿了身穿藍色制服的犯人，大家有順序地擠挨在各個角落，望過去忙碌的雙手揮舞個不停，裡頭則發出讓人聽覺模糊的各種聲響。

旁邊的獄警趁我目瞪口呆時，附耳在我旁邊大聲地作介紹：

有一部分的犯人被分配到碉堡後頭的山林中，每天負責砍伐樹木下來，然後再運送到這間木材工廠。工廠的工作細分了幾個作業系統：有幾個重複做著把堆積的樹幹，扛抱到刨木區、有的處理刨木的機器運轉、有的等候樹幹從機器中轉出，變成一根乾淨的圓木後擇選大小的分類，接著再由其他人負責上漆，接著就是做最後的處理。

這個隸屬於路得島監獄的木材工廠，提供鎮上最大宗的木質原料，也就是製作所有木質家具的原型，再由政府出面經營販賣，或者發送至欠缺原料的偏遠地區。

「幾天前機器出了問題，刨木的鋸機與磨削機有點故障，把當時負責的犯人手腳都輾斷了，然而政府又下了超乎工廠負荷的訂單，所以才會要你來幫忙。」獄警在旁邊解釋，並且伸直了右手，指示我待會過去右邊角落的上漆部門。

「你就過去做上漆，操作機器的工作需要時間訓練與熟悉，空缺的位置已經由幾個經驗老道的犯人頂替了。」他說到這裡時，另一位獄警從裡頭帶出了一個個子嬌小、頂著平頭的中年人。

「手腳輾斷了？這種職業傷害誰負責？」我驚訝地問他。

「沒有人，」獄警無所謂地聳了聳肩：「你們都是作姦犯科的罪人，這是你們欠這個社會的。」

這是什麼歪理？難不成犯人沒有所謂的人權？正當我還想再辯論時，他嚴肅地瞪了我一眼，撇頭過去介紹另個獄警所帶來的男人，要由他帶我熟悉工作內容。

當男人把臉上的護目鏡摘下來後，我發現是在第一次的團體治療，已經見過面的公務員伊凡。

這次他的氣色好多了，臉上帶著笑容，兩人友好客套地打了聲招呼，轉身一起進去工廠。正當我們同時走到工廠中央時，從震耳欲聾的機器聲，突然從中竄出了一句尖銳，幾乎是高昂吼叫的爆裂聲響。

「看哪，那不是鼎鼎大名的五號先生嗎？」一個站在大型機器旁邊，留著一頭紅色亂髮、身材魁梧的犯人，忽然像發瘋似地喊叫了起來，說完還吹了一聲響亮的口哨。

「五號先生？網路上的五號先生？」

「五號在哪？到底在哪？」所有犯人開始騷動了起來。

我與伊凡，還有兩個獄警僵直地站在工廠內，眼睜睜看著原本條理有序的工廠，如同瞬間從天空投下了一枚炸彈，威力十足地把這裡徹底轟炸爆開來。

一個活生生、相當恐怖的大型暴動。

他們全部一致停下正在運作的動作，像是突然著了魔似地，竭力用身體發出各種焦躁與興奮的聲音：口哨、拍掌、跺腳、大力踏步、大聲尖叫、用手捶著所有東西、還有就是把工具往地上與牆壁上敲。

四處溢滿了旺盛的精力與誇張的舞動，看在眼裡簡直就像是一場大型的煙火秀；極度紛亂的揮舞與躁亂，那種震撼轟然地，如同整座工廠已被炸毀的爆炸聲，從原本的軌道中突圍而出，奔放地冒起一團團躁熱的火花；夾帶著刺耳的爆破聲，再加上還有些機械運轉的尖銳聲響，瞬間鼓譟沸騰到最高點，讓我的耳膜發出劇烈的疼痛。

這種感覺相當詭譎。也就是視覺裡明明充滿了各種混亂的影像與火光，耳朵卻像慢了好幾拍的空空如也。我默默地憋住了氣，吞了好幾口口水，細微的聲響才從耳膜內部被輕輕喚醒。

我甚至在幾秒鐘的時間裡，以為自己完全聾了。

五號、五號、五號、五號、五號……所有人突然一致規律地拍起手，一邊大聲喊叫著。

「全部給我安靜！」原本站在裡頭監督，臉上罩著護目鏡的獄警，先爆吼了一聲，然後敏捷地掏出槍對著上方鳴了一聲。

所有人終於冷靜了下來，靜止在剛剛的動作裡。所有人現在看過去都挺直站著，面容與目光全集中在我的身上，如一道道筆直光燦的投射燈。

「搞什麼，全部給我回去工作！」他又大吼了一聲，所有人終於回過神，訓練有素地迅速回到剛才的工作崗位。

他非常憤怒地瞪了我一眼，擺手要我快點到角落的工作崗位中。

我與伊凡腳步加快地走到右邊角落，猶如合併兩個桌球台般大小的桌面旁。桌子兩邊站了兩個個子也嬌小的犯人，正舉著油漆刷盯著我們看。他們的目光雖然銳利，但跟其他暴烈的犯人氣質不太一樣。他們似乎什麼都沒有在想，只是慣性盯著會移動的東西注視。

那寬大桌面原來的顏色，已經被塊狀與點狀的油漆掩蓋，看起來如同混亂的補釘。桌面上方整齊地擺了好幾罐棕色與深褐色的顏料，由伊凡從下方先拿起一個圓型短木做示範，就是反覆用著油漆刷沾過顏料，盡量整齊平坦地刷過整根木頭。

「今天……呃……今天的工作是把這些全部漆完。」他臉色蒼白地回過頭，望著站定在我們後方的兩個獄警，然後彎腰指了指下方。我跟著他彎下腰去看，幹，有兩大箱，大約幾百根圓型木頭等著我們四個人。

於是我們沉默了下來，開始動手對這些圓木上漆。

反覆的工作其實不太需要大腦，我很快就上手，並且感覺自己做得又快又好。先讓油漆刷在罐子中均勻地攪幾下，再快速拿出來把顏料平著鋪在圓木上。我很快地抓到了讓顏料平坦的秘訣，重點就是集中精神，速度要快；在第一筆油漆未乾時，迅速刷下第二筆、第三筆……這加快的動作可以讓顏料相互融合在一起，完全看不見之前那些粗糙的粉刷痕跡。

我不知道自己在過程中漆了多少根木頭。等到我感覺手腕酸疼，盯著之前已經乾了的圓木，在光線下色澤勻稱，發出透徹的亮光時，心裡的感覺好極了，比旁邊慢吞吞的伊凡，還有另兩個如同僵硬機器人做得快又好得多。

後來在吵雜的工廠內先傳來一聲短促響亮的哨音，全部的人停下工作，在十幾個獄警監督下，一起步伐快速地走到外面去。

我看見剛剛引發暴動，紅髮的壯漢擠在人群中，意味深長地回頭看了我一眼，對我眨了眨眼睛。那眼神充滿了許多奇怪的聯想；好像在跟我示好，又好像有什麼千言萬語想要跟我說。

「休息時間到了，你們四人不要出去，繼續留在原地。」後方的獄警對我們說。

他們似乎因為剛才的暴動顯得相當緊張，不時左右轉頭觀看，確認全部的人都離開了工廠。不久，更一起離開崗位往前走，環繞著工廠巡視著。

我們四人靠著牆壁坐了下來，喘了幾口氣，伊凡從旁邊遞了瓶水給我。我仰頭喝了幾口，感覺自己的胸腔非常搔癢，異常想念尼古丁的侵蝕。來到這裡完全不能抽菸，我想一定有熟門路的犯人偷夾帶菸進來，甚至買通獄警弄到想要的東西，但是我始終被單獨隔離，對於這些門路我毫無頭緒。

對了，溫蒂！我突然想念起她那張清秀的臉蛋，或許下次見到她時，偷偷要求她幫我帶包菸，來回饋我這陣子對她的全力配合。

「喂，你知不知道你在路得島監獄很有名？」其中一個嬌小的犯人靠近我，用手肘推了推我，接著告訴我可以跟大家一樣，喊他的綽號：土狼。

土狼？我仔細地望著他，才發現雖然他的個子小，弱不經風的模樣，但是那雙賊眼炯炯有神，微凸的眼球如同狼一般的銳利。

「我是神偷，我們兩人是搭檔，」五官清秀，右臉頰卻有道不相稱的刀疤的矮個子，也湊過來跟我握了握手：「一起犯下無數的竊案，逃了好幾個鎮最後才被捕進來。」

「既然兩位是手腳靈活的大盜，為什麼之前做簡單的上漆工作卻如此，如此笨拙？」我諷刺地說。

「拜託，要我們這兩個神偷做這種小兒科，簡直太看不起人了！我們全都在摸魚混時間啊！」

「喔，是這樣啊。」我頓時為自己剛才的認真工作感到面紅耳赤。

「很高興認識你們，我是……」

「你是鼎鼎大名的五號先生，我們都認識你！這是我們第一次看見你的本尊，老天爺！當你從門口走進來時，你沒看見大家有多興奮！」

我不解地看著他們。

「你是說我在未被捕進監獄時，所有人都已經認識我……」

「第五號房。」原本默不出聲的伊凡，突然以不滿的口吻喊著這個名詞。

第五號房。

我默默地點點頭，心裡大概有個底了。

「在這碉堡的最上層有間大型的圖書館。我想你應該沒去過那裡，剛進來的菜鳥是無法進去的。那裡提供服刑期間，表現良好沒有出錯的犯人，另一個休閒的去處。進入圖書館必須要有證件，而證件的申請條件非常嚴格，全端看上面的人評估你在監獄中的一切行為。」

神偷粗魯地從土狼手中接過水瓶，大口、大口地灌了半瓶水，繼續跟我說：

「那裡累積了多年以來，鎮上的出版社、書局、還有居民不要的書籍，一起運送到這裡。

這些越積越多，種類繁雜的書刊，比起其他呼吸新鮮空氣的放風時間，還有無聊的散步運動，圖書館算是精采的娛樂；連過期的車子雜誌，還有不到限制級，但略帶有黃色的秘密漫畫都有，很難想像吧，這監獄真是人性化到了極點！

這個從國外留學回來的典獄長樂迪歐很上道，我聽過他公開演說關於管理監獄的理念。他主張監獄裡當然要有道貌岸然的宗教與文化書籍，各種可以增進知識的理論書，但是也不能完全隔離娛樂、隔離本能的書籍，這會不當積壓犯人的本能與心魔，產生更多無謂的麻煩與暴動。

人的本能，說穿了還不就是色慾與暴力……嘖嘖，他真是個會講話的傢伙！所以很多犯人都很努力地守規矩，讓自己可以申請到進入圖書館的證件，進去看那些想了很久的A書。」

我點頭隨口稱讚了一下，心裡迫切地想要繼續聽下去。

「直到幾年前，鎮上最大型的電腦公司，因為要全面更換最新型的電腦設備，所以一次淘汰了全部舊的桌上型電腦，大約有七十多台。

原本想要送到其他學校，但是因為新型電腦是趨勢，好像連電腦方面的資訊課程都只能使用新型號來操作，所以等於這七十多台電腦瞬間變成無用的大型垃圾。他們想了很久，又捨不得全部丟棄，便聯絡了樂迪歐。」

「所以圖書館裡有電腦，甚至有網路？」我接著他的話。

「沒錯，就是這樣！」神偷點點頭。

「剛開始網路的設定也有限制，總不能跟外頭一樣毫無管理的任意大家漫遊，所以樂迪歐批准電腦進入碉堡前，先請來了幾個電腦工程師，一一嚴謹地篩檢所有的網路站台。我不懂電腦，不知道他們是用什麼方法做到的，總之就是留下一些可供查詢知識，以及提供其他資訊、新聞、時下熱門影片、流行時尚、氣象之類，就是典獄長認為對犯人有用，且可以提供娛樂功能的網站。

其他的站台則緊緊地封鎖起來。那些工程師果然很有一套，連上網收信，或想偷偷結交個網友都沒有辦法。」

土狼接著說到這裡，兩個獄警巡視了回來。他們低頭看見我們四人正熱烈的在談話，認定沒有任何危險，便從上至下盯了我們一會，之後轉身，走到門口站著，觀看外頭的犯人。

「整件事情就從紅毛開始。就是在剛剛的暴動中，最先發現你的那個紅髮壯漢。」

我馬上想到在人群中回過頭，用一臉曖昧神色盯著我的臉孔。

「是他？」

「對，就是他。你不要看他一臉橫肉，兇神惡煞的模樣，他簡直就是一個知識狂。那時候他進監獄沒多久，就拼了命地向上頭提出申請進入圖書館的證件，終於得到證件後，便把所有自由時間都用在那裡，我們都懷疑他有強迫症。」

「你可以想像嗎，他腦子真的有問題，」神偷把兩根手指放在腦袋旁點了點：「還有幾次他甚至用力抱住電腦不肯離開，直到出動五個獄警才把他拖走，真是個神經病！」

我大笑了起來，門口的獄警警戒地回頭瞪了這裡一眼，我才趕緊用手摀住嘴。

「後來就是他發現〈第五號房〉的站台。當時由紅毛第一個發現，之後這消息很快就在監獄裡偷偷地，極其秘密地傳遍開來。

為了不讓獄警與保羅醫生發現，而可以真正親眼目睹他所形容的精采影片，全部這些你眼中恐怖且暴力的犯人，居然一個個願意服從規矩，暗自依照獄中的階級與地位，做了一張張的號碼牌，一個個輪流進去電腦室裡看。」

「你們……你們都有看過？」我神色鎮定地注視著前面三人。

「當然有，怎麼可能錯過這部簡直可以稱為經典的……」

正當土狼說到這裡，我發現旁邊保持沉默的伊凡，發出了短促的吞嚥聲，望向左邊的表情顯得非常驚恐；我們其他三人順著他的目光轉頭，看見一個手裡緊握著一根頂端削成尖型，如同木刀的犯人，從左邊角落的桌子下暴衝了出來。

整個過程發生得非常倉卒且短暫，我們完全來不及反應，連站起身或喊叫出聲的時間都沒有，那犯人直奔向這裡，把刀子直直地插進我的胸口，頓時鮮紅的血從傷口處大量噴湧出來，我感到一陣將近窒息的暈眩感。

朦朧的叫喊，各式混亂的雜音，模糊的說話聲，自己的身體被逐漸抬高起來……

「世人哪，你們默然不語，真合公義嗎？施行審判，豈按正直嗎？你們是心中作惡……我親愛的主啊，祢說過義人誠然有善報，在地上果有施行判斷的神，而我今天就代替上帝來懲治你……」

最後的視線落在把刀子插在我身上的犯人。他憤恨的臉孔上沾滿了我的鮮血，但他沒有伸手去抹，卻突然仰高頭大喊著這些話。雖然我聽不懂，但這也是我昏迷前，最後聽見的一段話。

這個意外讓我躺在醫院裡好幾個星期。

清醒後振作起來深呼吸一口氣，感覺空氣才剛進了肺裡，所有的五臟六腑便翻湧出劇烈的疼痛。我無法忽略這個痛，即使逼迫自己把注意力轉移開來，望著陌生的雪白空間，回憶自己昏過去前幾分鐘的畫面，猜想昏迷的這段時間，牢房中發生了什麼事……但這個痛簡直具有強大的拉扯力，在內部各處不斷撕扯與吶喊，不斷要我注視著它們。

我呻吟了起來。旁邊本來背對著病床，把頭埋在雙臂中的人聽見了我的聲音，神色慌張地坐起身，走向床沿：

「你還好嗎？」是溫蒂，她揉揉雙眼，用通紅的雙眼看著我。

「還好，只是真的很痛。」

「不用擔心，醫生說你已經渡過危險期，但你已經昏迷幾個星期了。」

「有那麼久？我沒有意識，可能以為自己已經死了。」

「是差一點。如果那人的木刀再往左邊移個一公分，我現在就無法站在這裡跟你說話了。」

我對她勉強露出個微笑。

接著溫蒂告訴我，那攻擊我的犯人叫做包登，而一切的刺殺都是計畫多時，有備而來的。

他在之前就得到消息知道我正在監獄中服刑，只是一直都見不到我的人。等到這天我終於現身於木材工廠時，他簡直興喜若狂，於是就把自己藏身在隱密處，等候刺殺的最好時機。所以當他逮到機會衝向我時，那累積長久怨恨的力道極大，刀子是完整插進我右胸口將近十公分。

我的肺破了個大洞，胸前肋骨斷了幾根，傷及了主要血管，要不是獄警在第一時間衝進來搶救，我可能會因為失血過多而身亡。

「包登？我確定不認識什麼包登！」我在泥濘般的記憶裡打撈，仍依稀記得他衝向我時，那張慘白毫無血色，卻帶著極扭曲神情的狹長臉。

「他為什麼要傷害我？」

「因為〈第五號房〉。這影片在獄中一被發現，流傳的速度相當驚人，在監獄中簡直像病毒一樣地散播。這也是個非常耐人尋味的問題。

我想你也明白，在所有犯人中，不乏有為了生存之道，而虛情假意特地親近獄警這邊的犯人；他們就像線人一樣提供獄警們幾個較危險、或於其中地位較高的老大消息，透露即將一觸及發的危機與鬥爭，讓獄警們有時間反應與思考，將可能發生的傷害減到最低。」

溫蒂邊說邊拿起床沿邊的礦泉水遞給我，我搖搖頭。

我的嘴很乾，喉嚨感覺像是燒焦般地乾涸，但是卻沒有力氣吞嚥。她見我搖頭後縮回手，自己轉開水瓶喝了一口。

「但是這些與獄警親近的線人，雖然也都看過第五號房的影片，但是卻沒有人願意向警方透露。這部影片似乎奇怪地變成大家共同的秘密，一個極為盛行且隱而不宣的感染力，使他們因此好像擁有相同秘密般詭異的更團結……我不知道這是什麼心態，但卻造成這樣的事實。

所以等到典獄長與保羅醫生終於發現影片時，這影片效應已經擴張到非常誇張的地步。」

「除了點進去觀賞，還能出現什麼效應？」我歪著頭，一邊忍受因為情緒波動，而內臟發出似乎有人伸手進去戳弄般的酸痛。

「看過第五號房的犯人自動分成兩派，一派的主要人物是紅毛，他幾乎把你當成偶像般的崇拜，甚至主張這些影片是經典，擁有絕對不容懷疑的神聖。這派的人數眾多，也多是犯下較為殘暴與乖戾案子，被診斷出精神有疾病的犯人。

而另一派主要人物是杜山德。他原本是個神職人員，後來因為嚴重貪污而進來這裡。他對影片嗤之以鼻，覺得那是褻瀆神與潔淨世界的污泥，一部有撒旦與魔鬼附體的作品；而抱持相同理念的犯人人數很少，包登則是其中一個。

當然，也有不選派別，對影片沒有任何意見的中間分子。」

「紅毛為什麼會崇拜我，或者說是崇拜第五號房？」我還記得他見到我，那激烈無比的焦躁模樣。

「如果你了解他入獄的原因，就可以明白。

他的母親是個非常奇怪的女人，很年輕時生下他，從小把他當成玩具般耍著玩。我看過詳細的資料，過程也不能算是虐待或家暴，她不會揍他或隨意打罵他，卻異常喜歡在所有需要她的時候，以相反的做法，讓紅毛陷入極大的失望與痛苦中。

比方說故意在學校家長聚會時，鬧出很誇張的難堪場面，讓紅毛從此被老師與同學孤立；在地鐵與百貨，那種人潮眾多的地方，故意在旁邊大聲喊著髒話，或突然蹲下來把紅毛的褲子拉下，在眾目睽睽下露出下體；要不就是躲起來，雖然時間都沒有很久，就足以讓年紀還小的紅毛，獨自承受著以為被遺棄的巨大驚慌與恐懼。

這些例子非常多，使得紅毛從小精神狀態一直都很不穩定。直到他成年後，在一次母親舊計重施中，憤怒地殺了母親，血淋淋的連續砍了二十幾刀，當場身亡。

紅毛被判無期徒刑，當時他的律師企圖用精神錯亂來爭取減緩刑罰，但是紅毛從未有就診精神科的紀錄，在心理評斷時又表現了出乎意料的冷靜與聰慧，像是自己暗自決定要完全承受這個後果，所以案子徹底敗訴，紅毛被判刑終生待在路得島的碉堡監獄。

我想不管如何，做孩子的總會對母親，永遠對那形象有一股熱切的渴望，所以被母親殘害到傷痕累累、心理狀態又扭曲的他會喜歡第五號房，我想你應該不會意外吧。」

不會，的確非常合理。我點點頭。

溫蒂繼續說。

「第五號房對這裡最嚴重的影響，便是讓監獄像重新洗牌一樣地使原本的階級混亂。原來讓獄警們緊盯著的幾個獄中老大，似乎因為提不出對影片的觀後感，說不出什麼漂亮、令人佩服的心得與理念，而被其他人瞧不起，階級地位一落千丈。

這樣的情況等於獄警們從此無法堤防。線人不再告知小道消息，老大們改朝換代，這使得在你未進監獄之前的幾年中，發生許多集體慘烈的暴動與打鬥，而也因為搶救與防範的來不及，死傷相當慘重。

換句話說，你的第五號房，毀滅了這裡原有的一切潛在制度，使原本號稱最溫馴良善的路得島監獄，出現了一道直通地獄的門。」

聽到溫蒂說的話，我的心情變得非常複雜。

我低下頭，勉強克制自己的急促呼吸，激烈的情緒變化讓胸部的傷口愈發疼痛。像是有人用腳狠狠踩過破裂的胸腔。我的臉色開始發白，溫蒂停止敘述，很擔心地湊過來看著我。

我搖手對她說沒事，只是傷口突然發痛，等一會就沒事了。溫蒂體貼地要我躺一會，接著說要去把午餐拿來。我吃力地點頭，她轉身走出病房。

今天有種奇異的漂浮感，該怎麼形容呢？是一種由身體內底湧出，巨大的疲憊與虛空的感覺。我側耳傾聽她遠去直到消失的腳步聲，然後艱困地扶著床沿，緩慢地站起身，走到病房旁的窗子邊。外面又起風了，雜亂的樹枝激烈地往左右兩邊傾倒，風勢越來越大了；安靜的空間中，僅有病房內的空調發出了輕微的斷斷聲。

在失去意識的這段時間，我才明白睡眠，或者說是進入睡夢，甚至是那熟睡之後所出現的、完整的夢境，對入獄的我來說是多麼幸福的事。之前在單人的牢房裡，在黑夜通常只是讓自己緊閉著眼睛，在潮濕的床鋪上輾轉地翻來覆去；那些已經逐漸消失成顏色黯淡的茫然記憶，化成了充滿意義的符號與錯亂的畫面，伺服等候在睡著的意識裡。

往事從未饒過我。或者，也可以說我從未饒過它們與自己。

我望著窗戶發愣了一會，才又慢慢地回到床上。

溫蒂的確應該離開的，我希望她不要太早回來，至少能等到我平撫情緒後再出現，我不想讓她知道我在一剎那間最真實的感覺。

聽見〈第五號房〉在監獄中激湧出巨大的衝擊時，那從心中冒出的狂大喜悅令我吃驚。我無法理解自己聽完之後居然是喜悅的，一種從未有過，排山倒海的狂喜直直衝擊著心臟。當初在拍攝影片時，從未想過會有這之後的連鎖效應；但是，我卻無法否認所有失控的情況都讓我感到狂喜，讓我感到無比的驕傲與榮耀。

這些全都是我，都是我一個人創造出來的。

我從來沒有像此時此刻，深切地感覺到自己存在的意義。

第5章

自從有了柯薇亞那次逃跑的經驗後，給了我很大的教訓。我仔細留心觀察鎮上的幾家鎖店，尋找最堅固與難開的鎖，還有從製作各種材質的門的專業店家，千挑萬選地選擇了一扇沒有任何裝飾，絕不會引人注意的不銹鋼大門。

我在訂單上填了公司的地址，然後跟朋友借了卡車，自己把門從公司載到老家。雖然我沒有任何這方面的知識，但是從前天晚上在網路上搜尋的知識，列印下來後逐步依照指示，把大門裝釘上去。每旋轉進一個螺絲或敲進一個鐵釘，看著新的門逐漸牢固，心裡的安全感也就越大。

等到全部弄好後，我坐在剛豎立好的鐵門前，點起了一根菸，瞇起眼睛透過光線盯著成果看。不銹鋼的門在陽光下閃閃發亮，這亮度刺眼地衝擊著視覺，彷彿正隱約地對我宣示一個預言，或者一個可期望的未來。

這個心理層面很微妙。我把額頭上的汗擦掉，抽盡的菸踩熄在腳底下，很疑惑地仔細往心裡釐清這些模糊的想法；而這些期望正直指著一個地方：那就是我的安全感不只來自於一面堅固的門，而是當門建立起來，似乎就能保證我將永遠不會失去母親。

這釐清的感覺在心裡波動著。

原來不是花許多時間，竭力與她培養和交流生活中的點滴，互相進入對方的世界才能擁有安全感，或者產生愛——這樣更抽象的情緒，具體的東西其實可以完全取代。比方這個不銹鋼的門，它就讓我產生極大且極確切的安全感，甚至給了我永遠不會失去她的期待與保證。

我坐在門的旁邊思考了非常久。雖然在一瞬間心中產生很多模糊的感觸，很多想法仍舊在外圍打轉，沒有真正切入核心；但是，這念頭卻因此生根在內心深處，緩慢地逐漸茁壯，以至於到後來，完全改變了我，以及我對柯薇亞的方式。

就在門裝好之後的那幾天，我照例下班後就繞過去老家，並且都會提前準備許多東西給她。沒有什麼特別的原因，就是直覺希望她能夠快樂一些，並且出自內心意願的繼續陪伴我。

有時候是幾本當月出版的新書與雜誌、幾張裱了框的複製油畫、幾本畫冊、攝影作品、新鮮的花（我覺得她的氣質適合白色的香水百合，而她也真的喜歡）、還有捨棄了罐頭類食品，而改買許多新鮮的蔬菜、水果，各種起司與麵包。

她似乎開始期待我的到來。

這是想得到的轉變，一個好的開始。如果我不過去地窖，她便必須獨自一人，不管擁有多孤僻的性格，時間久了也會希望能有個說話的對象。她不再病懨懨地躺在床上，反而開始主動打掃與用我購買過去的東西，盡力裝飾著這個房間。

某一天我即將離開時，她再親吻我的臉頰後，告訴我這裡有小型的電磁爐與微波爐，她希望我明天可以早一點到，她要煮一頓好吃的晚餐給我吃。我以為她在開玩笑，或者只是隨便說說討我歡心而已；但是隔天到達地窖，一打開門就聞見香氣撲鼻的食物氣味，看見一整桌的菜擺在桌上：餐前紅酒、沾了油醋與沙拉醬的生菜、金黃脆皮的小隻烤鴨、用竹籃盛裝的德式圓麵包、由分隔小碟裝上的起司與藍莓醬料、還有上面泛著一層白色油脂的濃湯。

我發愣地站在旁邊盯著看。

「來看媽咪替你準備的！」她一邊捧著甜點從裡頭走出，一邊把身上的圍裙解下來。

「好豐盛喔，媽咪您辛苦了。」我看見滿臉笑容的她，心情雀躍了起來，坐到桌子旁，開始狼吞虎嚥起來。

「咦，要注重餐桌禮節啊，不可以那麼粗魯。」她輕輕地拍了拍我的手臂。

「是，媽咪。」我馬上正襟危坐，放慢自己吃飯的速度。

這天我們相處的非常愉快，空間裡洋溢著溫暖的食物香氣。原本稍嫌沉默的她，比平時說了更多的話，並且態度親切地主動詢問我的作業進度（也就是公司裡頭的文件）。在吃完飯後，她動作熟練地清理桌面，又陪著我一起把文件弄好。

當我埋首整理文件時，她說她要到後面拿一樣東西，我沒有多想，繼續與密密麻麻的資料奮戰。就在我感到眼皮酸痛，肩頸也開始發出沉重感時，一陣刺眼的光線一閃而逝，我警覺地回過頭，發現她微蹲在旁邊，雙手撐著一台單眼相機對準我。

「這是我之前從家裡帶過來的。以前曾經很有興趣地玩過一陣子相機。」她一邊解釋，一邊又舉起相機對著我按了好幾次快門。

白亮的閃光燈閃得我張不開眼睛。不知道為什麼，這一閃一閃的光芒似乎正猛烈地刺激著某些感官，我變得異常興奮。

「那我也要拍媽咪！」

我急切地走向她，她微笑地把相機遞給我，開始在鏡頭前擺著一些姿勢。

「媽咪好美。」我瞇著眼睛，迅速地按下許多快門。

我一邊看著鏡頭裡的她，一邊在腦海裡想像著更多奇怪的姿勢。

當然除了一些很好看的姿勢之外，我似乎希望她能夠給我更多，更多帶有藝術，不至於完全色情的畫面。那些想像讓呼吸急促了起來。我開始希望她能夠慢慢脫下身上所有的衣服，一件、一件，用緩慢優美的姿態輕輕撩起、卸除，或者乾脆全裸，用薄透的衣服在遮住重要部位，使畫面仍保有朦朧的微美感。

我一邊按著快門，一邊仔細回想起她緊繃細緻的裸體，沉浸在泡沫中的慵懶姿態。

柯薇亞的美使我除了希望她真正是我的母親之外，似乎也在這過程中，強烈地騷動著我的某個慾望。透過昏黃的吊燈光芒，她迷媚的雙眼眼神，順滑的臉蛋弧度透著迷濛光影；頭髮如一縷縷燦亮的絲線，輕輕地垂在白皙的胸前，鬆散地發出香水混合女人獨特的氣息。

這種美蒙上了一層薄紗，覆蓋了一層水漾的霧氣；儘管可以觸摸，可以挨在她身旁生活，但卻似乎永遠無法掠取她那美的境界的核心。

這不是獸慾，也不屬於任何本能性的刺激。

我慢慢放下相機，歪著頭看她。

柯薇亞的美觸動的，是我無法理解的境界。或許就如父親收藏製作的標本，從普通的蝴蝶，再拼命地擴大野心，想進階收集到更稀有與斑爛的品種。這個心情與蝴蝶或者任何東西都沒有直接的關係，只是妄想與期盼自己可以擁有這個能力：能凝結住世上所有無與倫比的美好，凍結住永遠無法侵犯，與真正得到的絕世珍品。

柯薇亞看見我放下相機，表情奇異地望著她，她無法理解我現在心裡所想的，只能也相同疑惑地看著我。儘管她收斂起迷濛的眼神，身上仍套著保守普通的家居服，但是一舉手投足仍是那樣優雅迷人。

我有點無法抑制自己，感覺一切就要被這無法理解的美好，給震撼到有些失去控制；於是很勉強地克制住自己混亂的呼吸，告訴她時間晚上，我該離開了。於是她給了我晚安吻。這次我要求她把嘴停在我臉上久一些的時間，她順從地照著作。臉頰的濕潤感一直延續到隔天。我在珍妮身邊坐起身，腦袋一片渾沌之際，甚至以為她是柯薇亞。

柯薇亞在那次企圖逃跑被抓回來後，與我的關係變得非常奇怪。感覺她似乎已經說服自己接受這樣的命運，並且認真地揣摩身為一個母親，應當對孩子的態度。儘管我知道她從未結過婚，沒有小孩，沒有體會擁有過一個完整的家的感覺，但是她卻很努力，所有的轉變皆依循著我的回應，觀察之中細微的變化，在下次見面時，越來越有一個真實母親的模樣。

但這只是她的部分。我發現自己對她的期待，似乎越來越深與越來越多，那已經超出了一個正常兒子對母親所懷抱的一切。

我自己也不太明白那內容物究竟包含了什麼，但很肯定的絕不是惡意或變態——那些會傷害她想法；相反的，是我朦朧地開始對想要留住那稀世的美，有了一股奇怪的堅持。

之後的每天開始，我一下班就會很自然地把車開往老家；對珍妮的藉口則是延長加班時間、必須在公司弄完所有資料、或者跟安迪、魏恩兩人到酒吧小酌一杯。

她本來對此有些怨言，偶爾會非常不滿地不跟我說話，彼此冷戰一些時候。這樣糟糕的情況直到她主動與大學時期的姊妹淘聯絡，她們拉她去上瑜珈課，之後再一起去吃東西，聊女人之間我永遠都不會懂的心事；等她自己也忙碌了起來後，便也忽略了我回家的時間。

而與艾莉絲的午間幽會也持續著。

她一向都不是個好安撫的女人，也不輕易接受與相信任何藉口，所以有時在體力不支的情況下，也沒有辦法拒絕地仍一起到旅館中。

自從柯薇亞主動拿出相機，我們多了互相為對方拍照的興趣後，我在與艾莉絲偷情的時間裡，好像特別興奮地開始變得主動，偷偷購買許多奇怪的服裝要她穿上，還有擺出許多怪異，甚至有點下流的姿勢。

原本她很訝異我的轉變。因為這個偷情從原本想利用她，而持續到後來明顯變得欲振乏力。我本來就完全不欣賞她，也曾認真在心裡嫌棄過她粗鄙、毫無美感的模樣。我明白那次本能地阻擋安迪要追求她的舉動，絕對不是出於愛、在乎，或是忌妒，純粹只是大男人的控制慾望罷了。

然而自從我對柯薇亞出現幻想，出現一些無法克制的衝動，我便把這些異樣的心理變化全發洩在艾莉絲身上。既然我不想破壞柯薇亞的美，無法容許自己玷汙這樣的優雅，那麼承受那異常暴烈慾望的，便非艾莉絲莫屬。

我沒有揣測錯誤，艾莉絲從驚訝變得喜歡，甚至貪婪地要求更多。於是我與她的午間偷情，漸漸地從正常發洩，到後來帶有許多性虐待的內容。

然而，不管我的世界變得如何，我在六點前一定會準時踏進地窖。柯薇亞早已抓準時間，準備好豐盛的晚餐。

用餐過程中我們會聊天，彼此詢問對方今天過得如何，以及有什麼新鮮事；飯後她會播放我替她選購回來的音樂CD，或者在我處理自己的工作時，她安靜地待在旁邊看書；然後就在我快要離開前，一定會拿出那台單眼相機，為彼此拍攝許多照片。

直到某天，因為她的家居服在煮飯時，沾到了些黃色的污垢，我在拍照時要求她把衣服脫掉，只剩下裡頭的薄紗內衣。

她一開始聽見我的要求時，露出疑惑不解的神情，接著紅暈佔滿了她寧靜的臉頰。但這只維持幾秒鐘，她便非常順從地慢慢脫下衣服。在這過程中，我不停地在前面按下快門，瘋狂急迫地想要抓住每個時刻。

「你……兒子，你覺得媽咪美嗎？」鏡頭裡的她只剩下薄紗，裡頭白皙的胸部若隱若現。

「很美。」我一邊回答，一邊要求她坐在椅子上，再擺出更多的姿勢。

「你會覺得我的身體老了嗎？就這個年紀來說……你也知道女人一旦失去青春，簡直就等於失去所有曾經驕傲的一切……」

柯薇亞漲紅著臉，一邊說著，一邊用雙手按著自己的腹部，還有急切且粗魯地摩擦過自己雙臂與大腿的肌膚。女人這模樣我見過，珍妮在每天就寢時，也會在臥室的鏡子前，一邊喃喃自語，一邊仔細檢視著自己全身的肌膚與贅肉。

柯薇亞正在等待我的回答。她的臉上出現了我從未見過的表情。

那雙大眼睛透露出濕潤的請求，嘴唇緊抿著，我明白就在拋出這問句與等待回答的這幾秒鐘裡，她是極為脆弱地渴求我，渴望我說出她想聽見的答案。

我輕輕撇嘴笑了起來，挑了挑兩邊的眉毛。我知道就在這個時刻，我是主宰她的王，所有價值上的主宰者，只要能聽見她想像中的答案，眼前的女人會甘願為我做任何事情。

女人們皆害怕時光流逝的痕跡，悄悄在她們不知道的時候深刻地留了下來。每個女人都是如此，她們在乎青春美貌的程度，是男人絕對無法想像的。

「不，這妳不用擔心。媽咪真的很美，身體完美無暇，美得讓作兒子的我感到驕傲。」

我堅定的回答讓柯薇亞非常開心。鏡頭前的她先是放鬆緊繃感地笑了出來，接著，不知心裡起了什麼念頭地臉上的線條又逐漸繃緊，整個人看起來有些僵硬。

她維持短暫的緊繃後，便開始緩慢地拉下身上剩餘的衣物，脫下薄紗；最後，真的如我曾經幻想過的，全身赤裸地坐在我的面前。

我呼吸急促地對著裸體拍了幾張照片後，卻發覺原先心裡的震撼感全不見了。

那白皙光滑的頸子、肩頭、飽滿的胸部、臀部、修長迷人的腿……這些在鏡頭中仍保有媚惑人心的光澤，但是卻失去了迷濛的美感，所有的角度與比例開始顯得偏離想像。

我不曉得怎麼形容，雙手仍撐托著相機，卻非常疑惑地停止按下快門拍照，瞇著眼，看著鏡頭裡的裸體。

好像原來還保有些想像空間的境界，突然完全揭露在你的面前，讓你發覺不過也只是如此；天堂放眼過去，其實與其他地方差不了多少。一樣的東西，一樣的世界，什麼都大同小異——即使你曾經親眼觀看過，也曾對此幻想過上千、上萬次。

「媽咪我怕妳著涼，還是把衣服穿上吧。」我放下相機，冷冷地對她說。

「喔……」她尷尬地低下頭，把薄紗從地板上撿起來。

「那，那兒子還喜歡媽咪嗎？」她絞著底下的雙手，眼眶濕潤地望著我，露出那種惹人憐愛的表情。

「當然，我永遠都會那麼喜歡媽咪。」我推開相機，開始收拾桌上的文件準備離開。

這次柯薇亞不僅主動擁抱與親吻了我，甚至還輕輕地用渾圓的胸部磨蹭了我。

我突然感覺一陣噁心。不是見到真正噁心事物的那種感覺，而是從心底最深層的地方，泛出本能性的排斥，一種無法控制的強烈反抗；好像現在的事情，於我整個全部的價值觀來說，是非常不應該，心裡很清楚知道是一件絕對錯誤的事。

我不想傷她的心，於是忍下了想要用力推開她的舉動，冷漠地與她道了晚安，然後走出地窖。

斯德哥爾摩症候群。我在黑夜中把車駛向回家的方向時，這個詞句鑽進了腦袋裡。

我第一次知道這個名詞，是在大學時期所看見的一則新聞中。那則新聞是一名綁匪綁架了某企業家的獨生女長達半年的時間。等到那女生終於獲救後，竟當著所有記者與自己的家人面前，坦承自己想要嫁給綁匪的心意，甚至還一度因家人反對而鬧自殺。

當時新聞把這項案子直接歸於斯德哥爾摩症候群，其中也解釋會發生這病症的原因：

「首先，受俘者必須真正感受到綁匪威脅到自己的存活。其次，在遭挾持的過程中，被綁的人必須辨認出綁匪可能施予恩惠的舉動；第三，除了綁匪的看法之外，受俘者必須與所有其他觀點隔離，也就是完全隔絕所有外界的資訊來源。

最後，要使受俘者必須完全相信，逃離是不可能的事。專家認為，斯德哥爾摩症候群的這種心理轉變，可發生在三到四天時間，但必須強調的是，身歷這種症候群的人並不是瘋了，而是他們正在為保住自己的生命而奮戰。

這種症候群代表受俘者藉由討好綁匪，盡最大的努力不去激怒或挑釁綁匪，以確保自己的一種策略。而當受俘者日復一日地重複這些心情與行為時，也會漸漸在之中失去自我意識、所有的原則，直到完全真心接受綁匪的觀點。

假如到最後，受俘者已經習慣用擄人者的眼光來看世界，他們就不再渴望自由，而當真正的救援到來時，受害人甚至可能會極力抗拒營救。」

生命受到威脅的人，也是最容易受騙的人。

我趁著珍妮已經熟睡後，坐在電腦桌前查看網路上的相關資訊。

我很懷疑我與柯薇亞之間的關係，真的如同資訊上所寫的嗎？儘管她現在的處境，完全吻合資料上寫明的原因與狀況，但是由她這陣子所透露出的種種跡象看來，不僅只是為了生存而討好我，因為她心裡應該清楚，只要她不離開，我永遠都不可能傷害她，甚至比一般人能做到的，竭力地愛護與關心她。

也或許她已經徹底迷惑了，完全接受自己的命運被扭曲，被囚禁在自己佈置的地方，裡頭則多了個自己從未想像過的兒子。

回想這些相處於地窖，與世隔絕的時光裡，總是有種深沉、和諧的靜默在我們周遭累積，柔軟又堅硬。這真的會使人著迷與墜落，墜落在自己都不知道的地方。

不曉得為什麼，我反而覺得我們之間，彼此皆存在這些心裡因素，等於我們一起患上所謂的斯德哥爾摩症候群，相互努力討好對方與逐漸失去自我意識。我會這樣想的原因沒有別的，因為我漸漸發覺，如果失去她，也可以說如果我的生命再一次失去母親，我可能會活不下去。

我討好柯薇亞，跟資料上寫的狀況一樣：僅只是為了保住自己的生命而奮力著。

使我與柯薇亞一成不變的日子，逐漸發生巨大的轉變，是從一個很偶然的事件開始。

那一天我照常在九點進去公司，等到快要中午時，同事安迪突然敲響了我辦公室的大門，然後臉色怪異地閃進辦公室中，僵直地站在我的工作桌前頭。

「喂，你有沒有空？我想跟你分享一個我的新發現！」他壓低聲音，怪腔怪調地對我說。

「什麼？」我往他臉上撇了一眼，有些不耐煩地回答。

當時手上一堆工作，上司丟下來一個全新的案子，一些從未接觸過的新客戶，這使我一到公司便必須火力全開地忙碌，否則下班根本趕不及去柯薇亞那。

「我發誓這東西絕對，絕對會讓你很感興趣。」安迪故意提高音調。

「好好好，再等我一下！」

我知道現在必須順從安迪，否則他根本不會離開。我迅速把資料儲存起來，正當想要順便關掉電腦時，他急忙走過來阻止我。

「不要關，我需要網路，這個新發現就在網路中。」他對我噁心的擠眉弄眼。

之後我讓出位置，讓安迪全心操控著電腦。

沒有多久，他得意洋洋地轉過身，攤開手表示已經弄好，就等著我誇獎他。

我靠近螢幕，發現那是一個供給素人拍攝影片與收藏的站台。畫面上一格格像照片般地顯示出影片開頭，底下則標示了清楚的影片名稱：**爆笑情侶檔、貓狗大戰、紀錄生命中溫馨的時刻、第一次跳水、會微笑的貓頭鷹……**

「還不就是與別人分享自己拍的影片網站，這有什麼好值得你那麼開心的？」

「不只這些，這是公開的部分。你有沒有看見右下方，那一小格奇怪的標示？」安迪橫過身，用粗肥的手指比了比螢幕下方。

我曾經瀏覽過這個站台。但是看了幾個百無聊賴的紀錄影片後，認定這裡聚集了一堆自以為有趣的自戀者，或成天幻想自己是大導演的無聊分子後，便從未再上來過了。

所以當安迪指著一個右下角一個「®」的符號，我頗為驚訝，原來這裡還暗藏玄機。

「那裡面有什麼？」

「你自己進去看看啊！」

於是我照著安迪的指示按了進去。

螢幕不久出現一樣的一格格影片開頭，但是讓人吃驚的，這裡的標題不再像剛剛那些，而是一些聳動的、帶有奇怪色彩的題目：**逼近人類極限的考驗、偷情紀錄大公開、春夢實境、虐待者的自白書、膽小者勿入、恐怖的生理實驗……**

天哪。我暗自驚呼一聲，感覺現在的網站似乎進步神速，簡直超越想像；只要點按手指，便可以輕易地一腳從天堂踏進地獄。

我深呼吸一口氣，心跳開始加速，迅速地按進了其中一個標示，但是並沒有出現我所預期的聳動畫面；螢幕上突然清空，只留下一個長型空格，要求你打上正確的密碼。

「這些都需要密碼？那不是等於根本沒有？」我有點失望地說。

「是需要密碼沒錯，但是這裡免費提供一個讓人存放自己紀錄的地方。這些偷情與變態者，如果表面上其實都是正常的上班族，一個再普通不過的人，擁有安穩的工作與家庭，只是自己有那樣小小怪異的癖好，是不是把影片存放在這就好，不用擔心有一天拍的變態玩意，會被老婆或家人發現！」

「嗯，好像有點道理。」我點點頭附合。

「來，你看我放了什麼影片在這裡面！」

安迪熟練地操作滑鼠，沒有多久，螢幕上出現了一個題目為：「愛的進行曲」，接著他快速地打上密碼，進入影片。

影片一開始是一個房間的空景。

房間裡漆黑一片，僅剩下房門左邊的浴室燈還亮著，微小的光源，勉強暈亮了旅館骯髒的深紅色地毯，也稍微把房間內部的模樣照出。看起來像是廉價極了的旅館內部：裡頭的牆壁、櫃子、茶几與地毯是一致性俗麗的色調；而床鋪噁心的粉紅色，正是那種我最討厭的顏色。床上則用玫瑰花瓣愚蠢地擺了個愛心的圖案。

無人的畫面沒有維持多久，便從旁邊走進一個女人。看不清楚臉，昏暗的光線只露出她凹凸有致的身材。

把燈再開亮一點。畫面傳出了安迪的聲音。

女人聽見後轉身走到門口，轉開了牆上的開關，我才赫然發現畫面裡的竟是艾莉絲！她穿著平日常見的過緊洋裝，賣力地搔首弄姿；之後再對著鏡頭，慢慢地拉下肩頭的蕾絲衣帶，脫光全部的衣服，妖媚地躺在床上。

一時間，我心裡的感覺非常複雜，但是逼迫自己要沉住氣，繼續看著影片。

接著安迪固定了攝影機，從前面走到床上……之後我不想再描述下去，總之就是那些想像得到的下流事情。但是除了女主角是艾莉絲，還有更讓我震驚的是：艾莉絲似乎把我這段時間，操練在她身上的變態把戲與姿勢，全熟練地教導與使用在安迪身上。

一陣強烈的作嘔感襲上胸口。兩個渾然溼透的噁心身軀糾纏在一起，讓我聯想到市場中，已割宰完畢所陳列的膚色肉塊。

這個婊子！我突然有種被搧了一記耳光，被狠狠背叛的感覺。

「是啊，沒想到你小子動作那麼快，竟然把上她了！」我克制激動的心情，勉強穩定住自己的口氣對他說。

「怎麼樣？還不錯吧！」安迪得意洋洋地抬高下巴，推了推我。

「其實說真的，過程也不是所謂的你情我願，這發生的開始有點複雜。好幾個星期前，大概快要下班的時候，我經過樓梯口看見她背對窗口在那裡抽菸。

我走過去想趁機搭訕個幾句話，後來她轉身過來我才發現她在哭，哭得非常傷心的模樣……噢，那時我的心都碎了！問她原因她怎樣都不肯說，只是一直拼命搖頭與流眼淚。」

「然後呢？」我心裡迅速回憶這幾個星期，與她偷情時她曾對我說過的話。沒有。印象中，她沒有跟我提及任何可以讓她如此傷心的事情。

「後來我邀請她去酒吧喝酒，幾杯酒下肚後她才慢慢告訴我，她的情人是個有婦之夫，本來感情還不錯，但最近顯得心不在焉，對她的態度也差，讓她非常傷心，想說那男人是不是想要離開她了！」

「那她有跟你提那男人的身分，或其他的事情……」我的心臟跳動聲頓時變得好大聲。

「沒有，她似乎很愛他，也很保護他；」安迪粗魯地擺擺手，表情有點忌妒地打斷我的話：「我有問，拼命地想問出詳細的情形，但是她什麼都不肯說，只是簡單地對我提了這些。

總之，那天她喝醉了，最後由我攙扶著她回到她家。

她在進門前不知為什麼地又哭了起來，讓我不敢離開，小心翼翼摟著傷心的她，然後她突然抬起臉吻我，於是我們就發生了關係。」

原來是這樣啊。

我的心跳逐漸變緩了下來。之後耐著極大的性子，聽安迪說了他們之間發生的事，等待他終於心滿意足地離開辦公室之後，我才真正地喘了一口氣。

艾莉絲與安迪的事情震撼了我，我在心裡把事情重頭到尾想了一遍，卻什麼結論也沒有。

聽見他們私情發生的緣由後，我似乎沒有任何理由可以怪她，但是心裡仍舊無法甘心，有種被嚴重侵犯的感覺。我感到口乾舌燥，胃部沉甸甸的，好像吃了什麼壞掉的東西；混亂的思緒讓我無法再安然地坐在椅子上，於是從位置中起身，慢慢地在辦公室裡踱著步。

如果說，我其實沒有喜歡過她，只是把她當成發洩的工具而已，那又為什麼會產生如此在意與嫉妒的情緒呢？

我低頭想了很久，後來終於明白了，是姿勢；看著那些我使用過與發明的姿勢，再套用在噁心的安迪身上時，我幾乎就快要被這夾雜憤恨的嫉妒給淹沒了。

這天我的心情相當差，來到老家後什麼都不想說，望著一桌的菜餚也沒有什麼食慾。我用叉子撥弄著食物，把油漬的鱈魚肝攪拌成一團如腦漿般的噁心東西，鵝黃色的馬鈴薯沙拉在我眼中，看起來就像是塊狀的嘔吐物。我放下叉子，站起來離開桌面，癱坐到牆角的沙發椅上。

柯薇亞一直沉默地注意著我的行為，那張漂亮的臉蛋則露出擔心的神色。我說不出任何理由，或安慰她不要擔心之類的話。那一天我本來想提早離開，但是在晚餐過後，她迅速地收拾了桌面，又習慣性地拿出相機，用怯弱的眼神凝視著我，暗示著她希望能如先前一樣。

我沒有多作考慮便改變心意，接過那台相機開始拍她。

這一天柯薇亞顯得很緊張，動作僵硬得很，因為我從未這樣過。我每次來到這裡永遠都是笑顏逐開，心情愉悅地與她渡過美好的夜晚時光。但是今天的我沉默不語，始終深鎖的眉頭讓她不解，使得整個晚上的氣氛相當尷尬與沉悶。

柯薇亞姿態僵硬地擺了些動作後，我開始感到有些煩躁，甚至把眼睛撇開，用指頭隨意地亂按快門。這時候她看見我這些躁鬱的動作後，慢慢地低下頭，似乎很苦惱地在想如何讓我開心的點子。

接著她開口要求我等她，她想要去洗澡。

沉悶的粗大粒子，就在等待的時刻裡，於黯淡的空間中來回碰撞著。

我用雙手枕著頭，出神地想著下午安迪放給我看的影片。那慘不忍睹的細節部分開始從記憶中膨脹起來，兩人糾纏在一起的連續畫面，像一具大型的挖土機猛力地鑿穿著我的腦袋，使我的胸口與胃部感到更加悶脹。就在真的感到喘不過氣來，起身想離開地窖時，柯薇亞從後面走了出來。

她把頭髮挽了起來，坦露出輪廓鮮明的鎖骨，身上套著一件我曾經買給她，但她從未穿過的緞面居家長袍。她手中拿了一瓶已經打開的紅酒，坐在我前面倒了兩杯。於是我們開始慢慢地啜飲著紅酒；然而在極壞的心情驅使下，使我眼前酒杯空的速度越來越快，柯薇亞把一切看在眼裡，不急不徐地替我斟滿，然後我們又再一起沉默地乾杯，一飲而盡。

等到我開始感到頭昏腦脹，並且表明是真的想要離開時，她先開口留我，接著慢慢把手撐住桌面站起身，緩緩地解開繫在腰間的緞帶，把長袍從身體褪去，並且漲紅著臉，擺出一些我從未見過的挑逗動作。

一開始我很驚訝，接著，順從體內不斷湧出的男人本能，拿起桌上的相機，按了好幾下快門。

但是這樣的動作沒有持續多久。

鏡頭裡的柯薇亞當然一樣的美麗，美好的肌膚閃著亮眼的光澤，但我的情緒卻開始發生轉變；眼前這個熟悉的女人已不再是我的母親，我那優雅高貴的母親已經消失，這些主動擺出的動作讓她顯得極為下賤，甚至有許多不潔的聯想從裡頭冒出。

誰都不能破壞我心目中的美，那讓人迷醉，且獨一無二的稀世珍品之純美，就連柯薇亞自己也不可以。

我突然有種近乎恐慌的感覺。

自以為可以抓住稍縱及逝的美好，而這些東西卻正在瓦解，正從眼前不斷流逝與變形。它們什麼都不對勁了，所有的形狀正嚴重地扭曲著比例，而我好像眼睜睜地看著一棟古典華美的建築，正緩緩地崩塌墜毀下其中的屋瓦、窗簷、甚至整面的牆，開始如被熱氣溶化的奶油般，淌下一點一點的白色液體。

這轉變使我感到前所未有的憤怒，也或許是一種莫名的恐懼感……原來我的幻夢，我長期所追求與極力搭建的是如此不真實，似乎可以輕易地被取代或消失；明明清楚是同樣的人，是那個極力想要收集與封存的絕世珍品，但只要擺出不同的動作與姿態，轉換了另個念頭——我的安全感，我那原本就薄弱得可憐的安全感，也會瞬間被泯滅得一乾二淨。

「你不要那麼緊繃，」柯薇亞走過來拿走我的相機，緩緩地全裸坐到我的雙腿上，再把雙腳優雅地重疊起來：「我們可以試試看的。」

她用雙手緊緊圈住我的頸子，使我沒有辦法拒絕她想要做的任何事情。她把我的頭扳過來，低頭吻了我。這跟所有的晚安吻都不同，儘管她的嘴唇是那樣柔軟，她甚至把舌頭伸進我的嘴裡，我卻絲毫沒有慾望，反而從體內發出源源不絕的顫抖。

後來她開始往下鬆開我的領帶，一顆一顆解開襯衫上的鈕扣。此時我的腦筋一片空白，不停地在心裡想住手，住手，請妳住手，這全部都是錯誤的……但是我真的太過軟弱與無法考驗，近距離呵氣與女人的香味，這些微妙的感受已經滲透進了肉體，大量生理反應接著無法抑制地從體內湧出。

等到我的上身也赤裸之後，她將自己緊緊貼上，隱約可以聞到她溫暖的鼻息參雜著淡淡的香味，均勻地吐在我的喉嚨部位。微彎的雙腿抵在我的大腿內側，柔軟的乳房則在我的胸腔上下起伏。

她出著力道讓我們維持著這個姿勢許久。

雖然我們都沒有說話，但是卻可以洞悉彼此各種慾念的形狀。在沒有繼續任何動作的情況下，我的意識卻幾乎可以穿透過這個表層的下方，清楚望見柯薇亞現在正拉開我褲子的拉鍊，然後以各種她渴望的形式，來進入與到達另一個階段。

當一觸及到表面下方的波濤洶湧，我的生理反應卻以非常迅速的方式消褪；思緒連接著身體，此時我感覺自己彷彿正置身在嚴重乾旱，枯竭而碎裂出一條條皺褶的崩塌大地之上；現在，柯薇亞也明顯地察覺到，自己擁抱的，不過只是一具剩下呼吸的僵硬身體。

她終於把圈緊的雙手放鬆，用那雙深邃的大眼睛凝視著我。

「你不想要我？」

我只是回望著那雙清澈的雙眼，沒有回答她。

「不要緊張，我也有我的慾望，我希望我們不要害怕，一起慢慢進入另個階段……」

她咧嘴笑了，模樣很撩人地放下了自己挽在上方的頭髮，我聞到一股迷濛的香氣。

「一個成年男人綁架與囚禁了另個女人，不是就在期待走到最後的這個階段？」

我決然地搖著頭，用極為冰冷的眼神看著她。

「難道不是？」她有點膽怯地縮回放在我肩上的雙臂，站起來退後幾步。

「妳忘了我喊妳什麼嗎？媽咪，正常的母親與兒子，是絕對不會做出這種下流的事。」

「但是，但是我們並不是真正的母子……」她歪著頭，顯得非常疑惑：「我們的確不是真正的母子啊，你不是很喜歡我嗎？」

我對著她點頭，接著又搖頭。

這一切都讓我感到噁心，眼前發生的一切都使我感到異常古怪，所有的秩序都錯亂了起來，而我根本無法接受這樣的羞辱。所有以往已經被狠狠遺忘與銷毀，我最憎恨的曖昧情緒，居然在這相處的時光中，重新在柯薇亞的心裡生根，然後茁壯成長。

我不曉得她現在在想什麼，但是我卻覺得這重頭到尾都是不對的，我們弄混了彼此的感受，在清澈的情感中間倒入了混濁的曖昧——這使我無法尊重她，而她的舉動也間接說明了我的失敗：我並沒有真正改造她，一如先前所預設的那樣。

眼前的一切，已經走到了一個死胡同中。

就在她脫光衣服抱住我的時候，所有在我預想中的幻夢真的如泡沫般破滅了。我只是想要留住她，像保存一個唯美的、活生生的母親標本，盡一切可能彌補沒有母親的遺憾。其他不是在這範圍內的，都讓我感到無法面對。

我不曉得該如何對她形容這樣的心情，因為我也明白，從最初的綁架延伸到無止盡的囚禁，就絕不是一個會讓後續正常發展的開端。

接下來我非常努力地調整自己的呼吸，與混亂的心臟跳動。許久過後還是無法平靜，似乎感覺自己迎面被一道強勁的雷劈中，思緒裡盡是無數亂竄的細小星點。

我們沉默地對望著許久，我想我僅有的耐性也已經繃到了極點，於是默默地套回所有的衣服，走過去撿起那件緞面長袍披住她，然後頭也不回地走出地窖。

我望著閃爍的黑色游標，想了一會後，在題名的地方打下了：〈**第五號房**〉。

本來我想要命名為〈母親與我〉，但是後來想說這題目似乎太籠統、普通，無法強調她在我心目中的獨特。

我苦惱地想到後來，想起了在好幾年前，搬離老家前希望能順利賣掉那裡，重新整理與上漆的過程中，發現父親的地窖收藏室大門上，原因不明地留了個斑駁的「五」的號碼。

這個五已經模糊。看起來不像數字，比較像是一朵枯萎、頹喪的花瓣。

當時我正忙著重新粉刷，看見這個數字時呆了一會，讓瞳孔著實地印上這個缺損的數字。不知道是誰留下來的，或許是父親，也或許是別人的惡作劇，但是這數字現在卻突然在腦海裡閃爍著奇異的光，我彷彿因著它，整個思緒便能完整地回到當時。

我靈機一動，決心用此數字決定影片的名稱。

帳號申請：〈55555〉，我隨意按下數字決定帳號。我知道這個帳號會公開，但是一點也不重要。

密碼設定：〈……〉。

我在密碼的地方停了下來，思考很久。

如果照安迪說的，這裡是一個提供所有人擺放隱密影片的站台，也就意味著不管是什麼影片，它仍擁有銀行般的保險箱功用，唯有擁有鑰匙的人才可以啟動。所以如果決心要把我與柯薇亞的事情紀錄下來，然後儲存在這個地方的話，也等於只有我一個人可以看。

這些都沒有問題，主要是為什麼我仍舊遲遲無法決定，心裡微微地冒出了不只是我，我也希望可以有別人觀看的念頭呢？

為什麼？這明明是我想私下紀錄的東西啊！

我非常困擾地抓了抓頭，在密碼的地方遲疑了非常久的時間。

我從書房裡起身，躡手躡腳地放輕腳步，經過屋內的主臥房，希望不要吵醒已熟睡的珍妮，然後到餐廳倒了一杯牛奶，往冰箱裡東翻西尋，最後找到了一包吃剩的營養餅乾。我把這些東西全放到盤子上，再端到書房開始吃了起來。

今天因為情緒不好，所以在地窖什麼都沒吃。

我餓得發慌，一邊啃著冷硬的餅乾，喝光了整杯牛奶，一邊回想著。接著，我的思緒延續下去，回想不久前，柯薇亞為了討我的歡心，脫光了身上的衣服，擺出許多下流的姿勢，還有我長久的想像瞬間崩塌、顛覆，而後承受著將近窒息的憤怒場景。

我想，那想要與人分享影片的心情，應該是從今天發生的事情中，才突然意識到原來我的母親，長久以來的美好幻想，與我所建立的一切是如此泡沫化。這感覺可以比喻成，如果今天乍然出現一隻從未見過的斑爛蝴蝶，以珍奇之姿降臨在我一個人面前，然後又馬上消逝蹤影；之後，我跟所有人宣稱：我曾經見過世界上最美麗的蝴蝶，曾經活在絕無僅有，那樣美麗絕倫的夢境中，一定沒有人會相信。

因為只有我看過而已。從頭到尾就只有我獨自一個人，孤獨地見過這絕世之美。這美是如此虛幻又短暫，甚至是輕易地，連她自己都能恣意破壞的，那麼，我是不是應該要讓更多人看見與相信，親眼目睹我曾經所深切感受過的呢？

想到這裡我便咬著下脣，用力在密碼設定的地方，打下了與公開帳號相同的〈５５５５〉。

第6章

重新由醫院回到牢房的第一個晚上，我簡直整晚都無法闔眼。

雖然又回到狹小酸臭的獨立空間，但是一呼吸，胸腔的痛楚還是如爆裂般的疼痛；這像是一盞又一盞連續的跑馬燈：只要呼吸，疼痛接連襲上，然後包登那張猙獰的臉孔，胸口如噴泉般湧出的大量鮮血，就會瞬間顯現放大在我的眼前。

保羅醫生在我被刺傷，送到醫院住的這段時間裡都沒有出現。

躺在床上無所事事時，曾經想過他會如何看待這件事，以及又會如何用那雙銳利的眼神盯著我，彷彿無聲地說明這一切都是我咎由自取。

但是他從未在病房中出現過，連個問候的口信都沒有。

回到牢房後的第二天，早晨六點整，碉堡外的擴音機，會定時傳出尖銳刺耳的起床鈴，所有的獄警已經整裝在外面等候。

十分鐘後鐵門的鎖自動打開，犯人們必須從裡頭走出，直挺地站到自己的牢房門前，然後等候獄警們拿著簿子一一點名所有犯人名字與編號，確認無誤後，再全體集合，走至外面的餐廳用早餐。

紛響在凌晨時分的雜音，會徹底塞滿與迴盪在整個碉堡中央，像一個龐大且長了刺的颮風，割刮了碉堡內脆弱的石牆白漆。被震動下來的石灰岩粉末，使早晨的空氣瀰漫著一股蒼白、看不清前方的朦朧色調。

這些都是我被大響的鈴聲吵醒後，竭力地把臉壓在鐵杆上，伸長視覺遠遠眺望長廊盡頭，那些正常犯人每天的日常生活。

我不是他們中間的一分子；望著大家整齊列隊，魚貫地慢慢走出寬敞的長廊之外，所有黑壓壓的身影消失在盡頭後，便沮喪地回過頭，自己踱回那張冰冷潮濕的床鋪，把仍從內部發出疼痛的身體平躺在上方。

「你的傷勢應該恢復得差不多了吧？」

獄警打開牢門，保羅醫生捧著我的早餐走進來時，我正朦朧地進入半睡眠的狀態。聽見他的聲音我嚇了一跳，從床上躍了起來。

「不要怕，包登在刺傷你之後，已經馬上被移到另一所監獄了。」

我看清是保羅後，鎮定下發顫的身軀，沉默地對他點點頭。

「在你受到攻擊住院之後，上頭已經嚴厲懲處了當天在工廠的幾名獄警。記不記得在進入木材工廠前，我曾經萬般囑咐兩個獄警要牢牢跟緊你？原因沒有別的，我想你也已經深刻感受到了。」

我再度點點頭。豈只是感受到而已，我還真的親身體驗了一遍。除了包登的攻擊，那天一進入木材工廠所引起的，使我以為聽覺都被震聾的巨大騷動，在心裡留下非常深刻的印象。

「來吧，先吃點東西，待會有人想要見你。」

保羅看我始終沉默不語，便放軟音調，把放著乾冷的麵包、煎焦的雞蛋、一盤稀爛的馬鈴薯沙拉與牛奶的鐵盤推到我的面前。我低頭看著這些食物，拿起牛奶一飲而盡。

「是誰想見我？」我用袖口擦了擦嘴，延續剛剛的話題。

「路得島監獄的老大，典獄長樂迪歐。」

從牢房中走出，穿越長廊到達碉堡的門口時，我以為要進入每次與溫蒂談話的後頭會客室。但是保羅卻對我搖搖頭，表示不是在這裡。他抬頭看了一眼鑲在門口上方的時鐘：「樂迪歐現在正忙，要等到中午過後他才會空出時間跟你談話。」

「那我們現在要去哪裡？」

我遠遠望著門外那一大片蒼綠的草原，那個我曾經一個人站在中央，孤寂地感受所謂特別的個人放風時間。現在草地上正稀疏地分別站了好幾個人，從這裡望去不曉得他們在做什麼，茫然地各自把頭撇向不同的方向。

「他特別要求我讓你進去見他前，先試著與其他犯人相處。

不用擔心，現在草原上全都是支持你與〈第五號房〉的紅毛派成員。他們這派把你當偶像，把〈第五號房〉當作經典，所以應該不會做出對你不利的事。」他的口氣極為平靜，好像只是在形容一件無關緊要的事。

「所以在我終於與其他人接觸而被刺傷後，便開始開放讓我與其他犯人相處？」我諷刺地盯著他看，他卻聳了聳肩，伸出手拍了拍我的肩膀，表示上頭就是這樣規定，他也無法有意見。

保羅那金邊眼鏡正折射著炙烈的刺眼陽光，銳利的雙眼被光線擋住，我看不見那雙佈滿各種思緒的眼神。我不知道他們到底想要怎樣，先是把我獨自隔離了一段時間，而在第一次放我出去後，那慘烈的後果就是躺在醫院裡好幾個月。然而，就在傷勢逐漸恢復之際，居然又要把我丟入那些瘋子中間。

或許他們別有用意，但是此時我什麼都無法想像。

現在，我是一個毫無自主權的犯人，上頭要我如何，一切只能奉命行事，只能在過程中憑著本能盡可能地保護自己。我明白如果再出現一個如包登般的瘋子，自己一定會就此與這個世界訣別。

當我瞇著眼睛忍受強光，泛著不適應的淚水走向草原時，朦朧的視覺裡看見這些原本散在角落的人，逐漸地從四面八方靠近我。他們靠攏的搖晃身影，簡直就像是一張迎面而來的黑色大網，我發覺自己提高再多的警覺性都沒有用。把我放生在這裡，我便成為一隻落單、只能無助接受他們各式對待的小魚。

「真是稀客啊，歡迎歡迎！」

「是五號先生哪，真是不敢相信！」

「我以為自從木材工廠之後，就永遠見不到他了呢！」

「是啊，看見他遠遠走過來，哈哈，我以為我在作夢。」

所有不同的高低音調，一時間匯聚了眾多紛雜的話語。我下意識地謹慎開放聽覺，把所有的話如篩子般一一過濾：似乎沒有任何敵意，也沒有任何挑釁的字眼；儘管有些人習慣說反話，但是此刻我也無法顧及那麼多了。從獨立牢房中走出來，被保羅單獨丟進草原的那刻起，我知道我的命運就不是自己的了。

我把手掌撐在眉毛上方擋住陽光，才看清楚前面這幾個人的臉孔。但是都沒有任何印象。伊凡、神偷、土狼、甚至是怪異喜愛收集牙齒的杜佛尼，並不在這些人群之中。

這些陌生臉孔先是有默契地推了推彼此，再歪嘴吐舌地笑了一陣子後，很客氣地輪流伸手與我握了握。

這大概是進入監獄中，第一次那樣多人如此近距離的接觸。他們身上渾雜的氣味如潮水一波一波地湧了上來，手掌不同的粗細紋路像是不同物體的材質，輕重不一地掠過我出汗的掌心。我盡量讓臉上帶著客氣且友善的笑容，稍微放鬆了擔憂的心情，試圖感受著這久違的、接近溫暖的溫度。

正當與最後一個矮個子握完手後，那紛亂的氣味卻瞬間以迅雷不及掩耳的速度，壓迫般地簇擁侵入了過來；上方刺目的陽光頓時陷入一片陰暗，彷彿一剎那間，我跌落進自己也不明白的黑洞之中。

我感覺底下的身體被騰空架了起來，但是與當時被擔架扛起來的感覺不同。意識仍舊非常清醒，底下凹凸起伏的喘氣與動作，正撞擊與擠壓著我全身的肌肉與神經。沒有人出聲，只有輕微規律的喘息聲，與腳底下鐵鍊鏗鏘擦撞的響聲。這一瞬間的變化太大，在黑暗中我閉緊眼睛，眼底朦朧的視覺殘留，還停格在那矮個子不懷好意地笑起來時，那雙如細線般狹長的眼睛。

「喔，他來了是不是？」一陣低沉的聲音從黯黑中響起。

他們把套在我上半身的布袋掀起，我又再度不適應地閉上眼睛。儘管現在沒有視覺，我仍可以感覺到周圍密不通風的沉澱氣流，以及一種奇異的嚴謹氣氛，把我獨自包圍在中央。

這裡是什麼地方？我緩緩地揉了揉眼睛，試圖看清楚四周的環境。

恢復視覺後，我看見一個僅有二十坪大的正方形空間。底下單薄的棉質囚褲，感受得到冰冷扎刺的木頭地板；我用眼神迅速地轉了全部的環境一圈，這裡應該是木材工廠旁邊的廢棄倉庫。挑高的木頭天花板上，正露出赤裸交錯的粗大鐵條，旁邊兩扇木質窗戶緊緊掩蔽著，而角落堆著許多參差不一的條狀木頭。

空氣裡瀰漫著一股潮濕的腐爛木頭味，夾雜著微微發酸的體味與汗味。除了看清楚身處的環境之外，眼前站在我前方的高大男人，正饒有興味地帶著一抹似笑非笑的表情，把雙手插在腰際上彎腰盯著我看。

是紅毛。他顯眼的紅色長髮，在黯淡的空間中，閃爍著類似遠方霓虹燈的微弱亮點。我倒吸了一口氣。

「五號先生，我們都等你很久了。我以為彼此應該沒有機會獨處，沒想到樂迪歐這傢伙，居然讓保羅放你一個人，實在是製造了一個大好機會給我們啊！」

「然後呢？你把我綁來這裡，是要私下對我表達你的愛慕之情嗎？」我冷冷地回答他。身體還感覺得到剛剛那一陣起伏過大的震盪，正狠狠地戳刺著之前的傷口，使我現在感到幾乎喘不過氣來的扎痛與刺激，正翻攪在最裡頭的內臟中。

我撇頭在地上吐了口口水，表示對整個方式的極度不滿。

紅毛聽見我的回答後大笑了起來。

他的聲音非常宏亮，如同震耳欲聾的鐘鳴；當他仰頭大笑起來後，四周也分別爆出非常誇張，如雷鳴般的笑聲。往上直衝的笑聲中，夾雜了強大的壓迫與威脅感；流進耳裡的回音如一把把鋒利的刀，正往內用力地切割著我的意識。

雖然保羅與溫蒂說過，紅毛這派算是把我當偶像，但是我也記得，這派為數眾多的人，全都是精神異常的兇殘暴力分子。

我在心裡默默盤算著，現在在這狹小的倉庫中，總共有大約四十幾個人。他們或站或坐的圍繞在周圍，即使是一個潰散不成樣子的圓形，但是我的確正正地如玩偶般被擺置在中央，動彈不得。

「我的確非常、非常喜愛〈第五號房〉，但是除此之外，我有很多疑問想要問你啊！」

紅毛用力彈了一下右手手指，兩旁走出三個高大的壯漢，輕易把我從地上像小雞一樣地提了起來，撐開傷勢未痊癒的胸腔，用麻繩把我的雙臂分別綁在兩邊的柱子上。除了被鍊上鐵鍊的雙腳未動，我現在的模樣，成了受難者耶穌基督的十字架形狀，牢牢地被架在倉庫的正中央。

我感到一股從體內深處竄出的刺痛，拔尖地突破所有的感官，迅速擴散在全身的毛細孔中。我沒有力氣反抗，要忍受這巨大的疼痛已經非常費力，所以連掙扎都沒有辦法地，挺著異常痛楚的胸膛，面對著靠近而來的紅毛。

疼痛使毛孔在短時間內全部綻放；它們同時間湧冒出冰冷的汗，在各處恣意地流淌著。四周安靜得出奇。原本騷動不已的眾人，全凝結在各自的位置上。

雖然沒有人出聲，但是可以感覺到後面全體無聲的騷動；好像靜躺在深山中的河流，被地底不知名的振動，給攪亂了原本的流動韻律。上方粗陋的木頭屋頂曬進了一道金黃色的光，正好打在我的頭頂上，讓頭皮發出一陣細微的灼燒感。

此刻，我大張著雙眼，冷冷地盯著慢慢朝我靠近，臉上維持著恐怖笑容的紅毛。

奇怪的是，我一點都不感到害怕。

我當然知道我有可能會死在這裡，現在這種局勢，他們要用什麼方式弄死我都有可能，但是我卻完全沒有感覺。

當時我在草原中，突兀地從光亮到一片漆黑，接著來到這裡，我似乎已經把自己這個個體，肉身所能感受到的感官與刺激，全都給抽離開來；真實的我並不是正無助地被綁縛在中央，而是飄浮在天花板上頭，正往下看著毫不相關的事情經過。

我曾經看過這類相關的書籍資料。

書上稱這種脫離肉體的經驗為靈魂出竅。能夠體驗的人必須是要剛好界在生死關頭，垂死的肉身與即將遠逝的靈魂，中間只剩一條細線牽引的特殊情況。

我記得第一次發生這種情形，是在老家的地窖中，我正最瘋狂著迷幫柯薇亞拍攝一系列〈第五號房〉影片的時期。那個時候我瞇著眼睛，專注地透過攝影機的鏡頭，對準並特寫前方的柯薇亞，她正在浴缸中沾了大量水氣的肌膚。

那濕潤的肌膚透過聚焦的鏡頭時，凝結於上頭的鼓脹水珠，正細微地框住她皮質表層那一格格的毛細孔，猶如繁複錯雜而又纖細無比的菱形蜂巢。那結合出來的美感真是不可思議，且透過清晰的畫面，直接準確地瘋狂衝擊著我的感官。

當時，我的內心底層正如噴湧的泉水，大量激烈地抽搐著無法言喻的讚嘆時，我感覺自己正在飄離開攝影機，那一小格鏡頭，飄離開水氣氤氳的浴室，到達天花板上，俯視著這絕美到讓我承受不了的一切。

從此，那被觸擊波動的某條神經，便像可以控制的開關，隱藏在我的身體某個部分；只要眼前的什麼刺激讓自己無法承受，我就會自動飄離，事不關己地看著這個喪失感官的肉身。

我對自己無法坦承面對的是：當我最後處理了艾莉絲，還有與親愛的柯薇亞走到最後的盡頭時，我也是用了這樣的方式，來隔開一切自然會從心底湧現出的各種情緒。

「把他的心挖出來，我想看看是不是鮮紅色的！」原本安靜的人群中，突然爆出了這句高昂的提議。接著，所有人開始騷動，紛紛從各處丟出自己想看見的，我的下場。

「從五號先生的頭皮切開，慢慢把他的皮從上到下完整的剝下來！我要收藏他被他母親觸摸過的皮膚！」

「切開腹部，我要把他的心與肝作成標本。」

「挖出雙眼吧，紅毛老大，他的眼睛曾經目睹過這世上的絕美畫面！」

「我要他的雙手，我要五號先生的雙手！」

紅毛帶著捉狹的笑意，非常近距離地看著我，耳朵則開放聽覺地享受著這些殘虐的提議。他輕輕地閉上眼睛，正在想像所有人紛雜意見的畫面般，慢慢地加深了兩邊嘴角的笑容……

這紛亂吵雜的聲音持續了好一陣子。

大家像發瘋了似地，每個人皆胡亂大聲喊叫出所有不堪的話語；紛紛拿起身邊的木條，用力敲打著旁邊的牆壁、地板，以及所有可以發出聲響的各種東西。

一時間，我又有自己是否已經聾了的錯覺。

「停！」紅毛大吼一聲，四周瞬間安靜了下來。

他睜開眼睛，緩慢地開始說起話來：「兄弟們，你們的提議都非常棒，你們想要五號先生什麼都行，但是在這之前，」他用瞪大的雙眼，環視了四周一圈：

「請容許我先問他一個問題。」

四周又回復到最開始那無聲的焦躁。紅毛把雙手環抱在胸前走了過來，再把雙手輕輕舉高，放在我被綁縛的雙肩上。

他沒有出力，那手掌正溫柔地傳遞過來灼熱的溫度。很奇怪的是，與他遠距離對視時，那高大恐怖的體型讓他猶如一隻野蠻的原始動物；但是只要他一靠近，讓那雙澄澈的雙眼對準你，卻會感覺到一種從未有過的、接近純粹的感動。

「五號先生啊五號先生，可不可以請你告訴我：如果要你對『**母親**』這個角色加以註解，你會用什麼方式比喻與形容？」

紅毛響亮的聲音迴盪在密閉的倉庫裡，形成一陣陣短促尖銳的回音。

當他清晰的問句出現在耳際時，我用力甩了甩還能搖晃的頭殼，試圖恢復聽覺地吞了幾口口水，再以盲目空洞的眼神注視著他。

他此時看著我的眼神非常奇怪。我看著那雙印上我衰弱身影的瞳孔，感覺他的呼吸逐漸急促，且彷彿正悄悄地提著自己的心，異常期盼著我的回答。

「母親……你要我形容母親嗎？

我會說：那是我內心最深、最大的缺口，空茫的記憶。在人生的長河中，所最不願遺失的一段美好旋律。」

我毫不猶豫地忽視正在凝視著我的他，以及旁邊雜亂的群眾，抬頭大聲地喊出這段句子。

紅毛瞬間挑起了眉毛，凍結著臉上的肌肉，似乎非常驚訝我的回答。

我不知道他原本以為我會說出什麼，我想我的回答使他極為震驚。

但這的確是我對那永恆缺席的母親，最真實與貼近內心的回答。如果可以，我願意犧牲一切來換得母親的一個注視；但是我明白這是永遠不可能的事，永遠都無法實現的願望。

我的母親蘿妮選擇了缺席我整個童年的時光，這是即使花再多力量，拍攝更多留住剎那之美的影片，也都是枉然。

紅毛呆滯了非常久的時間，也終於停止了那醜陋的笑容，再向前靠近我一步，整張臉如同渴望什麼般地貼近我的臉。我聞到了一股腥羶的鮮血，混合著酒臭的氣味。紅毛收斂起面部上所有的表情，大張著他那雙混濁的眼睛。

我相信不管過了多久時間，我仍然會記得這個眼神，仍會再憶起的那剎時，感到異常心痛。

儘管那裡頭混濁不堪，灰黃色的瞳孔，沾染了過多的難堪與無法解釋的悲傷；但是在近距離的注視下，卻如同鑲了透徹光芒的玻璃球體，像是毫不放棄地等待著奇蹟與救贖。

我記得溫蒂跟我說過關於紅毛的母親，所以明白他正背負著悲傷的過往，沉溺在扭曲的道德感中，已無助地在其中接受了許多慢化性的傷害。或許，連紅毛自己也弄不清楚，曾經哪裡受過母親殘暴的傷害，而自己的哪一個部分，已經被這仇恨給侵蝕光了。

不過，可以確定的是，那傷害是真實存在於生命裡頭的，紅毛只是選擇逃避面對，棄絕所有上訴的機會躲進監獄中，任意地讓這如漩渦般的黑洞將把他吞噬了進去。

我沉默地在心裡想，不管怎麼樣，在這個所謂的「母親」面前，我就是和紅毛一樣卑微的人吧。

我在心中湧起一股深沉的悲哀。

我不知道這過程經歷了多久的時間，等到十幾個獄警衝破了倉庫緊鎖的大門時，一時間，他們卻唐突地愣在門口，對於眼前所發生的一切感到相當詫異。

五號先生被雙手撐開地綁縛在倉庫的正中央，姿態如為世人贖罪的基督受難雕像；而面前的壯漢，正伸出粗壯的雙臂緊緊地摟著他。

透過屋頂上曬下的金黃光線，他們看見了在獄中一向以兇殘暴虐出名的紅毛，從緊閉的雙眼中流下了從未見過，竟可以如此清澈透明的無數淚水。

當我在保羅的帶領下，終於踏進碉堡最頂層的典獄長辦公室時，一開始我對裡頭豪華的陳設很驚訝。白色的大理石地板、低調卻看起來奢華的龐大皮沙發、閃著透明光澤的水晶吊燈、設計感十足的紅色瓷磚牆壁旁，是一扇整片的落地窗。

裝潢氣派得讓人無法想像在簡陋的監獄中，居然藏著這樣一個地方；但是讓我更驚訝的是，當樂迪歐不急不徐地從辦公桌後頭轉過身，並且站起來客套地對我伸出手時，我腦筋一片空白地完全呆滯了。

這大約三十出頭的高大身形約一八五公分，外頭輕鬆地套了件淺藍襯衫與牛仔褲。壯闊的肩膀則服貼著襯衫兩邊的肩線直下，可以隱約看見底下精實的肌肉。而質料與手工看起來皆昂貴的襯衫，上頭一點皺摺也沒有，細部尺寸的地方則完全吻合。

漂亮的深棕色頭髮在後腦勺底部紮著馬尾，眉毛則像濃密的折線般擁有力量。下巴的地方留著一小撮整齊帶有點瀟灑的鬍子，高聳的鼻子和薄得恰到好處的嘴脣，與整個消瘦的臉頰十分吻合。端正且俊俏的臉龐，帶著一絲淺淺的憂鬱神情，立體有致地極像古羅馬的石刻雕像。

當他用神采飛揚的雙眼凝視我的時候，可以感覺到僅只一瞬間，這銳利又聰慧的眼神，似乎已經知道所有正在發生、以及尚未發生的事。

這就是把路得島監獄管理得十分出色的典獄長樂迪歐？這樣年輕英俊？我很驚訝自己所看見的形象；眼前這人似乎比較像年代久遠，印刷在書報上的模糊明星畫像。

辦公室的音響正小聲地流出輕快的歌曲，在靜謐的角落裡發出輕微的蹦跳聲。

「塔德啊，塔德……」樂迪歐走出辦公桌，繞著四肢被銬上鐵鍊的我的四周踱著步伐，一邊用一種奇怪扭曲的發音，像是尋樂子似地喊著我的名字：

「我以為五號先生塔德，會讓凶暴的紅毛給收服，並且嚐一嚐所謂囚犯裡的潛規則呢！沒想到你居然可以全身而退，並且還讓高大的紅毛像個小男孩般地哭泣……嘖嘖！」

他是故意的，剛剛在倉庫裡發生的事情都是他一手安排，再從監視錄影機中盯著全部過程。我感到一股怒火在體內熊熊燃燒了起來。

「典獄長，你是把我當玩具耍嗎？」我的內臟現在還在隱隱作痛，便狠狠地瞪著他。

「不，我從未把人，不管是正常人或是犯人，當成玩具或物體來看；但是就我所知，把人當成玩具的是你吧！」他挑了挑濃密的眉毛：「難道不是嗎？」

我堅毅地對他搖了搖頭。

「從不。」

「是嗎？」他怪聲怪調地拉長尾音：「那你要如何解釋〈第五號房〉裡的一切？極為簡單的綁架？還是單純的控制慾作祟？」

「如果你要這樣看也沒辦法，但是我想為〈第五號房〉案辯駁的是，我在之中感受到的純粹，並非你們所想像的那樣；只不過，就像所有書籍與電影，每個人看完的觀感不同，那是創作者沒辦法控制的事。」

「沒想到五號先生那樣有哲理啊，」樂迪歐動作誇張地拍了拍手，再度諷刺地提高聲音：「創作者？既然你自稱自己為創作者，那麼我可以請問這個知名影片的創作者一個問題嗎？」

我聳了聳肩。在這裡你是老大，你要問幾百個問題不都可以嗎？我保持沉默地看著他。

「你相信有神的存在嗎？」

「相信，而且堅信不已。」我迅速簡潔的回答。我當然相信有神的存在，並且還是個會上教堂、定時週日去作禮拜的虔誠信徒。

這個答案反而讓樂迪歐感到吃驚了。他突兀地停下焦躁的步伐，伸出原本抱拳反握在腰部的雙手，伸到前面用手掌互相搓了搓。

「那麼，就請你按著自己的胸口，以神的名義誠實告訴我，」他走到我的正前方：「你把影片裡頭的女人藏到哪裡去了？」樂迪歐聲音沉了下來，一字一句地清楚吐出這幾個字。

「影片中的女人？」我歪頭瞪大眼睛看著他，完全聽不懂他丟出的這句疑問。

「對，影片中的柯薇亞，你究竟把她藏到哪裡去了？」

樂迪歐加大音量不耐地對我吼著。我仍維持著臉上疑惑的神情，非常不解地歪頭看著他。

沒有多久，他的耐心用光般地，那張俊秀的臉蛋開始產生巨大的變化。原本良好氣色的臉漲紅地縮起了眉頭，表情瞬間變得極為猙獰，異常憤怒的扭曲五官正逼近著我；接著，我根本不知道事情怎麼發生的，就已經被一記重拳給揮倒在地上。用雙手勉強往兩邊撐住，艱困地睜開腫脹的眼睛，正愣愣地看著滴在雪白大理石上的鮮血，又發現自己已懸空被拎了起來，隨即腹部感到如同全身已被撕扯開來的劇烈疼痛。

樂迪歐開始用膝蓋猛烈地攻擊著我胸腔受傷的部位。

我邊遭受攻擊，邊從嘴裡噴出黃綠色的噁心液體；他皺著眉頭閃躲著我所吐出的液體，換了別種攻擊方式：迅速彎曲著自己的手肘，用關節處狠狠地朝我的腹部接連撞擊好幾下，再用雙手勒住我的脖子，用全身的力道下壓，使我的腦部開始缺氧，連痛感都逐漸喪失般地陷入即將昏迷的狀態。

當他終於鬆開手後，我便馬上大口、大口地喘氣，趴到地上淚流滿面。鼻子與嘴巴全塞滿了鐵鏽味的鮮血，劇烈地咳嗽了起來，感到呼吸異常困難。

「樂老大，他是真的不知道柯薇亞在哪裡。」站在角落的保羅說。他重頭到尾皆沒有阻攔樂迪歐對我的攻擊，把雙手插在褲子兩邊的口袋，站在一旁事不關己地盯著看。

「把我當白痴是嗎？這真是我聽過最好笑的笑話！」樂迪歐狠狠地往我旁邊吐了口

口水。

「是真的。我只是不想讓你失望所以沒有跟你說。的確，這聽起來像笑話，但是實際上，我對他的大腦做過精密的檢測，他是真的把自己與這個謎題全然地隔離；所以，以他現在的認知，他會以為自己被我們逮捕進而囚禁於此，卻早已護送柯薇亞回到原本的生活。」

樂迪歐聽完保羅的解釋後，先不可置信地愣在原處。

幾秒鐘過去後，猙獰的五官轉變成一種奇異的、充滿嘲諷意味、把兩邊嘴角全撐開的恐怖笑臉；此時腦子似乎又想到了什麼念頭，於是放鬆了臉部肌肉，挑了挑眉，恢復原本平靜的模樣。

他緩緩地走過來彎下身子，湊近我的耳朵，用如氣音般的聲音對我說：

「你知道嗎，你真的是，真的是一個我所見過的，最去他媽的大變態！」

說完這句話後，他很厭煩地張開自己的手掌看了看，然後抽出口袋裡的手帕，很仔細地擦著沾滿我鮮血的十隻手指頭。

保羅說的沒有錯，我的腦筋對此疑問一片空白，空白得如被大雪完全掩蓋的蒼茫大地。彷彿這個問題，是一個關於上帝如何開天闢地，這樣巨大且艱困的疑惑。

那天晚上我回到獨立牢房，一個人躺在堅硬的床上，試圖放鬆全身的肌肉進入睡眠。

在白天的恐怖折磨看似逃過一劫，但是從中引發的疼痛卻讓我咬緊牙根，才不至於潰散掉僅剩的意志力。

在監獄裡其實是完全不需要意志力的。流逝過去的時日幾乎毫無起伏，我只要順從裡頭的作息，無聊時抬頭望著小窗外射進的光影變化，就可以安然順利地渡過一天又一天。我想我現在所需要的唯一意志力，大腦中唯一不希望被貧乏單調的日子所磨損光的，是牢牢記著已經沒有辦法再接觸的〈第五號房〉，記著影片裡頭所有的內容。

那一格格的畫面，是現在虛無飄渺的空洞日子中，唯一讓我不至於崩潰與瘋狂的救命浮木。

正當我感覺身上的疼痛稍微減輕，眼皮越來越重，即將跨入沉沉的昏睡時，有個微弱的喊叫聲，從遙遠的地方緩慢地穿透過靜謐的空氣，細細地傳了過來。

「五號先生？五號先生？」

「誰？」我又警覺地睜開眼睛。那聲音以小聲連綿的方式持續喊著；如同一只規律前進、又擾人清夢的手錶秒針。於是我只好艱困地從床上坐起身。

「誰在喊我？」

「我在這裡！在你的右前方角落。」

我定眼望著漆黑的牢房，依尋聲音指示的右前方看去，發現在黯黑的角落，正包裹著一個圓形的濃黑影子。我吃力地忍住痛，一步一步地交疊著自己的雙腳，走向角落。

那個黑影見我緩慢地靠近他，便從蹲著的姿勢站了起來，然後深怕我看不見他似地，連忙把身上披著的黑色披肩摘掉。

當我終於看清楚他的模樣時，我才發現那是一個長相奇特的老人。老人的臉上除了那雙碧綠色的眼睛，其他都已經呈現一片灰白；異常的蒼茫讓他那張充滿皺紋的臉，在黑暗中發出一道犀利的、白茫茫的冷光。

「五號先生，我是否可以請求你給我些時間，讓我為你禱告？」

他沒有等我的回應，便把雙手從鐵杆中伸了進來。那是一雙彷若乾燥到即將死絕的枯枝，橫橫地插進來攤開，那姿態像是用極為衰弱與卑微的姿態，誠心地乞求我。

「禱告？禱告什麼？老先生，現在是凌晨……」

老人凝視我的綠色眼珠，正閃爍著一股攝人的光芒。那光芒完整地籠罩住我，融合著極其陌生的莊嚴感，讓我突然吞下疑惑地閉緊嘴巴。

「你在患難之日若膽怯，你的力量就微小。人被拉到死地，你要解救；人將被殺、你須攔阻。你若說：這事我未曾知道，那衡量人心的豈不明白？保守你命的豈不知道？祂豈不按各人所行的報應各人嗎？」

不知道為什麼，這從未聽聞的禱文讓我不安。裡頭的句子飽含著絕對的惡意，一種不是禱告，而比較類似詛咒般的詞語內容，讓我感覺到那雙握緊我的、已毫無肌膚之感的枯手，正藉此把一股厄念與咒語傳了過來。

「老先生，這是什麼祈禱文？我不曉得你在想什麼……請你放開我！」我急切地想把手甩開，但是他的力量非常大，異常的力道緊圈著雙手的手腕，讓我完全動彈不得。

「祂若經過將人拘禁，招人受審，誰能阻擋祂呢？祂本知道虛妄的人，人的罪孽，祂雖不留意，還是無所不見。

當知道神追討你，比你罪孽該得的還少……」

「放開我！求求你放開我！」我歇斯底里地大喊大叫著……

長廊盡頭的燈大亮了起來。一陣陣從外頭奔進來的腳步聲震耳欲聾，五個裝備完整的獄警從盡頭處朝這裡奔了過來。

藉著刺眼的光線，我終於看清楚老人的臉了。那些在黝黑中發散出的莊嚴感，那張蒼茫的白色臉孔，在光線下突然放大了好幾百倍。我不知道該如何形容那從未見過的倨傲表情，絲毫沒有所謂情感或情緒這些東西的碎片在裡面；彷彿在他面前所見的我，只不過是一隻可以任人擺佈的動物，或者一個毫無生命的東西。

或者，不是我，是他像一尊冰冷透著寒氣，沒有靈魂的化石雕像。那雙綠色的眼睛正穿透我的瞳孔，而我只能呆滯地站在他面前，覺得自己的輪廓在這樣強烈的注視下，一一地融化成稀糊的泥巴般，任由無盡的蒼白與虛無強烈地侵蝕我。

除此之外，在他的身上，也沒有任何所謂人的氣味。這使我不寒而慄，手腕上還緊握著的強大力道，現在似乎正慢慢地從皮膚表層，緩緩地滲透進來讓人毛骨悚然的惡寒。

「你這個罪大惡極的撒旦，我必須要告訴你，我是杜山德，一個與你站立在相反世界的人，」老人在獄警的腳步聲逼近時，把臉湊近，緊緊地貼在鐵杆上，用那雙發著冰寒的眼神盯著我。

「還有，包登已經死了，是你害死他的；在他被轉移到另個監獄的路上，已經讓紅毛暗自派出的人給殺死了……你給我聽清楚：這條命，你必須扛。」

當老人被幾個獄警拖走，長廊的燈終於黯滅下來，而牢房恢復一樣的孤寂沉靜後，我又躺回潮濕的床鋪上，發現剛剛在黑暗中，聽見如同呢喃般的詛咒，已在我毫無意識之中全部背誦了下來。

它們像是抹不掉的深刻刺青，纏繞在耳畔深處，反覆地大響在心底那座黑井之中。

第7章

溫蒂回到家後，先到客廳把窗子與窗簾一併拉上，把昏黃的夜色全關到窗外去，再走到廚房把冰箱打開，觀察裡頭所剩不多的食物。

兩包微波爐義大利麵食品、一瓶家庭號的牛奶、幾根胡蘿蔔與小黃瓜、一包枯萎的包心菜葉，還有幾罐未開封的鮪魚罐頭。她皺起眉頭，想起應該要進超市購買食物了。

上回何時去超市的？她努力地在心裡回想著。

大約一星期前，那天她記得是一個下大雨的午後，她套上雨衣很狼狽地騎著腳踏車，到達位於鎮中心商店街的超市裡。那似乎是個不太順利的日子。印象中，她挑選好東西到櫃枱結帳時，前一個顧客帶著的小女生，把她拿的水果翻倒在地上。蘋果滾落了一地，鮮豔的紅色混亂地到處滾動。

溫蒂表面上客氣地對著那母親說沒關係，心裡卻感覺非常不耐煩。身上潮濕的氣味嚴重地覆蓋她的嗅覺，使得她幾乎沒有辦法順暢呼吸，鼻腔裡塞滿水氣，讓她在沒有任何人肯伸出援手幫忙撿拾的過程中，不斷地打噴嚏與流眼淚。

溫蒂搖搖頭，沒得選擇地挑出冰箱中的微波爐食物去加熱，再用玻璃杯盛了牛奶一起拿到電腦前吃。

然後坐在電腦前，先無意識地在網路上留連，許多關於減肥、明星八卦、季風來襲、秋冬推薦商品、家暴事件、火災……，許多名詞與畫面從眼前出現，像一顆顆小小的流星一閃而逝。她無味地咀嚼著嘴中的食物，心裡不斷地反覆考慮現在，是否要打開這個保羅醫生要她做的功課。

「妳一定要進去〈第五號房〉的站台，如果不這樣做就永遠無法了解他的想法。」

「但是我不想，我不覺得自己有勇氣面對……」

「記住妳自己的身分，溫蒂警官，」保羅醫生客氣地打斷她的話：「這只是一件案子，一件需要妳去調查與破案的命案，其他的不用多想。」

那，為什麼是我呢？

她一直都有這個疑惑，卻始終不敢問出口。她才剛從警官學校畢業，被上頭分發到這個鎮上來的第一天，馬上又被政府單位調去，要她暫時以政府單位的警官身分，即刻動身前往路得島的碉堡監獄，那裡有個案子非常需要她。

需要我？當時溫蒂得知調派消息後非常驚訝。

在警校的成績很普通，所有項目都不是拔尖的好。儘管自己也很努力，卻好像有什麼地方使不上力，或許是重頭到尾都用錯了地方；敏銳度說實話也有點差，大方向還能抓到，但總會忽略細節的關鍵部分。

這讓老師們有些頭痛，認為溫蒂畢業之後，如果運氣好一些，或許還可以在警局擔任處理文書的工作；調查案子？不用想了，這絕對會有問題的。溫蒂的性格太直接也太感性，她只能思考與自己有關的事情，喪失其他關鍵性的敏感反應，也缺乏聰慧，那些可以反向思考的理性邏輯她都沒有。

然而這轟動社會的〈第五號房〉命案，政府卻直接授權到這個鎮上，讓溫蒂全權負責，即刻調到監獄中開始追查案件。

溫蒂搖搖頭讓自己不要再想下去，拿起桌上的玻璃杯，一口氣把牛奶喝光，像下了極大決心似地，迅速移動滑鼠，按進了網站中最大的影片站台。

她只花了一點時間就找到了〈第五號房〉。鼎鼎大名的〈第五號房〉，瀏覽人數累積至近日已經破了上千萬人。

她盯著螢幕，眼前似乎出現了一個深不見底的黑井，而自己正被一股強而有力的力量給被迫凍結在上方。她感覺就在保羅醫生堅持她一定要觀看影片，自己卻遲遲不敢真正打開的這段日子，其實早已經站在深井的旁邊；除了好奇與工作需要，她發覺這根源似乎來自於自己內心的慾望，想要一窺深井的最底端，那個深邃地如同黑洞漩渦，把所有人都召喚去了的盡頭。

但是她又深怕自己看清黑井的底部後，會喚醒那些曾經深埋在自己心底的黑暗秘密。她盯著網站的首頁許久，感覺自己全身灼熱，整個人似乎被籠罩在一盞從上方照下來的日光燈中，是那樣的讓人惶恐不安。溫蒂隱約地預感這個網站將會開啟一個不為人知的幽暗世界，與揭開自己深埋已久的秘密謎底。

思緒混亂地在很多地方打轉，背後滲出的汗已經不知不覺沾濕了上衣了。她先讓那行字停在螢幕中央，離開桌子做了幾個深呼吸。之後，下意識地咬著下唇，按下了保羅醫生給她的密碼。先默默地閉上眼睛，然後再用力睜開。

全黑的畫面上出現了〈**第五號房**〉的白色字樣。電腦中細細地傳出了蕭邦的夜曲，降B小調，很柔和哀傷的音樂，這也是溫蒂最喜歡的一首曲子。

在不同的地方聆聽到相同的曲目，這裡的鋼琴聲比記憶中的還要鮮明，那彷彿從封閉世界掙脫出來的純淨音色，也像從遠方射進的一道曙光，瞬間蔓延了自己所置身的整個空間。溫蒂的心情開始放鬆了下來，把游標往下拉，底下出現了一排連續的格子狀影像，像一長串橫置的彩色底片，每一格畫面底下皆有標題：

〈**出遊**〉。〈**用餐**〉。〈**打滾**〉。〈**看書**〉。〈**沐浴**〉。〈**拍照**〉。〈**說故事**〉。

〈做功課〉……

全都是很簡易與日常的名稱。

溫蒂瀏覽了一會，隨意按下第一個〈出遊〉，接著全黑的螢幕開始出現影片紀錄，右邊底下則有一個時間流動的計時表。

一開始，畫面上出現一個模樣秀麗的女人，穿著白色棉質的長洋裝，挺直地面對鏡頭，雙手拉著底下的裙擺搖晃，笑容滿面地對著鏡頭說話：

「兒子，今天是我們第一次走出家裡，去外面呼吸新鮮的空氣！」

「那媽咪的心情如何？」這聲音收錄得很清楚。低沉的嗓音，沒有特別的腔調，是拿攝影機的人所發出來的。

「很好，非常期待。」

螢幕漸漸從特寫女人的全身拉開，照到背景是一間全白的雅致房間。

「那媽咪我們就出發嘍！」

女人聽見這話後就轉過身，慢慢地走上樓。

鏡頭跟在女人後面，走出有些昏暗的家，來到一個空曠的草原。上方則是一大片沒有任何雲，僅帶著些許光澤的湛藍色天空。女人脫下了鞋子，低著頭，很開心地感受赤腳踏在草地上的感觸。

到這裡都沒有問題，但是溫蒂總覺得畫面有些怪怪的，似乎哪裡有不對勁的地方。她把臉靠近螢幕。的確，除了草原與後面的白色平房，看得出做過細微的畫面處理，而草原周圍原本的景色，似乎也被移接了其他的風景。那非常細微的色調差異，在中間接縫處露出兩截不同的色系差異。

草原的顏色是發著亮澤的翠綠。上頭的光線，則清楚恣意地移動褐色陰影；後面豎立著如風景明信片般的褐綠湖水，則完全沒有任何光線變化。這樣的背景似乎是一片大型的圓弧狀屏障，上面複印了其他不相干的延伸景深；若沒有仔細辨識，會感覺那是一個沒有見過的風景，一處無名的地點。

女人先是在草原上走來走去，風姿綽約地擺動著裙子，微風把她的長髮挑起，一絲一絲地好像無數條柔軟的紗巾。畫面非常美，充滿某種詩意的想像。

她走了幾步後停下來，出神地凝望著遠方那從樹幹空隙間灑下的陽光。映照光線的側面，輪廓鮮明的弧度與優雅的氣質，完全成了整個場景的焦點；彷彿這一切的形狀與線條，所有的光影折射都是因她而存在。

鏡頭慢慢從遠方拉近，最後停在她深色發亮的雙眼上。

「兒子，媽咪想要在草原上奔跑。」女人後退幾步，在鏡頭前露出笑臉。

「好啊，我好想拍喔，媽咪跑起來的姿勢一定很迷人，」說話的聲音略顯高昂：「但媽咪不要忘記了噢。」

「嗯。」

忘記什麼？溫蒂傾身再靠近螢幕，全神貫注地看。

女人把雙手到伸長到鏡頭外，收回來時多了一根繩子。

這繩子很細，是用棉絮編織纏結成的一條細長、亮麗的彩色繩子。女人把繩子接過來後，非常自然地在雙手中圈起弧度，再熟練地套到自己的脖子上，拉了拉繩子與脖子之間的距離，讓自己看起來像一條被鍊住的寵物。

接著，繩子由拍攝者拉著，鏡頭前由繩索鍊住的女人，繼續開心地在草原奔馳。

女人先邁開步伐往前跑一段路，後來似乎有些忘我地直直奔向前方，腳步的速度加快加大，從畫面上可以清楚看見那繩索慢慢由奔跑的距離，一點、一點被拉緊、拉緊、再拉緊……

溫蒂感覺自己的心臟，隨著繩索的拉緊也逐漸越來越緊繃，胸口劇烈起伏著。

繩子現在已經完全扯得平直，一條橫在草原半空的長線。在畫面中已經縮小如同一根手指般大小的女人，突然往後傾倒，整個人狼狽地往後彈著。

拍攝者開始往女人的地方移動。可以漸漸看見畫面中的女人，正頹然倒仆在地上的痛苦模樣。她緊皺的眉頭與扭曲的五官，纖細的手指按在自己蒼白的脖子上，血紅的勒痕凝聚成一個鮮明的圓圈。

白色的圓弧裙子，此時正散開在綠色的草地上。那像一個巨大的水母，幽幻地漂浮在綠色無際的海平面上。

「媽咪妳還好嗎？」口氣平靜，聽不出有任何驚慌。

「還好，」女人抬頭，露出一個帶有痛苦的微笑：「我還蠻喜歡這種感覺，忘記一切煩惱往前奔跑，綳緊往後扯，接著又放鬆……」

「是什麼樣的感覺？」

「感覺啊，感覺自己可以是一隻風箏，一隻可以隨風與繩索飄搖的風箏！」

「那媽咪還想再試一次嗎？」聲音響起。

好啊好啊，女人雀躍地點頭答應，表情完全沒有勉強。接著，重複的畫面與方式再來一次、兩次、三次……

溫蒂感覺自己的心正隱隱作痛，便迅速地按掉這個影片。

很多奇異的情緒從心裡冒出，她完全無從分辨是什麼。那些東西是複雜糾結的，好像看見了一幕幕既聳動卻又出奇溫柔的畫面；那其中包含了太多，使得她一時之間無法平靜下來，心跳混亂地跳動，偏頭痛的毛病則正隱隱發作著。

她用手按了按頭痛的地方，從書桌前站起來，走出房間找到頭痛藥丸，再和著開水吞了下去。儘管很多東西從影片中綻放出來，並且朝著她直接衝撞過來，她卻好像著迷了似地，非常想要看其他影片。

於是忍住了頭痛，接著再往〈沐浴〉按入。

畫面一開始，女人已經把自己浸在一個滿是泡沫的浴盆中。

「媽咪，水溫剛剛好嗎？」

「嗯，很舒服，尤其是這玫瑰精油的香氣，讓疲勞都解除了。」

對話到這裡結束，女人沒有面對鏡頭，眼神往著白色的浴室上方，那格方形垂下窗簾的窗子望去。光線透過細緻蕾絲的網格狀，錯落地灑在她的身上。

背景音樂仍是蕭邦的夜曲，單純的音色迴旋在整個氤氳的水氣中，隨著鏡頭的停格與特寫，女人放鬆的肌肉線條披著白霧光澤，透過白牆與浴缸亮面反射上來的光影，讓人聯想起北方帶有溫煦陽光的黃褐秋季。

音樂持續小小聲地盤旋重複。鏡頭緩緩拉近，女人的皮膚質感帶著一種炫目的光；溫蒂逐漸發覺自己的視覺無法做主，被鏡頭強大地拉動著，於是順延著弧形的淡色眉毛，緊閉微略凸起的雙眼，垂下的睫毛濃密倒影，高聳細緻的鼻型，還有猶如一條蜿蜒小路的嘴唇。

這些細節呈現出一種夢幻般的紋路，彷彿盯著女人的臉，就能想起遙遠一處的海岸線上，那湧起細浪的海岸邊緣，正在黑夜中悄悄拍打著堅硬的岩脊。

鏡頭最後停在女人的雙眼之間。女人緩緩睜開眼睛。

這個時候，溫蒂突然在腦中悄悄思索著，該用什麼方式去形容那雙深綠色的，如同翠綠的蛋白石色，也讓人聯想起熱帶島嶼傍晚的沁涼季風，讓人心醉神迷，且迷惑的雙眼呢？

畫面維持了好一段時間的沉默。

女人的瞳孔盯著鏡頭，應該說盯著拍攝者，兩人的眼神在光線中直視著對方。

溫蒂從她的眼睛裡看見了帶有銀白的翠綠色光芒，正傳達訊息般地，充滿了某種奇異的小小鼓動。鼓動的振幅非常細微，僅在原處像抽搐般地上下波動；而再仔細望著，於這雙眼睛的後方，有著一粒粒細小，肉眼幾乎無法辨識的黑色石塊。

而那些黯淡的石子，卻比瞳孔的綠色光芒，以更加劇烈的方式無聲地表示著：我需要你。

然後鏡頭開始拉遠，逐漸拉遠——女人的眼睛、立體分明的臉、浸泡在浴缸的裸體、雪白無暇的浴室……畫面瞬間撲滅了光影，僅剩下細小的黑色輪廓線，在隱約浮動著線條。

然而，蕭邦的夜曲仍在耳際響著。遙遠帶有潮濕氣味的音符正在跳動，一個個音階在黑暗中融合。

像一首幽長古老的小調。也像可以用一根細長的針，瞬間刺破的夏夜星空。

溫蒂關上了這部影片，接著，她想了一會，便按入了影片時間最長的〈說故事〉。

女人背對著鏡頭，四周響起了清澈的水流聲，還有玻璃與瓷盤碰撞的清脆響音。女人正在清洗碗盤，而畫面則耐性地捕捉她少許的動作。她的背脊挺直，如石雕像般地豎立在光源中央。擋住白光的背影此時看來，像是自體正散發出燦亮的光芒。之後她回過頭，潮濕的雙手往底下寶藍色的圍裙擦了擦，微笑地坐到鏡頭的前方。先喝了口桌上玻璃杯裝的水，然後用手托著腮，凝視著拍攝者。

「媽咪說個故事給我聽。」

「嗯，好啊，你想聽什麼樣的故事？」

「我想聽一個……」聲音停頓了下來，似乎正在用力思考。沒有多久，古怪高昂的音調刺穿了短暫的寧靜。

「我想聽一個關於贖罪，一個人為了贖罪所付出代價的故事。」

女人聽見他的要求後，本來沒有什麼變化的表情，突然顯得有點窘迫。她白皙的臉蛋湧起了淺淺的紅潤，眼神明顯地避開了鏡頭，出神地望著旁邊一會，再慢慢地把頭轉回過來。

「好，那麼我就說個贖罪的故事給你聽。」

在很久以前的某個夏季初，於鎮上的南方郊區中，首先進駐了第一個從異地來此小鎮貿易的商人胡賽因。

三十一歲的胡賽因，除了帶著大批準備投資的資產之外，還有一個從小就跟在身邊的忠心僕人，比他年紀稍長的迦尼，隨身伺候著他食衣住行。

這兩人於夏天傍晚，四周吹起舒服海風的時分到達小鎮。他們身上揹著厚重的行李，費力地穿越過人群，跨出海港與走入街道，直到進入鎮中央的商店街，站在被傍晚夕陽籠罩的中央廣場上，眺望遠處正佈滿著晚霞暮照，透著一絲橘黃光芒的丘陵，馬上就被這片美麗的南方郊區所迷惑。

「迦尼，你看，那裡會讓你想起什麼？是不是很像家鄉的某個地方？」

胡賽因把行李放到地上，把右手掌攤開遮在眼睛上方，躲著刺眼的日暮光線，另一隻手則明確地直指著南方。

「像家鄉的東邊山坡。那個不論於什麼季節，滿山谷皆充滿著暈黃橘紅色彩的花？我記得小時候，父親最喜歡帶我去那裡。」胡賽因迷醉地繼續說。

「是的，主人。我的感覺與您相同。」迦尼也掂著腳，與胡賽因一同往遠處眺望。

他們第二天便離開了旅館，手腳俐落地找了大批人馬到達南方郊區動工；而只花了將近半年的時間，便建下這一整座奢華的世外桃源。

鎮上的居民爭相傳述著，有個從遠方異地來到此處，看起來極為氣派的商人，花費龐大的資金，正費力地打造屬於小鎮的世外桃源。他將在荒涼的丘陵上，創造與揮灑出獨一無二的祕境；一個如同夢幻中的童話境界。

而至於他忠心的僕人——迦尼的身世則沒有人知道。

胡賽因只記得在自己還小的時候，某一天夜裡，父親將衣不遮體，看起來十分潦倒的迦尼帶回家。胡賽因的父親說，夜晚經過海港的傳統市場中，發現正在角落撿拾地上食物吃的迦尼。落魄的模樣極為可憐，便向前與他搭訕說話，並且徵求他的同意後把他帶回家中，讓他成為家中的僕人，全心照顧年幼喪母的胡賽因。

那麼，這兩個從遠地而來的神秘人物，為什麼會選擇這座小鎮呢？他們要在這裡長久居住嗎？還是小鎮只是他們其中某個大手筆的投資？

鎮民們無法得知真相，各式各樣帶有奇異色彩的傳說，都在打造郊區的這段時間傳得沸沸揚揚。其實，在胡賽因離開家鄉時，心裡早已暗自打算不再回去了。

事情發生在胡賽因二十九歲那年。

長年從事進出口貿易，照往年模式於秋季開始皆須出差三個月的父親，離開家後的第三天清晨，胡賽因接到警方發的長途電報，通知他父親的屍體在異鄉的飯店裡被發現。據警方的調查確定死因為謀殺，死的時間是剛到異地的第二天。

胡賽因接到消息後完全沒有遲疑，連夜搭船出發到達父親死亡的異鄉。

跟我相依為命的父親啊。胡賽因望著一望無際的海平面，海鷗輕快地跳躍，穿梭在浪頭拍打激起的水花之中，他淚眼模糊地想著。

他的手始終僵硬地扶靠在甲板旁邊的把手上方，極勉強地撐著自己就快要昏厥過去的身體，用體內剩餘的意志力，支撐著因死亡而龐大湧上的悲傷。他感覺自己的世界失去父親，就即將要崩塌、潰散了。

在我被這死訊給擊倒與崩壞之前，我還有一件重要的事情要做：就是一定要把父親的屍體完整地運送回家鄉，與早已過世的母親埋在一起。

到達父親死亡的異鄉花了一整天的時間。

兩名穿著全黑、筆挺制服的警官，雙手交叉於胸前地在港口等候著。他們沉默地從走向下船的眾多遊客中，認出了眼睛充滿血絲，滿頭亂髮，襯衫的釦子沒有對齊扣好，整個人頹喪得恐怖的胡賽因。

兩名警官沒有多說什麼，順手接過胡賽因的行李，把他迎上警車在開往出事的地點時，再詳細告訴他事情的經過：

胡賽音的父親於四天前搭船到達這裡，當時船到達此地的時間是傍晚六點多。他俐落地提著行李下船後便隨手招了車，選擇距離港口不遠，那一整排酒館中的其中一家；名為「椰子酒吧」的地方用餐喝酒。

「他當晚在酒吧裡沒吃什麼東西，只點了一盤生菜沙拉，倒是喝了很多雙倍份量的威士忌。

據當晚在酒吧的目擊者表示，那個一臉就是來自異地的男人，始終沉默地坐在吧台前的角落喝酒，沒有喝醉，整晚精神看起來都十分振奮。

臉色紅潤，雙眼炯炯有神，帶有怪腔調的口音一對著酒保開口，卻很出乎意料地，竟是向酒保詢問當地最有名、且一定要是最美麗絕倫的妓女，那隱密的聯絡方式為何。」一個帶著金邊眼鏡，臉部線條始終僵硬的警察說。

「嘿，你父親出差是不是都有找妓女這習慣？」正坐在駕駛座上，從背面看過去理著極短平頭的警官，趁著紅燈時回過頭，對他捉狹地笑著。

胡賽因搖頭：「我不知道。」

平頭警官看見滿臉悲悽的胡賽因，馬上縮了脖子回過頭，不敢繼續亂開玩笑。

其實胡賽因都知道，每年父親出差回來後，總會無意提起那些充滿異國風味的女人們。哪個地方的女人，充滿什麼樣的情調與味道、身上擁有什麼奇異香味與誘惑人心的招數、彼此一起渡過什麼樣火熱的夜晚、床第秘辛……

這是父親長年出差慣有的陋習，屬於他某種發洩的方式之一；但是回到家鄉，卻奇怪的一次也沒有在外頭找過女人。

或許是怕我介意吧。胡賽因在心裡淡淡地想起這件事，但是隨即拋開，沒有往下深入想去。

「那位在椰子酒吧待了十年，名為拉薩的酒保，秘密地塞給了你父親一個電話。喝完酒後的他便循著電話打過去，找到了這裡最出名的妓女薩普娜。

當天晚上，他們相約在鎮上最豪華的金幣飯店的大廳見面，然後在那裡定了一三〇七號房間，一起渡過了一晚。」

然後呢？那個夜晚發生了什麼事？

胡賽因無聲地望向金邊眼鏡的警官。警官沒有繼續說話，他嚴肅地抿嘴看著胡賽因，好似不想現在便向他透露接下來的恐怖場景。

警官沉默了一會，把話題轉向別的地方。

「至於薩普娜與拉薩那邊，我們已經調查的非常清楚。訊問了將近一天的時間，已將他們倆人無罪釋放。這犯案的手法極為殘忍，所以……」

「你怎麼能確定與我父親共度一晚的薩普娜無罪？」胡賽因用低沉快速的聲音說。

「因為，因為你見過瘦小的薩普娜便會明白，那手法不是這樣的女人可以做得到的。」

胡賽因默默地把頭低下，閉上眼睛不再說話。

不久後，警車在鎮上的金幣飯店門口停了下來。

那的確是一間與旁邊低矮的平房格格不入、建築得相當高聳華麗的飯店。外表全佈上黑色反光的金屬材質，在充滿光線的空氣中，折射著整片刺眼的灰色光芒，簡直就像從外星空降到這個小鎮的中央。抬頭望著飯店頂端，不知幾層樓高的方形頂端，已經戳破了天際雲層，蒙上一層厚實的白色雲霧。

「直接走進去到大廳後方的電梯，在第十三層樓的七號房間。」平頭警官關上車門，跟在最後頭說著。

年輕的服務生看見他們三人進來，先快速走出服務枱向他們鞠躬，再走到前頭帶領他們到達十三層樓。他挺著筆直腰桿，止步於已圍起警戒線的七號房間，動作俐落地向門把插入鑰匙，再迅速地退到一旁。

「不好意思，警官，我……我可以不要進去嗎？」還是個小夥子的服務生臉色漲紅，看起來十分緊張。「前天我進去後……整晚做惡夢……」

金邊眼鏡的警官對他揮了揮手，服務生鬆了一口氣地一溜煙跑開。

大開的一三〇七號房門，現在亮起了天花板中央的燈。

看得出現場已經做了基本的處理，也把屍體移到了別處。胡賽因站在門邊，看著羊毛氈鋪成的雪白地毯，曾經大量無聲地吸收了深紅色的血。面積非常廣，血跡從床上鋪成的白色床單，床底下緊密環繞四周的地毯，一直延伸到客廳與浴室周邊。

深色黯沉的鮮血，流到旁邊已變成淺粉紅色的；血跡也從堆積的深色變成有些乾刷的痕跡。

血跡斑斑得慘不忍睹。看起來從父親身上所流出來的血，曾像是漲退潮般地淹沒整個房間。

「你的父親是被極鋒利且薄透的刀刺死。死狀非常恐怖，而離奇的是屍體的頭與身體，呈現兩種不同的處理方式。

頭的部分，被俐落的手法從頸部的下方割掉，端正地放在枕頭上。臉上沒有任何傷痕，連血跡也擦得乾乾淨淨。

而身體的部分，則非常殘忍地挖掉了所有內臟，像要做標本般地把內臟全挖了出來。根據我們推測與對現場的研究，兇手應該不只帶了十足的用具，還自行準備了一台大型的攪拌機，把挖出的內臟全放進攪拌機中，打成血肉模糊的血塊與血水，再裝進一只大型塑膠袋，丟棄在房間角落。

空缺內臟的身體，除了腹部的地方曾被利刀剖開，以及割去也打成血塊的生殖器官，其他沒有任何傷痕。

而對於頭部的事後調查，兇手應該是先刺死你的父親，再迅速割下頭，趁著還溫熱的體溫存留，花了將近一小時的時間，用手指將臉部的肌肉固定成微笑的模樣，再把這微笑的頭顱端正地放在枕頭上方。」

胡賽因視線模糊地盯著血紅的房間看。

「房間留有長久以來住客的大量指紋，所以沒法比對。至於你父親隨身攜帶的行李、文件與資料，還有錢包內的金錢與證件，完全沒被翻過的痕跡，所以我們排除了潛入飯店的搶劫事件的可能性。

而因為你父親是異鄉人，於是在我們這邊也無從比對他的交友紀錄。

至於飯店那邊的紀錄顯示，這位鎮上出名的妓女薩普娜，與你父親一起來這登記住宿，其他便沒有看見任何可疑人士的出現。

在薩普娜那邊，她說她與這位客人來房間後，便在沐浴中還有之後發生關係。因為在整個過程裡兩人不停喝下大量的酒：威士忌、白蘭地、啤酒、以及用各式基酒調成的雞尾酒，所以她的意識早就不清醒，完事後便睡著了。

她在清晨因為尿意醒來，才發現置身於一片血海中，旁邊還放有一個微笑的頭顱；不敢相信自己就這麼渾然無覺地熟睡在恐怖的案發現場中。」

「所以你們完全相信她的說詞？相信她與我父親的死毫無關聯？」胡賽因有些激動地握緊拳頭。

「胡賽因先生，這部分我們只能懇請您相信我們，」金邊眼鏡的警官停頓了一會，用手指推了推滑下鼻樑的眼鏡，看起來頗無奈地搖搖頭。

「薩普娜瘋了，完全瘋狂了您懂嗎？光是要她說出那晚發生的事，就花了將近一天的時間。她的精神狀態出了很大的問題，說話顛三倒四，講話的過程也幾乎是神智不清的；瞳孔放大，從嘴巴無法克制地溢出大量的口水，現在已送進了鎮上的精神病院。」

胡賽因看了警官一眼，在心裡默默勾勒出陌生女人崩潰的模樣，於是閉上嘴巴沒有回答。等他領回父親殘破的屍體再運回家鄉，感覺世界已經徹底地變了模樣。

究竟是誰會如此殘忍地殺害父親呢？這個疑問滿滿地佔據了胡賽因的心。

兇手特地準備用具，高超巧妙地避過服務人員，偷偷潛進房間中，再花大量的時間折磨父親的屍體。一般人光是看見血就會發昏，何況是必須從頭到尾冷靜地割下頭顱，把內臟挖取出來絞碎，甚至執拗地花了大把時間，把未僵硬的嘴巴，凝結成一個永恆的恐怖微笑。

這人不是只用變態殺手就可以形容的。當然，手法相當殘忍變態是無庸置疑，但是胡賽因相信，兇手絕對認識父親，且在心底深深地憎恨父親，用全身的力量深深地仇恨了非常長的一段時間，再花時間詳細計畫好之後，跟蹤父親到達異鄉，再用慘無人道的手法殺害父親。

後來，胡賽因帶著迦尼離開家鄉，也是因為他無法繼續待在原來熟悉的地方。光是想到自己與不知名的兇手待在同一個城鎮裡，就感覺呼吸變得不順暢，腦子裡頭也無法順利記憶下任何事情，生活上出了很大的問題。迅速地處理完父親的後事之後，他開始不吃不喝，也幾乎不需要睡眠，無法好好闔上眼睛休息，終日用空洞茫然的眼神呆坐在屋子外頭，連基本的讓肌膚感受天候的變化都沒辦法。

他避開了迦尼與所有的僕人，一個人孤零零地坐在屋子外頭，讓自己整個人都活在與父親過去的回憶裡。這樣的情況直到他終於生病倒下後才停止。

這段時間，迦尼沒有辦法勉強他終止緬懷過往，但仍細心地在旁邊伺候著，等到終於把他的病養好，可以下床走動了，便苦口婆心地建議他，是不是要離開家鄉一陣子。

他虛弱地向迦尼點點頭。

他明白死去的父親也不願見到自己不振作的模樣，所以趁著必須要開始接手父親的貿易事業後，便做了移居他鄉的打算。

胡賽因與迦尼便於事發的兩年後，來到遙遠的城鎮，這個父親也曾經貿易居住過的小城，在這南方郊區的丘陵上方，打造好一整排的平房，兩人便安靜地在此定居。這段時間裡，胡賽因也以高價位的金額，租售其他空房給相同來此貿易的異地商人。

那個時期，是南方郊區最美的時候。從鎮上瞭望過去，那片經過精心照料的樹海，與白色層疊於其中的平房屋頂反射著陽光，看起來簡直就像一幅畫中風景。

很多鎮上的居民皆稱那裡是小鎮的世外桃源，一個讓人傾慕嚮往的絕境。

就在兩人過了一段平靜的日子之後，某一天的早晨，從來個性屬於冷靜理性、情緒從未失控過的迦尼，突然衝進胡賽因的房間，面色蒼白地向他宣稱自己看見了天使。

「什麼跟什麼？你在作夢吧？」胡賽因揉揉眼睛，打了個呵欠。

「天使，我敢跟主人保證，那絕對是天使。」

於是迦尼說起他與平日相同地一大早起床，從平房走出庭院，再步行朝山上的地方去採收橘子與其他水果，還有砍些柴來維持客廳壁爐中的溫暖。冬季的早晨，天總是特別晚才亮，山裡的溼氣也重，所以他穿了雨衣雨鞋，手上提了油燈，一步步緩慢地朝山上爬去。

不知道過了多久，迦尼感覺身體終於開始發熱之際，原本稱不上晴朗，但還算和煦的天氣，突然下起了一陣非常劇烈的大雨與刮起大風。整個氣候頓時像是激烈的颶風來襲，來得莫名奇妙也讓人措手不及。

迦尼沒有多想地馬上躲到一棵大樹底下。

但是，眼前這奇怪的景象僅只維持幾分鐘後，正當迦尼費力地抹掉身上的水珠時，陰霾的天空瞬間恢復晴朗，從東邊山林旁的叢密樹蔭中，陽光開始迅速升起，甚至射出如同黃昏時的西幕，金黃帶橘的顏色暈染了原本大片翠綠的色調。顏色如同自己有生命力般地開始變深，最後整個天空像失火般地呈現一種前所未見、沒有任何雜質、如血色般的恐怖鮮紅。

迦尼好奇地走出大樹，屏住呼吸，凝視著前方的奇景。隨著望向遠方的視線，他望見不知從哪裡赫然出現隻巨大的鳥，正直挺地豎立在那片火紅的天空下方。

全身披覆著雪白羽毛，幾乎與人同高的大鳥，正回過頭來凝視著迦尼。那在原本印象中，鳥類尖長的喙嘴，在這短暫的對視中開始迅速縮短，最後在迦尼的目睹下劇縮到與臉貼齊，像混合的顏料般在那張臉孔上激烈地變化轉動著。迦尼全程幾乎忘記呼吸，他目瞪口呆地忘了自己應該有的恐懼或者其他情緒，只是睜大眼睛，看著前方極為怪異的場景。

由鳥變成的人臉，是一張男人的臉的模樣。

男人的皮膚異常的剔透白淨，使得輪廓也相對地非常模糊。淡灰色的眉毛與眼眶、鼻子，鑲在上面看起來像幾條淺色素描的線；然而，深灰色的眼珠卻如玻璃球般，透澈地映襯著四周的火紅。染上奇異光澤的眼珠，從中透出來的光芒則全面地籠罩著迦尼。

他感覺眼前這個男人不是在看他，而是正用奇怪的溫度與力量，把他包圍在其中。

迦尼麻痺的身體突然感到一陣寒冷，是徹底到無法言喻的寒冷。僅留了他還能思考的意識表面，其他身體的芯，則深深浸到結凍的什麼裡頭。

他感覺自己此刻的身體與意識已經分離，既能清晰感受到由腳趾的地方開始結凍，竄進身體的惡寒正迅速地由下往上擴展，但同時也能明白自己的視覺，真實地印上前方所有古怪恐怖的景象。

淡輪廓的男人仍保持透出光芒的奇異注視力，但是他臉上的五官仍在變化。

「你確定這真的不是夢境？」胡賽因已經從床上起身，身體椅在床沿上，摸出外套中的菸斗點上。

「主人，你覺得我現在清醒嗎？」迦尼反問著他。

很清醒。看起來比平時更加清醒。胡賽因已經快要遺忘眼前這雙炯炯有神的眼睛了。年邁的迦尼在這段時間內，已經顯露出無法避免的老態。坐久了就會開始打起盹來，花白的頭沉重地倚靠在椅子上；風吹日曬的臉頰深深地凹陷下去，而拿杯子與餐盤的手腕，總會不自覺地顫抖著。胡賽因不想承認與他相依為命的老僕人早已步入老年，他始終不願意正視這個事實。

胡賽因默默地抽著手上的菸斗。

「回到剛剛的話題吧。你是說他的臉繼續變化，那，那最後變成什麼樣子？」迦尼有神的雙眼緩緩地黯淡下來。站在床前的他讓雙臂無力地垂下，看起來似乎身體裡的力量已全用盡了的疲憊。

「是什麼樣子啊？」胡賽因不懂他的遲疑，繼續追問著。

「您的父親。他的臉最後變成已逝的您的父親的模樣。」

胡賽因驚駭地挺直身體，不可置信地望著他。

「主人，請您原諒我。這原本會是一個永遠埋藏在我們之間的唯一秘密。但是今天清晨的天使顯現，讓我清楚地明瞭一件事實：那就是埋藏這個秘密，絕對會成為遭受天譴的罪行。

於是我決心告訴您這個秘密：您的父親是我殺害的。是我用極為殘忍的手法，確定他到達真正死絕的過程裡，都是極度痛苦的。

多年來，我仔細精密地研究他出差的路徑：包括了解他到達各地後，先進入港邊最大且最舒適的酒吧喝酒放鬆心情，再向酒保詢問妓女的習慣。只找當地最頂尖的妓女以及住最好的飯店。進入飯店後，會與那些女人花許多時間喝酒調情、做愛，再一起擁抱對方沉入深深的睡眠中。

我先徹底了解他的做事模式，以及多年維持的慣性模式，然後決心在那一次真正動手將他殺害。」

「為什麼？迦尼，你為什麼那樣恨我父親？」胡賽因相當震驚地站了起來，感覺全身的毛細孔，正從內裡泛出一陣陣尖銳的顫動。

「沒有別的。主人，從來您都以為您的父親把我帶回這個家，是要照料您的生活起居。這方面我都做得很好，問心無愧地全面接受，什麼粗活以及生活細節部分，連我自己都感到非常自豪。但是，您不了解，那只是我之於您的個人意義。之於他，您的父親，除了他出差以及現在靈魂真正遠離此處之外，我始終，始終都是他極度卑微、且毫無自尊的性奴隸。

他曾經用各種尖銳的利刃刺穿進我的皮膚中，也曾用不同的東西鞭打過我赤裸的全身；以及用灼熱的小火一一烤過……原諒我，我無法再度回憶那些恐怖不堪的日子了。」迦尼用平靜的聲線默默地述說著。

胡賽因痛苦地閉上眼睛，感覺自己的心臟正發出劇烈的顫動。安靜的房間中，耳膜不斷出現如鼓點般的躁鬱響聲。

他想起過往時光的許多片刻，父親站在他昏暗的房間門口等候著。在門外光亮的縫隙，透出父親背著光，拉長的黑色身影。

那背影黯黑地模糊了臉上的五官，像是永恆地佇立在那裡，關於各種慈愛與關懷的象徵。父親在等候著迦尼哄他入睡，等胡賽因真正閉上眼睛進入睡眠，迦尼再從床沿邊起身，拖著沉重的腳步迎向光亮的門外。

胡賽因記起每每在閉上眼，進入夢境的前一秒，迦尼與父親兩團深黑的影子，緩緩地從眼前暈開身影，再與門外的光線一同褪去。

他從來都以為，這是一個極為安詳幸福，同時被兩人守護的畫面。

然而，守護是真實的，只是褪到門後方的光影，轉身過去竟是另一個人的地獄。

胡賽因緩緩地放下菸斗，把手按在發疼的左胸口上方。

「我懂了。」他艱難地點了點頭。

「但是有一點我不明白。迦尼，為什麼你要大費周章地跟蹤我父親出差，執著在異鄉動手呢？有那樣深厚的恨意，我不相信你會害怕司法的懲罰……這樣費力安排一切為的是什麼？」

原本臉上線條剛硬的迦尼，突然洩氣般地瓦解了其中的堅定。他不發一語地走到胡賽因面前，張著澄澈的雙眼凝視著他。

「因為您，我的主人，我還想好好地照顧您，直到我真正離開這個世界。

我長期處在一種自己也無法理解的狀態下苟活著。

您把我當成朋友、家人，甚至是最親密的夥伴，這讓長期居無定所的我，擁有深厚的歸屬感；然而您的父親，卻在暗地裡用各種無法言喻的手段踐踏我，讓我感受到前所未有的恐懼以及絕望，讓我隨時強烈感到身體與心靈，已經處在崩潰的邊緣。

你們父子對我來說，是極端的天使與惡魔、天堂與地獄……我想再繼續這樣極端活著，我一定會陷入極度的發狂中。」

「迦尼，」胡賽因痛苦地跪坐到地上，身體已承受不住眼前所揭露這隱藏多年的事實。他感到自己的胃正嚴重地收縮，嘴裡的味道苦澀不堪，全身毛細孔正大張地滲出大量的汗水，身體內的體液在此時全無聲地湧了出來。

「那麼迦尼，請你告訴我，既然事實已經隱藏了那麼久，為什麼不讓它安靜地待在那個隱密的角落？你現在跟我說是希望我怎麼做？我真的不明白……」

胡賽因淚眼模糊地對著迦尼哭喊著。他感到自己的頭像快要爆炸般地疼痛著。

「我的主人啊，請您相信，我活在秘密陰影下多年也相當痛苦，但是為了您我願意咬著牙忍受。直到今天清晨，看見天使在眼前現身顯示，在那一刻，我便完全明白了。

很簡單，主人，我懇請您從今而後，直到我死去的那一天，請當作我在盡力贖罪，請您用各種您想得到的方式，折磨我。」

從那天開始，胡賽因便花了很長一段時間，在房子底下鑿了間與上面一樣寬敞的地窖，把它當作告解室，兩人再花許多時間關在裡頭。沒有別的，胡賽因就只是很單純地要迦尼不斷重複說著那一天，那個如何使父親喪生的夜晚細節。

儘管胡賽因曾經在心裡狠狠地發誓自己一定要復仇。

直到現在，光想到父親殘破的屍體還是會不自覺地流眼淚；心裡好像破了個大洞空空的，塞進什麼都填不滿。雖然外表看起來是個正常人，仍能精確地運作各種事務，好好地打點生活的一切，但是實際上，他感覺自己是空無飄邈的，一個僅用本能與直覺在過活，喪失靈魂的行屍走肉。

他非常清楚，在聽見與自己相依為命的父親被殺害的那個時刻，自己內在的某個部分也隨之滅絕，從此成為終生殘缺不全的人。

迦尼的坦承雖然終於揭開此生最大的疑惑，卻也同時讓他陷入另一個難堪的境界。他愛父親，也愛迦尼；撇開父親與迦尼之間的恩怨，這兩人的確是自己的守護天使，永恆的兩個父親。

胡賽因不想折磨迦尼，甚至對他一點恨意都沒有，所以他僅從迦尼的堅持下，擷取自己所需要的部分：

真相。那個夜晚以及之前發生過的所有真相。

於是，迦尼非常誠實地開口說了。一個黯黑、匯聚長時間憤恨的夜晚，過程卻像長長的、一千零一夜的故事。

當他平鋪直敘著過往時，胡賽因就會從其中的許多細節裡發問。想知道那結了眾多苦痛的樹枝上頭所擁有的枝微末節，就在問與直述之中沿著每個樹枝尾端，細淌出所有密實的過程，也包括先前的各種傷害。

就這樣，這個擁有贖罪形式的故事，便逐漸地從中間膨脹了起來。

迦尼在這段用敘述替代贖罪的日子中，感覺當時與過往的整個情景，就像被撬開蓋子似地，活生生地在眼前不斷重複流動，像一條永無終端的晦澀河流。

一開始，他像一個辯才無礙的說故事專家，似乎所有的憤恨在自己的聲音中，得到了完整宣洩。不論從那個細節打撈什麼上來，都像是一個個扭曲的戰利品；但是，隨著胡賽因在中間打岔，不斷地向他反覆詢問細節，一次又一次，一遍又一遍，已經拼好的拼圖又再全部打亂重新排列一遍。把一張描繪好的作品撕毀，再要求他從底色開始，重新打稿上去……

如跳針的唱盤，在各個地方故障與磨損，停頓之後再度重新開始，使得迦尼開始感覺自己在崎嶇繁複的迷宮中間迷路；在那虛幻的回憶與真實之中，所延伸擴大的幽暗之地徘徊躊躇著。直到最後，迦尼幾乎在這敘述贖罪的沿途中，精神陷入瀕臨崩潰的狀態。

胡賽因把一切都看在眼裡。他完全明白迦尼內心中，所翻湧的快感與掙扎並存的任何時刻。

迦尼無法也不能打斷他的問話：

地獄式的生活從何時開始、待在裡頭的父親瞳孔放大的模樣、薩普娜的長髮與眼睛的顏色、飯店一三〇七號房裡的空調氣味、關於之前準備與之後真正實行的恐怖與渴望、充滿鹹味的海風港口、跟蹤時候的心跳頻率、酒吧裡頭匯聚在拉薩與父親身旁的喧囂、關於那個沒有月亮與星星的夜晚天空、鮮血以何種姿態淹沒染紅整個房間……

在迦尼與胡賽因的交談中，那些情境與氣味便清晰可見，粗糙與細緻的粒子反覆摩擦過迦尼的腦袋。可以回想起來的東西就一定要用語言精確地傳達出來，像是帶有重量與形體的物件，一一從迦尼手中掂過與確定重量後，再完整地交給胡賽因。

隨著懷抱複雜心情的依循之下，這些贖罪的日子沒有所謂的限度。細部永遠持續詳加描繪，而包含於其中的恐懼與憂傷，則逐漸深入與蔓延。

這個故事究竟到了哪一天才真正停止？

沒有人知道。

如同生命的迷宮，或許沿著直線向前奔去，才赫然發現前頭原來早已沒有出路；也或許在彎曲處又再度往另個方向繼續延伸。但是，可以確定的是，胡賽因在漫長的贖罪過程中，體會在這無止盡的一千零一夜裡，自己嚴重破損的部分正在緩慢地修補，他從堅忍執拗地凝視傷害中，獲得更新、更完整的力量。

胡賽因在多年後回想起這全部的過程，它們確實像是某種意義上的封存，牢牢封存住的過往，就是一個代表永恆的抽象標本。

而這個標本超越世間恆常的價值，以及所有的一切。

在故事的開始與結束，畫面始終沉靜地停在女人認真述說故事的臉上。

「故事好聽嗎？」女人喘了一口氣，仰頭喝光了桌上水杯中的水。

「好好聽，媽咪好厲害喔，腦子裡怎麼會有那麼棒的故事？」聲音低沉地幾乎聽不出任何情緒。

「這是好久以前，一個媽咪很愛的男人，曾經說給媽咪聽的故事。」

「很愛的男人，媽咪曾經很愛的男人啊……」

這句話以很短促的方式停頓在空氣中。

這是拍攝者第一次放下攝影機，使鏡頭中的畫面歪斜地呈現一個傾倒的房間內部。四周沉澱下來，顯露出一種赤裸的、接近不安的靜謐。

直到畫面全部結束，溫蒂發現鏡頭持續歪斜，攝影機已經被扔甩在一旁。傾斜的房間沒有回正，就在影片結束的前十秒，溫蒂聽見裡頭傳來細小，但明顯飽含憤恨的喘息聲。

溫蒂直到〈說故事〉這影片完全結束後，才慢慢退出站台，關掉電腦，逃避似地起身把椅子搬離開電腦前，再放到房間的中央坐了下來。

房間上方的燈還亮著，月光則從窗外明亮地照進來。側身望去，看得見一顆呈現完全圓形的月亮，像銀色發亮的銀器瓷盤般，孤伶伶地飄浮在遠方的山丘上。窗簾隨著微風捲起一個波浪狀的弧度。

她現在安靜地坐在房間中央的椅子上，腦子裡卻拼命的思考著：〈第五號房〉裡後來發生什麼事了呢？這部願意輕易讓眾人觀看的影片紀錄，究竟想要述說什麼？

溫蒂無聲地坐在房間中央，亮澄澄的月光從窗子外斜射進來，如盛滿白色光澤的水漥地板。此刻看起來，卻那麼像一池池漲潮滿溢的湖泊。白色的水波湧出來乾涸之後，再從這些一個個，位於四面八方的洞的深處，湧噴出裡頭更多黝黑的、深黑色的水。

她屈膝跪坐在椅子上，低頭看著月光把她的身體，染成一種半透明的顏色，而瞳孔裡所裝盛的，卻全都是那些在意識中，深黑色的水，大量、大量的黑色的水。

她仔細回想所有的畫面，鏡頭刻意追逐平日大家所忽視的時光流動感，以及在那女人身上所雕刻出緩慢的痕跡。呈現的影片雖然看似隨意，但仔細回想似乎都經過精密的剪接與安排，使得裡頭毫無空白無味的散落時光。有點像是照著縝密劇本所拍攝的紀錄片，沒有所謂的停滯片段，別有用心地把焦點集中在女人身上。

溫蒂發現裡頭女人的各種行為，模擬母子相處的時光，就是片子主要採集的目標。裡面的氣氛拿捏恰當，掩蓋過刻意修剪的痕跡，從中又滲透出更多的意境，最後，卻統一回歸到只有單一方面的想像。

該怎麼形容呢？溫蒂歪著頭，仔細思考觀看完所產生的感覺。

畫面裡，僅透出生活中淡淡的，卻又相當密集的細節。或許裡頭的女人已經完全接受了自己的處境，表情與行為自然到不會出現任何壓迫感，但卻又巧妙地隱含了個人性的節制。

溫蒂想起女人的沐浴時間。

這是每個人都會做的日常行為，透過鏡頭迷濛的顯現，她覺得這個影像紀錄，似乎讓沐浴這行為，帶了隱約有神聖的儀式性。

無法言喻的氤氳水氣，緩慢地從蒼白轉為血紅的皮膚上蒸發；細微的水珠與規律的流水聲，女人平靜帶有一絲舒緩的表情中，使片子充滿了某種奇怪，帶有一絲神性的謐靜氣氛。

在特寫所有五官的畫面，飽含了所有詩意的想像，全都完美地從鏡頭中慢慢滲透出來。影像累積與蘊含著許多詭異的紀錄，甚至可以說是變態。在觀看的過程中，卻彷彿擁有自己的生命力，強力地帶領觀者到達比潛意識還要深邃的地方；一個個獨立不靠理智與邏輯運轉的鏡頭，一個個專注地像要鑿刻下最美時刻的紀錄。

影片擷取其中的時光與經過專業修飾後，簡直掩蓋過所有以往的認知，本身自成一種超越常理的感官，一種前所未有的扭曲生命力。

溫蒂一邊回想，一邊覺得相當不可思議。對於這個〈第五號房〉所呈現出來的效果感到異常震驚。

這裡面含有某種用言語也無法形容的魔力，不但在其中平衡了反差極大的暴力與溫柔，也絕對足以強力地直搗每個人心中的震撼感，溫蒂心裡想：這也難怪影片在網路上引起極大的話題，甚至是強大的風波。

但看完影片，我似乎也明白了為什麼政府會使這案子，突兀地空降到這小鎮的我的身上……。此時，從溫蒂的心底深處，逐漸湧現與升起一片塵封已久的污濁陰霾。

就在看完影片的夜晚，她蹺縮在那張充滿塑膠味的床上發抖著。感覺自己的手腳冰冷，屈起的腿與手臂發出陣陣的麻痺感，腦袋裡裝盛的各種記憶已全然迷失。

面前的白色床單，在她無意識的眼神中，已經變成一片雪白色的北極荒原，向著沒有邊際的遠處延伸。她明白自己不可能走出這片荒原，到達原本溫暖的地方。

在這片白銀色的天地裡，她感覺已經失去了方向與所有的一切。

這是關於溫蒂模糊的母親——埃羅斯夫人，緊繫在她身上多年的秘密。

在溫蒂很小的時候便發覺，父親對於母親某天突然失蹤的說詞漏洞百出，埋了過多不真實的謊言與藉口。

這讓她每次想到母親，都有種異常不真實的感覺，記憶被她的存在分成了兩個部分：

一個部分有她。

這部分雖然隨著時間逐漸模糊，但還是有些鮮明的印象留下，一些零散的聲音與身影，像是文章中散落的句子與符號，已經鑿刻在腦子的深處。比方說母親熱愛擁抱，還有就是富有旺盛的生命力，終年帶著微笑與高分貝渾厚的說話音量，好像天底下沒有什麼事情可以讓她皺眉頭。

另一個部分則是完全缺少了她。這部分溫蒂非常熟悉：父親也常年不在，溫蒂是讓開雜貨店的祖父母一手帶大，兩老一小，互相依存著辛苦過活。

溫蒂曾經多次企圖想要弄清楚謎底，包括了母親是何時消失的？究竟去了哪裡？準確的時間點是她幾歲的時候？還有母親會不會再出現？在某年的某一天，像個驚喜般地現身眼前？

然而，她詢問的對象只有一個，就是從頭到尾都在場的父親；但是父親的說法總是顛三倒四，錯誤百出，這也使得溫蒂的記憶，出現非常多的錯誤與幻覺。

這些詢問的答案混亂不堪，使得她後來只明白了一件事：

母親會在印象中逐漸褪去、淡化，是因為父親的說法，永遠都充滿了各種方向的誤導，致使她以為母親只是離開一陣子。母親只是到了鄰近的城市工作。母親只是到遠方探望親戚。

母親只不過暫時離席。

關於這點，謊言很多但是真相只有一個：那就是除了溫蒂，沒有人願意談論母親。

這疑惑在溫蒂的心裡，已經深深地烙下痕跡。她明白這痕跡已經掩蓋住原本獨自生活的面貌，如同在地表上，留下大片起伏有致的群山陰影。只要陽光從天際升起，陰影就在另外一邊固執地等候著。

直到溫蒂十八歲那年，才在倉庫那幾箱已沾滿灰塵的箱子中，翻出了多年前的泛黃新聞剪報。上頭的案件揭露出她多年來的疑惑，以及戳破父親在這些時日，為此編織的所有謊言。

溫蒂的母親——埃羅斯夫人在十幾年前的三月初，於家中的主臥室內與父親發生激烈爭執，被父親用水果刀亂刀刺死。他將母親溢滿血跡的屍體置在床上，並蓋上被子假裝一切完好如初，什麼都沒有發生過，然後抱起一旁的她，逃到遠方的親戚家中。

然而，當這長久的疑惑變成新聞，轉化成白紙黑字在她眼前顯現，卻無法填滿她終年的心中的空白。

那間主臥室，那個古老的房間變成她的一切，是溫蒂長期、深邃沒有終點的惡夢。一個仍存在著深深疑點的惡夢。

她似乎直覺地明白：真相可能不只如此，但是沒有人願意向她揭示答案，大家皆閉緊嘴巴絕口不提。所以，在溫蒂成年後，自己毅然地選擇當一名警官，一名可以釐清所有案情疑點的警官。

在記憶中，母親的驟然消失，與古老房間的意象交錯在一起。

她對我不告而別，在我心裡植入發生事件的房間，讓我被時間的褶痕狠狠地包覆進去，始終看不清也觸及不到那短短的剎時，究竟發生了什麼事；現在，我清晰地注視著這個〈第五號房〉，便瞬間被巨大的恐懼籠罩，被惶恐的急流衝擊著。

感覺自己長久佇立在這秘密之上的堡壘圓頂，裡頭混濁的一切，似乎已經被〈第五號房〉這影片強迫掀開。現在，我彷彿獨自站在一片荒蕪的曠野中打顫著，而上面有人注視著我——那是我自己，我所有的感知能力以及其他各式面向的自己，正用空茫但堅硬的眼光打量著我。

打量我的恐懼，打量我身處在瘋狂邊緣的困境。

我站在沒有著力點的半空中，即將墜落，底下的無底深淵正在等候著。

儘管溫蒂從未對別人提及自己過往的身世，但是就入學警校與就讀的這段期間，所做過的無數心理測驗皆顯示心底層面，對母愛的渴望與喪失的疼痛，從來就沒有遺忘過。這極度的渴求包圍著我，已全然成為我生命與靈魂最缺乏的色彩。

所以，溫蒂咬著下唇，閉上發酸的眼睛；所以他們希望透過與罪犯相同背景，擁有對母親相同渴望的我，來揣測塔德的心理，以及找出最後一個關鍵疑點的答案。

第8章

在影片網站中註冊後的時間裡，我陸續用攝影機把與柯薇亞生活的過程拍下，再經過一段時間研究剪接技巧，專注把她綻放的美感剪輯在影片中，一個個地放上所申請的〈第五號房〉站台上。

我本來很擔心自己的身分曝光，但是沒多久就發現自己的擔心非常多餘。網路上無奇不有的世界皆是虛擬，它們擁有真實存在卻又虛幻如夢的價值，提供給現代人一個多方面的選擇，炫燿現今科技的發達與爆炸性的國際連結。

所有的功能與設定，似乎只是用這樣的方式告訴你——你可以安心做自己想做的事，可以在廣大無邊的透明網絡中肆無忌憚；沒有人會知道面具底下的真實樣貌，也沒有人會關心與在乎，虛擬實境中的你與現實世界的你，究竟差別多大。

這是大家心照不宣的事。

熟悉了網路上的潛規則，還有長時間瀏覽了影片網站中的內容後，我開始放心大膽地繼續地窖中的影片創作，每隔一段時間就陸續放上最新的影片。

大約在網路上連續放了五支影片，約略過了一個多月後，隨即引發的效應讓我非常吃驚。

首先是我另外隱密申請的mail信箱，每天裡頭塞滿了各式各樣奇怪的信件。一堆署名怪異（有時連那名字我都不會唸）的網友，爭相寫著他們對〈第五號房〉的感想與心得。

【五號先生：請問影片裡的這位美麗女人真的是你母親嗎？】

【看過您的大作，讓我感覺自己的渺小與愚蠢，也讓我非常感動。很想請教您成為一個收集美好的導演，那背後究竟要花多少時間？還是這是種天份？】

【社會這麼亂，就是充斥著你這種變態。】

【我想你一定長得既噁心又肥胖，才會玩這種噁心把戲。】

【去你媽的！】

【很精采，拍得太少了可否再放多一點？】

【看過五號先生的影片後，你是否可以對現在的社會現況發表意見？】

【第五號房是地獄，經過狡猾的詮釋後讓我不寒而慄。你應該是魔鬼的化身吧？還是一個讓人作嘔，自己爽就好的宅男？我希望你下地獄。】

【幹，你是天才！】

【我因為看過第五號房後而瘦了十公斤，拋棄我的男友還回頭找我復合了，真是謝謝你啊。】

【惡夢！惡夢！簡直是一場場連續的惡夢！！！】

……………

一開始，我非常熱衷地觀看這些來信，還特地開了一個檔案，把它們一個個複製下來貼上，有空檔時就一個字、一個字慢慢地讀。

有些信寫得非常長，但通篇就是集合全部糟糕的字眼，謾罵影片有多麼變態與傷風敗俗。有些來信像是老師訓斥學生般地，先把社會現象一一列舉出來，再把我的影片套進去這些案件中，口氣自大又傲慢，我甚至好像可以看見那人站在上方，用食指嚴厲地點戳著我的額頭；但卻又在結尾的部分大大地改變語氣，卑微地懇求我把影片刪除，讓這世界多點和善之類的話。

有些來信卻讓我發笑，那沒有完整的開頭與結尾，只用幾個驚嘆的口語詞表達感受……

我的情緒變得非常容易受到信件的影響；它們似乎變成一扇扇小小的、凝聚了奇怪力量的窗口，夾處在我與柯薇亞的獨立世界中，讓我在長久以來所置身的靜謐空間，發生前所未有的劇烈震動。

信件激烈的用詞與批判，深深地動盪了原來平靜無波的水面；宛若打翻薄透的玻璃瓶般發出尖銳的聲響。我看見譴責影片的信件會發怒，花一整天的時間詛咒這個無名人士；看見好笑的則記在心裡，一個人的時候會因為這些無厘頭的語句，搞得自己如同白痴一樣地發著無聲的笑。

不管如何，我堅持從不回信，不與網友產生互動。

除了光是看這些信件就花了我非常多的時間之外，我也希望不要節外生枝，畢竟這還是一個必須低調進行的創作，我一個人的秘密基地。

然而在這些信件中，我最希望也最喜歡看見的，當然就是誇獎影片中的美感。這些人是我的知己，我在心裡是這樣深切地感謝與認定。他們一樣是無名人士，署名也相同怪異荒誕，但是寫出來的詞句真是一針見血，完全懂得我在影片中想要表達的意涵與價值，直指裡頭細微處所發出的萬丈光芒。

當我讀到這類信件時，那種成就與榮耀感真是絕無僅有，好像我因為這些影片，這段時間所下的功夫，瞬間便晉升成一個才華洋溢的知名導演。

我從不曉得這會讓人上癮，並且因為那幾個字、幾句話，願意重頭再多試幾次，再更嚴格地要求自己拍出更多影片。

這些事情我全部都沒有讓柯薇亞知道。

而從照相機的拍攝進化到攝影機，相片演變成影片，她都沒有表達任何意見。

通常進行的方式是這樣的：在我想好新的主題與拍攝內容後，會特地提早向公司請假，然後花一整天的時間來琢磨我的創作。

有時候拍出來好幾個小時的影片，幾乎剪掉幾小段較晃盪的影像，就可以直接放上站台；有時候則是她在鏡頭前的反應，表現出來的方式跟我想像的相差太多，這時候就必須花些時間跟她溝通，告訴她我所希望呈現的方式，然後我們重新再來一次。

我記得就在我仔細看了那些網友的信件，暗中採納了其中一個網友的建議，拍攝名為〈打滾〉的影片時，我要求她上身只套著薄透合身的白襯衫，想像曾經讓她極為快樂的經驗與回憶，然後先坐在地板那張漂亮的波斯地毯上，因無法克制笑意地倒下去，慢慢在地毯上滾動自己美麗的身軀。

這影片在我的想像中，除了要呈現日常的自然場景之外，更希望能結合她腦中的抽象記憶，進而昇華到優雅的具體外在。

抽象與具體，哲學概念延伸進日常生活，簡直擁有極高的藝術價值，天哪！我簡直就是一個大導演……影片在拍攝前我就已經為自己感到驕傲，甚至開始幻想那些網友們讚嘆的信，如雪片般湧進我的電子信箱。

柯薇亞聽從我的指示照著做了，但是效果很差。

我們反覆試了幾次都沒有成功。我在鏡頭裡看見的畫面絲毫沒有美感，只有一個動作誇張的女人，笑得相當僵硬，然後像瘋子一樣倒在那裡滾來滾去。

「媽咪，不對喔，已經第四次了，妳到底懂不懂我想表達的意思？」我冷冷地把鏡頭關掉，然後走到她面前，雙手插在胸前冷冷地看著她。

「不對嗎？我以為自己已經……」

「沒有，妳沒有已經怎麼樣，」我憤怒地打斷她的話大吼：「妳完全是僵硬的，妳有想像快樂的回憶嗎？妳到底有沒有聽我的話做？」

她低下頭，脹紅的臉看起來就要哭了；她沉默了一會，再怯弱地開口問：「我們為什麼要拍這些影片？」

「因為媽咪很美，妳不是也很怕自己不再青春美好嗎？做兒子的在實現妳的願望啊。」

「我知道……」她抬起頭微笑了起來，但那雙大眼睛還是流下了眼淚。

「不要哭，」我試圖緩和口氣，蹲下來抱住她：「因為媽咪很美，所以我真的好想把這個美，這個絕無僅有的美麗，給扎實地紀錄下來啊。」

柯薇亞用手背抹去了眼淚，還是沉默不語。看過去似乎很用力地回想關於我所要求的，屬於那些發生過的快樂記憶。

我很耐心的走到旁邊坐下，眼神放在她的身上，靜靜地抽著手上的菸。

我看著吐出的煙霧環繞在悶閉的氣氛裡，凝結成一個個白霧狀的球體，再緩慢從旁邊散去。煙霧飄進了上面的房間，與潮濕的下雨氣息、食物、書本裡透出的霉味、還有床單的味道混合在一起。

「我好像想不到特別快樂的回憶……那你，你可以陪我一起打滾嗎？」她突然回過頭對我說。

我歪著頭盯著她，想了一會便答應了。

我走過去重新打開攝影機，然後定位對準前方的地毯按下開始，再走到她旁邊坐下來抱著她，兩人開始演出〈打滾〉這個影片。

這過程中我們沒有說話，但是我能感覺柯薇亞的身體一碰觸到我的，似乎便像綻放的花朵般緩慢地露出那細緻的光澤。我們對視而笑，先抿著嘴節制地牽動嘴角，接著再讓笑意加強，然後一起倒在地毯上翻動著身體，好像從來沒有如此開心過。

我們配合得天衣無縫，好像兩個合作多年默契十足的夥伴，互相角力著演技，彼此用眼神與動作拉扯追逐，進而融合。

從開始到結束皆相當完美，完美到我最後在剪接影片時，根本無法動刀刪去任何一個鏡頭；於是就在我嚴格的檢示下，發覺其實裡頭的我的臉並不清楚，沒有定格地充滿晃動的痕跡，這便成為我唯一入鏡的一個影片。

除去必須拍片的日子，在其他的生活中，她似乎非常喜歡也已經習慣我們獨處的時光。除了偶爾出去外面拍攝的主題需要光影，捕捉青綠草地上的顏色變化，還有讓她如電影中的女主角在上面奔跑走動，做出所有優雅與美麗的姿勢之外，我們仍舊如以往一樣地待在地窖中生活，沒有踏出這個隱密的郊區。

這裡變成我的另一個家。

有時候我甚至覺得待在地窖裡，比起回到有珍妮等待的家還更舒服自在。這裡有我想要的一切，猶如一個特殊的兒童樂園，所有貧乏與缺失的童年幻夢，在這個由我全然主導的地窖中，可以實現所有的願望。

然而，我卻沒有想到，珍妮在我著迷〈第五號房〉的拍攝期間，某天清晨於餐桌上放了張紙條，收拾了她的東西然後打開大門，從此不知去向。

我仍記得那是一個天色昏濛的雨天。

起床後感覺身體四肢因為扭曲的睡姿，呈現一片麻木的狀態。

我咬著牙甩了甩僵硬的手臂與雙腳，走過去牆邊把屋子熄滅的電燈打開，先趕走覆蓋在上頭的濃密黑暗，然後走到旁邊的窗戶，盯著外頭正在下著雨的景色。

現在外面一片漆黑，只看得見激烈的雨點擊敲著窗子的情形。隨著風勢的大小，加重的雨點與感覺寒冷的陰影混在一塊，一起迅速地滲透這間屋子。

淅瀝的雨水聲，潮濕地包圍著整個空間。我站在餐桌前讀著她寫的信。

白色的信紙寫得簡短清楚，又毫無感情。總之，那張紙條明白的表示，她不願意繼續再跟一個沒有心的人共同生活，這讓她感到沒有存在感，壓迫性的絕望時常在夜晚朝她湧來。

同床異夢地待在我身邊，也感到自己逐漸喪失真實感受，她深怕自己最後跟我相同，成為一個沒有心的人。

我迅速把信瀏覽一遍，擱回原位，回過頭投入每天相同的工作：漱洗、刮鬍子、淋浴、換上西裝、站在鏡子前整理儀容。我看見鏡子裡頭的自己一如往常，略顯單薄的五官仍待在原位，我花了比以往還要久的時間打量鏡子裡的自己，但是我發覺什麼都沒有改變。

於是我安心地走出門外，撐傘沿著附近的街道走。

沒有目標與方向，大致是以自己的公寓為中心點，向外擴展出去成圓弧形狀的行走路徑。鎮上的街道既寬又長，在昏暗的大雨中呈現筆直但朦朧的線條；我漸漸發覺，如果放空思緒只是沿著直線前進與轉彎，這是件可以完全磨耗人心底深處的東西，到竭盡的一種行為。

降臨在意識中的，先是四周的聲音，像池塘被抽空般地只剩下佈滿裂痕般的寂靜。身旁的車子與行人，則成為身旁上演的一齣齣無聲默劇；而繼續再經過那些熟悉的商店，眼前與腳下的街道，會逐漸變成一種彷彿不是現實存在的奇怪空間——建築物在眼前被壓縮成一致性的相同形狀，兩邊高聳的梧桐樹則扁平地在身旁搖晃，間歇落下幾片沒有生命力的乾枯葉片。

那天我感到異常的失落，並且落魄地任由自己在大雨中沿著街道，無意識地走了將近半天的時間。

珍妮妳現在究竟在哪裡？失去妳我感覺自己的內在變得越來越空洞，好像就要被這巨大的莫名悲傷，給全然吞噬掉了啊。

失去珍妮的痛苦比我想像中的還要強烈許多。

如果我現在是站在鏡子前面，用混亂不堪的意識盯著裡頭的自己，一定會感覺熟悉的臉部線條越來越黯淡，好像只剩下可以輕易用手抹去的素描灰黑色的線條；而我的身體，那由長期日子所累積組合成這完整模樣的自己，也逐漸地從蕊心的部分開始一一散落。

於是，就在珍妮消失的那天，我任由自己走在大雨中，把自己渾身淋得溼透；最後在傍晚時打開地窖的門，才讓驚訝的柯薇亞把我扶進後面的浴室，浸泡在放滿溫暖的熱水中許久。

我聽著坐在旁邊的她，哼著許多不知名的小調，企圖沉澱下躁鬱的情緒……突然感覺自己已經在這個地窖中待了好久、好久了。

過去有珍妮的回憶開始變得模糊不堪。

現在從我眼中望出去的房間，燈光暗滅，杯子與水壺皆是冷的；裡頭的水是表面浮著一層油漬的混濁液體，只剩下我發出的，帶有沉重氣息的小小聲響，而地窖裡的東西，都被牢牢地釘死在各個地方。

一個人坐在光亮的浴室中，卻覺得身體各處正在失去它們的重量。

在這裡，我感覺自己好像正待在世界的背面，被陰影牢固地籠罩著。除了這個喪失重量的身體，所有記憶中發著光芒的事物也都被消滅了似的，只有我一個人被留在陰暗的影子底下，連伸手都看不見自己要伸往何處，也觸碰不到任何東西。

有時候我會安靜地待在影子底下，有時候則不。

我滿心以為能夠在柯薇亞身上，找到生命中失落的答案；但是又在其他的時間裡，我覺得內在什麼都不剩的空空如也，生命似乎早已經跟我完全的坦白了。

後來過了很久的時間，我才逐漸明白，珍妮的決然離去不是種失去，相反的，只讓我更清楚明白現在的處境。

我已經完全深陷在自己架構出來的幻想中。

她的消失使我看清自己已經與這個世界隔離得如此遙遠，不是在中間擺盪與維持平衡，而是已經完全埸入了與柯薇亞在一起的所有時光；而我竟是必須要透過失去珍妮，失去真實世界的伴侶才會明白，自己在這段時間裡是多麼的自得其樂。

心裡因珍妮的離開被挖出的大洞，那不是屬於情感上的空乏與恐懼，而是我人生中的一個非常重要的關鍵；那關鍵便是在我於這段時間，擺盪與維持平衡在真實與虛幻中，只要柯薇亞與珍妮皆如願地待在兩地，如期望般地照著身分對待我，我便永遠可以優游自在地在兩個世界中呼吸，意識也永遠會因她們保持清醒。

而代表真實世界的珍妮一旦消失，一旦把我用力推離開實際的生活圈外，即使我不願意，我也會逐漸開始被自己所架設的虛幻世界所吞噬、包圍，進而全面性地被腐蝕到底。

就在珍妮離開我，那橫格在真與假的界線被徹底抹滅之後，除了努力在心裡說服自己接受事實之外，也試圖釐清自己這陣子混亂的感覺。

在這樣沒得選擇的情況下，我唯有開始把在家中的個人物品，一一地搬去老家，重新把那裡當成自己真正的家；嘗試把所有重心移轉到地窖與柯薇亞身上，才能不讓我那麼難過，不那樣失魂落魄。

我開始變本加厲地發憤圖強，期望每天都有新的影片作品產生。

我打破自己的原則，開始與許多網友通信，針對喜愛影片的人提出討論與看法。

這個回信的動作似乎刺激了所有感興趣的網友，也吸引了更多、更多的信件；他們像是海水漲潮般地湧進了我的站台，在信箱中留下非常多的想法，許多突發奇想的點子讓我驚嘆，讓我感到不可思議，於是再透過我精密的思考與篩選後，選擇一些創意發揮在影片之中。

每一次在結束一天的拍攝，進行剪接影片時，我透過螢幕裡大量的柯薇亞的身影，去仔細回想全部的經過，還有她所有細微的反應。

我無法得知她在我進行拍攝的過程中，真正的感覺與想法是什麼，甚至是被囚禁在這裡快要一年的時間裡，她的心情又是如何。

有時候我會發現她沉默不語，一個人坐在房間的角落，膝蓋上放著隨意攤開的書本，安靜的表情看不出是失神還是沉思；或許待在狹隘的空間，卻彷彿永恆地置身在一片荒涼、一望無際也求救無門的沙漠地帶，讓人透不過氣的炙熱空氣，似乎已經把她體內的熱情或者對生命所有可能的想像給蒸發殆盡。

這段時間裡她很少說話，我不曉得她在思念著誰，或者過去生命中曾有過的誰又回來緊緊纏住她，也或許她始終看不見待在這地窖裡，最終的後果又是如何。

有時候我看著柯薇亞的眼睛，那對深色的瞳孔，在幽暗的房間中閃爍著一股迷濛的光澤。

那裡頭沒有重量也沒有形狀，好像她已經逐漸喪失了獨自思考的能力，在這雙發著微弱光芒的眼睛後面，讓我聯想起那些迷失在夜黯森林的小隻螢火蟲，拍動著小小的翅膀，圍繞著黯黑的中心。

但是這一切的迷惘、困惑，似乎與珍妮的離去，我被迫切割真實世界之後，所表達出的巨大沉默與失落，敏感的她便已經察覺。

不知道這是不是因為我們長時間的相處，所慢慢培養出的默契，還是她比我想像中的投入在這些過程，使得她感受到我終於也如她的下場一樣，沒有第二個選擇權，被真實世界徹底遺棄，不得不與眼前的世界妥協與投降。於是，柯薇亞比以往更加討好我，沒有任何意見地完全配合我對影片的拍攝；有時候甚至會給我一些驚喜，例如偷偷花時間編織一條圍巾給我，或者是記下我喜歡的食物，等我下班回到地窖，許多精心策畫的驚喜便會出現。

我可以明顯感覺到，柯薇亞已經深深陷入我所搭建的虛擬夢境中。她的適應能力很好，會隨著我變化快速的情緒做調整；所以，絕大部分的時間她是我的母親，有時候她則是網友眼中的夢中情人，一個成熟又讓人帶有性感遐想的美人。

但是更多時候，她對我來說，是一條極其聽話、順從所有指令的狗。

就在我繼續沉醉在影片的拍攝，與網友的互動中，直到有一天，我收到了一封信，才開始警覺了起來。

【敬啟者：

我不知道你是誰，但是我是影片中的女人，也就是柯薇亞女士的鄰居錢斯太太。

我在無意中看見了你拍攝的影片，真是恐怖至極，簡直噁心到了極點。原本不打算繼續看你所拍攝的變態影片，但是裡面的女人讓我感到熟悉，越看越覺得她是失蹤多時的柯薇亞，住在隔壁我多年的好鄰居，我生命中的摯友。

為什麼有人會做這樣的事呢？綁架一個無辜的女人，進而脅迫她拍攝許多奇怪的影片，然後公開地放在網路上給人觀看，這是什麼樣心態殘缺的人才會做的下流事？

我本來為此想了很多，想到頭痛的毛病犯了許多次，驚恐的心情則讓我的舊疾復發，被風濕與其他的毛病折磨得苦不堪言。後來，我發現這其中根本不需要理由，會做這等齷齪的事就是頭腦有問題，也是地獄派來的使者，我真心希望你能得到最嚴厲與慘酷的下場，讓上帝把你打入地獄，讓你永遠都跟撒旦在一起！

詛咒你的錢斯太太】

錢斯太太？我狐疑地把信重複看了三次，才猛然想起在剛囚禁柯薇亞的初期，曾經看過的報紙新聞。

所以當我自鳴得意地在網路上流傳影片時，已經吸引到與柯薇亞相關的人注意。我記得報紙上對她做過簡單的介紹，但僅只記得她幾乎像隱士一樣地活著，沒有親人，沒有好友，也沒有聯絡頻繁的人，但是，就是忘了這個鄰居，這個報失蹤案的關鍵人物。

就在收到這封詛咒的信之後，我想了很久，決定暫時關閉〈第五號房〉站台，希望能藉此平撫她的心情，讓她不要再繼續注意站台，希望這個老邁且激動的女人，記憶能跟隨著她的年紀與時間過去，緩慢地消失殆盡。

但是，這只是我一廂情願的想法。就在收到第一封信後，這個恐怖的錢斯太太開始每天寫信給我。

【敬啟者：

昨夜我徹夜無法入眠，心裡一直想著柯薇亞的事情。

我想，我應該為上封信內激烈的言詞向你道歉，不該如此衝動的寫下那樣多不當的用語詛咒你，但是，我只有一個小小的請求，就是可否懇請你放了我的摯友柯薇亞女士？她是個好人，不應該受到如此殘忍的對待。

她的年紀已經可以當你的母親，你在影片中不是也喊她媽咪嗎？一個正常的人不會這樣對待自己的母親。

我希望能再次見到她，自從她失蹤後，我感到相當寂寞與恐慌，沒有可以聊心事與交換意見的鄰居，也失去了真正互相關懷彼此的好友。

很多時候，我流著眼淚為她的下落禱告，去教堂向上帝祈求她能平安活著；這段時間，她會遇見什麼樣的事情我都曾經想過，但是知道真正的下落卻是實料未及的殘酷；當我在站台中看見她的影像時，那種震撼感幾乎讓我瞬間老了十歲。

請您放了她吧！柯薇亞啊，她的下半輩子不應該受到這樣的折磨。

真心懇求你的錢斯太太】

【敬啟者：

請問你是否要這樣關她一輩子？我是否就此見不到柯薇亞了？

我想要事先警告你，如果你再不放她離開，我將報警處理，用我所有剩餘的時間來搜救這個人生摯友，我絕對不會放任這件事情就這麼結束，我會盡自己全部的力量反擊！】

【敬啟者：

我想要跟你說……】

這個該死的錢斯太太比我想像中的有耐性。

她在每天早晨的十點鐘，便準時向我的信箱投遞一封信，時間準確無誤，且內容越來越偏激與古怪。有時候信件全是好言好語，溫和的字句讓人感動；有時候則充滿了激烈的敵意，毫無理智的咒罵。

我在看見她寫明要報警的信件時，心慌了一陣子，但是隨即想到影片都經過處理，四周景色全都被我更改移動過；而網路的虛假與複雜性（我用的資料全都是假的，連信箱的地址，也是透過無數重疊的脈落，用假資料申請連結）。

我是如此謹慎處理所有真實的痕跡，所以應該不至於讓警察單位有跡可尋。

然而，錢斯太太的信件，對真實生活影響最巨大的，便是我為此關閉了〈第五號房〉的站台。

這在我眼中只是短暫地躲避風頭，但是卻沒想到在那些已經著魔了的網友眼中，卻是一個嚴重的打擊。他們完全無法接受站台的關閉，所有抱怨信件在一瞬間誇張的暴湧，許多夾雜惋惜與咒罵的信，不斷地寄來我的信箱。

這段時間我深感身心交瘁，面對各式大量不同的意見，與那些奮力呼喚站台啟動的聲音，感到非常無可奈何。也曾經想過要不要一一回信道歉，並且說明過段時間便會再度打開站台，但是由於信件實在太多，中間也不乏讚揚一個變態站台終於消失的內容……我考慮了很久，最後還是打消一一回信的念頭，以消極不回應的態度面對。

我仍舊如往常的習慣一樣，每封信都好好地複製，用心讀過。

但是心情的起伏，已經無法和初期相比；以往收到信件的情緒是那樣激動，滿腦子充斥著不真實的幻想，血液直往腦門衝，渴望受到更多的注意與矚目……現在我對所有的信件一視同仁，不管看見多激昂、憤怒，或柔軟、呢喃般的字句，都已適應到可以用極為平靜的心情面對。

就在關閉站台約過了兩個星期後，某天我在中午休息時間離開辦公室，一個人到下面街道旁的連鎖義大利麵店用餐。架在餐廳牆壁上方的液晶電視中，正播出整點的午間新聞。

我本來背對著電視，默默低頭吃著我的義大利麵，不甚專心地隨意讓新聞進入聽覺中：

新一季的服裝秀、幾個男童遭到學校同班同學的長期霸凌、超過百斤的胖子為愛減肥成功、會發出嬰兒叫聲的鸚鵡、第一夫人罹患憂鬱症、某廚師製作破金氏紀錄的大漢堡、花了數十年在自己身上刺滿圖案的女人、某精神病院逃跑出幾個病患……

就在這些百無聊賴的新聞中，其中插播了一則快報：

電視上秀出了一個中年男子，旁邊則站著一個肥胖到連眼睛都看不見的中年婦人。男子模樣大約快四十歲，瘦長枯槁的身軀套了件骯髒的襯衫，滿臉充斥著鬍渣與噁心的面皰；而胖婦人穿著一件寬大的碎花洋裝，頭上則捲滿了螢光綠的髮捲；臉上敷了過白的厚重粉底，顏色誇張的眼影與口紅，濃艷的妝配上醜陋的五官，非常慘不忍睹。

男人在記者的訪問下說明了於好幾個月前看見〈第五號房〉站台，那變成他的生活重心，他把所有的影片轉錄下來，然後與女友實際再重新演練一遍。

「我們本來都有躁鬱症，看了很多醫生都沒有用，因為我們對日常生活感到沒有希望，不曉得應該期待什麼；但是自從看見了〈第五號房〉的影片，嚴重的病症開始有起色，才發現原來生活中處處都是美感，只是看我們有沒有發現！」

「對，」女人粗魯地搶了記者的麥克風，接著用粗啞的聲音說：

「那站台的影響力真的很龐大，也改變了我們的人生，讓我們兩人感覺自信，並且也終於可以體會什麼是所謂的美感！

但是自從它關閉後，那些躁鬱的病症又開始侵蝕我們，使我們摔壞了家裡所有的東西，燒掉了許多衣服還有書籍，弄丟了工作，無法克制地毆打小孩……

我們不曉得該怎麼辦？所以在這裡透過電視轉播，懇請〈第五號房〉的站長重新開啟站台，求求您拯救我們！」

義大利麵店原本充滿了吵雜的聲響，這時全都安靜了下來。

許多人或站或坐地盯著上面的電視。不久，窸窣的耳語聲開始傳出，所有不認識的人，開始相互討論起這時下最火紅的站台，並且評論不一地產生大聲的辯論。

電視台的鏡頭，此時正特寫五官端正的女記者。

她拿著麥克風，用清晰的聲音報導著目前最熱門的影片〈第五號房〉，瀏覽人數已經高達上百萬人，正火熱地帶領整個社會的潮流：

有的導演宣稱想以此作為題材，拍一部類似型態的電影；有的藝術創作者則開了畫展，誘發畫家一系列油畫創作的主題，便是〈第五號房〉裡的女主角。

許多餐廳推出〈五號特餐〉，強調裡頭的新鮮蔬食顏色，與影片中的草地色調絕對相同；而市面上的流行服飾，則說明今年服裝主打的顏色是純白，純潔無暇的雪白，設計著重在飄逸感，這些全部取材於〈第五號房〉的女人穿著……

我知道其他人對〈第五號房〉的觀感，全部都是來自網路，從沒有在實際生活中感受過，所以對眼前發生的一切感到相當吃驚。

儘管這段時間，我也從網路的虛擬世界得知〈第五號房〉的熱門程度，以及因應而生的各種社會現象。但那畢竟是一些眼花撩亂的圖片與文字，只要輕輕地滑動滑鼠，按下一個鍵，所有的一切都會在剎那間成為空無，一個被架空在透明線路中獨自運轉的星球。

而現在最讓我感到驚駭的是，當這些心裡確認為虛幻的現象，卻真正實際地發酵在真實世界中，彷彿它們全部都在我看不見的地方，自己決然地生長出強大的意志力與生命力，突破重圍地現身在面前，逼迫我用實際的目光注視時，這樣全然不同的衝擊幾乎深深震撼了我，還有我長久以來相信的所有事物。

我封閉的世界開始產生斷層。

這些真實的言語一波接一波地朝著我衝撞而來，震盪出無數高昂且尖銳的漣漪。我望著面前剩下三分之一的麵食不下嚥，背脊的襯衫沾滿了冷汗，握著叉子的手指已經微微地發著顫抖；但我仍然強裝鎮定，控制自己急促的心跳與呼吸，默默地注意著四周唐突的陌生變化。

螢幕跳回那一對原本看起來十分冷靜的情侶。他們突然把話說到一半的記者推開，女人搶過記者的麥克風往旁邊丟，男人則從襯衫口袋裡掏出一瓶像是小型私酒的罐子，對著鏡頭開始往自己，還有女人的身上澆滿透明的液體：

「這是汽油！汽油啊！第五號房的站長你聽著，如果你在今天不開啟站台，我們就活生生地燒死在你面前！」

裡頭的女記者在旁邊尖叫，攝影機的鏡頭出現嚴重的晃盪，而義大利麵店裡的客人則一陣譁然，紛紛從座位中站起來擠到電視前。我明白自己應該要離開現場了，場面已經失控，我怕再下去我就會顯露出自己真實的身分。於是趁著大家的注意力仍集中在螢幕上時，悄悄地擠出人群準備離開現場。

在我離開之前，還特地回過頭去張望電視，希望能看見最後的結局。

果然沒有出乎意料，那對情侶不過在虛張聲勢，在終於可以成為焦點中上演一齣令大家訝異的戲碼。女記者後來發現現場沒有任何汽油味，那透明的液體不過只是水，便垮下扭曲的臉孔，痛斥了那兩個正在鏡頭前崩潰、倒在地上哭泣的情侶。

我承認這個世界的瘋子很多，但是面對痛苦的死亡這件嚴肅的事，還是會令極度瘋狂的人瞬間冷靜，並且懦弱膽怯地足以讓人笑話。

雖然這件事從頭到尾只是虛驚一場，卻給我極巨大的震驚。

我在這天的深夜裡，獨自一個人坐在電腦前面，抽了非常多的菸，然後，下定決心重新開啟站台。

管他什麼狗屁錢斯太太，這個有耐性的瘋女人，我受夠了被人擺佈的感覺了；我不只要重新打開站台，甚至要盡力地拍攝更多影片，讓影片繼續在虛擬空間中流傳下去。

我明白自己與〈第五號房〉，已經成為虛擬世界中的神話，一個無可比擬的魔幻傳奇。老實說，我的這輩子從來沒有一刻如現在，還要讓我自己感覺驕傲與自信。

我記得就在一切回復原本的秩序，信箱仍每天湧進大量的信件，網友與我繼續想著許多點子，讓柯薇亞在影片中有更多創新的舉動時；某天清晨，就在眾多的信件中，看見一個署名為：「**黑夜裡的烏鴉**」的網友，他的信讓我眼睛一亮。

【五號先生您好：

我想先跟您自我介紹，我是黑夜中的烏鴉，您可以簡稱我烏鴉就行了；這當然不是我的本名，我想先暫時保留自己的真實身分，等到與您能做更近一步的了解之後，再慢慢地說出一切。

信件的一開始，我想先向您致意，並且希望能透過信件向您表達我對您所拍攝的〈第五號房〉，這部現在網路上最熱門，也是我心中最經典的影片，致上最崇高的敬意。

您的〈第五號房〉是我見過最具有美感的影片，看得出來每一個鏡頭皆透過詳盡的規畫與設計，對空間的比例與人物情節的安排，還有顏色配置與畫面的協調感……這些幾乎都達到極高的水準，對每個小細節毫不含糊的處理，更是功力高深。

這裡頭美好的不只是人物的細微處理，還有對空白時間感的描述，那種大量荒涼的心境之美，全都給完整地捕捉在影片之中。

那樣如詩意般的描繪，使我每次看完，都感覺如同置身在最淒美的世界邊緣頂端。

我甚至私心覺得，所有教導拍攝電影的老師與導演，都應該把〈第五號房〉列為教學重點，這不只是一部影片，一些聚集所有美感的鏡頭，它們簡直就是一個個完美的標本，足以流傳萬世的影片標本。

致上我最崇高的敬意　　黑夜裡的烏鴉敬上】

我把這封信看了非常多遍，甚至在讀的過程中流下了眼淚。

沒有錯，這個人完全理解我心中所想表達的，他的讚賞雖然顯得有些誇張，但是卻像一道灼熱的光源，打在我孤寂的心上。

儘管我一手打造〈第五號房〉，但是長時間待在這幻夢之境，會發現這裡真是一個不可思議的空間。

這裡沒有時間感，是個時間完全停滯的奇異場域；我本來以為自己與柯薇亞之間，會產生一種戲劇性的緊繃感，然後再從中間想辦法取得微妙的平衡……畢竟這裡被我設定成一個超現實的結界，一個岔出生活之外的短暫夢境，但是待久了就會明白不是這麼一回事。

在每日的分秒流逝中，柯薇亞越來越適應與喜歡這裡，她似乎完全放棄了過去的影子，竭盡地空出內在的全部，僅保留自己非常少許的樣貌；其他的空間，全留給了我，以及這沒有邊界的漫漫長日。

所以我決定把這些無法用言語訴說的空白，她那稍縱即逝的美感給全部具體捕捉下來。拍攝的影片與相處的時光累積越多，在心底深處的陰影卻越來越濃厚；到最後我發覺，並不是我一個人在控制著整個局勢，而是我與柯薇亞彼此互相影響，就如同拍攝〈**打滾**〉影片那樣，充滿了角力、拉扯的痕跡，一同陷進更不知名的深邃盡頭。

於是，我對這人的理解充滿感激，無法言喻的感激，而就在反覆讀著這封信的過程中，我開始按耐住激動的情緒回信給他，並且在心裡突然興起了一個念頭。

這個念頭起先很朦朧，如一株剛埋進土裡的種子，但是就在我們越來越頻繁的通信中，那念頭逐漸緩慢成型，最後終於化成一個實際且極具代表性的行動，便是在拍攝完影片裡〈**說故事**〉的這段之後。

這是我們共同的隱晦秘密。

我與烏鴉，一起把這株最後結了果實的大樹，用一種絕對徹底的方式給截斷，讓它完成於虛幻與現實的曖昧中間地帶，讓它達到所謂的永恆境界。

就在我與烏鴉維持一星期互相通兩到三封信，約略過了一個月後，其中的某一天，我那天請假沒有去上班，因為地窖中的食物不夠，很多東西都已用盡。太多時間投注於影片拍攝而忘了補齊家庭用品，便要柯薇亞寫張食物與用品的清單，讓我開車去鎮上的超級市場購買。

我無意識地把車開到鎮外的超級市場，但是就在開到一半的路上，想起柯薇亞的清單裡，寫了她需要一個國外牌子的水果罐頭，這只有在公司附近的大超市才有，於是我沒有多考慮，把車連忙調頭，開回鎮上。

就在我買完東西後，把車開回老家，先把所有的東西放在地上，打開地窖，然後慢慢地走下去。

「媽咪！媽咪我回來了！」

沒有回音。我想她應該在後面的浴室洗澡吧，便把東西全部放在桌上，順勢轉過身，準備走上地窖把上頭的門關起來。

正當我踏上階梯的第二階時，卻聽見上頭的門邊，傳出細微的聲響。

我的警覺性一向都很敏銳，馬上退後幾步，側身躲在通往地窖上方的樓梯旁邊。

接著，一陣小小的、很盡力控制腳下鞋根著地的聲音，慢慢地從上頭輕輕地跺步下來。我閉上眼睛感受鞋根的聲音，可以感覺到那不是正常的下樓聲，而明顯的聚集了疑惑與好奇，還有些微恐懼感所綜合的聲音。

這是第一次來到陌生的地方，所會發出的延滯腳步。

我在心裡確定現在下來的人，絕不是警察或偵探之類的人物。光聽那樣的腳步聲，就可以知道這下來的人心裡正恐懼與害怕著，不熟悉所有打探與偷窺之事。我放輕自己的呼吸聲，躲在樓梯底部的陰暗處張大眼睛。

腳步聲越來越大，終於到達地窖正下方的人，明顯的側臉透過稀疏的燈光，現在正如同影片特寫鏡頭般放大，停格在我的面前。

是艾莉絲，我不可置信地在黑暗中望著她。她來這裡幹嘛？

就在我心裡拋出疑問的同時，也馬上知道了所有的答案。

真該死！這段時間，我把艾莉絲完全拋在腦後。自從知道她背著我偷偷與安迪有一腿後，不管她用多少藉口進來辦公室找我，穿著多曝露的洋裝，擠出深長的乳溝在我面前搔首弄姿，我都完全沒有感覺，並且還心生厭惡。

這女人很髒，這是我現在對她的唯一想法。

她與安迪那些噁心的動作與姿態，簡直是我心裡最大、最難堪的恥辱；她毫無美感的臉蛋與臃腫的身材，現在在我眼中彷彿是一隻巨大的爬蟲類，會使爬行過的地方出現骯髒的青綠色污漬。我希望這樣噁心的東西永遠消失，不管用什麼方式，只要不再出現於我面前就好。

現在她會出現在這，我想一定是這陣子我對她的冷漠，使得她在公司樓下看見我的車子一閃而逝，便從超級市場一路跟蹤我到這裡來。

我怎麼會這麼大意！我在心裡懊惱著。

「塔德？塔德？」艾莉絲捏著嗓子，發出非常細小的呼喊。她緊張地把雙手緊緊抱在胸前，頭則不安地轉來看去。我聞到那熟悉的刺鼻廉價香水，正恣意地瀰漫在古典高雅的地窖中，一點一滴地破壞著裡頭的平衡。

「妳是誰？」柯薇亞聽見聲音，從裡頭走出來。她用浴巾包著頭髮，吃驚地站定在浴室連接外面的隔屏前，大聲地問她。

「天哪！妳是〈第五號房〉的女主角！不會吧？這裡，這裡是……」艾莉絲瞪大眼睛，發出難聽尖銳的呼喊：「這裡是〈第五號房〉的拍攝現場！」

「我問妳是誰！」柯薇亞冷漠地看著她，完全不關心她說的話。

我躲在黑暗中，看著眼前這兩個，足以成為優雅與庸俗這兩個名詞的代表性女人。她們正直挺挺地站在對方面前，氣焰高漲，沒有一方壓低姿態。我想要發出笑聲，於是用手捂住了嘴。實在太精采了，原來不管多美麗與正確的美感比例，還是會需要強烈對比，需要某些不言而喻的凸顯與掙脫。

那些所有原本會札眼、刺痛目光的美，看久了會習慣進而麻木；但是，當這衝突感突然從中央冒出，我實在克制不了內心想要吶喊的衝動，柯薇亞在艾莉絲的面前所綻放的光彩，是我已經很久沒有看見過的。

這段拍攝影片的時間裡，我明白女人的美，似乎是裝在皮囊器皿裡頭熠熠發光的水，你可以清楚用所有形容詞，描繪出那漂亮的弧度與輪廓；但此時柯薇亞的美卻無法形容，如同披上白袍的天使，在庸俗低矮的艾莉絲前面，緩緩散發出震攝人心的光芒。

就在這短暫的沉默時刻，艾莉絲似乎也感受到眼前從蕊心綻放出的燦光，那簡直會奪去人心神之靈氣，獨一無二，絕不是她那貧乏的想像力可以描述出來的。

「妳本人比影片上的還美啊！妳知道嗎？妳拍的每部片我都有看，而且我真的好喜歡妳的氣質，還有舉手投足的所有姿態，真的好美好像明星啊！」

艾莉絲瞬間舉白旗投降，丟棄了自尊，開始尖聲呼喊，像極了所有看見偶像的粉絲，露出失態難看的一面。

「妳到底在說什麼？什麼第五號房？我怎麼什麼都聽不懂？」

「不會吧，妳是現在網路最紅的影片女主角，拍那麼多影片怎麼可能不知道……就是在網路上的……」

我當然沒有讓艾莉絲繼續說完。

我沉默地從黯黑的陰影下走出，輕聲迅速地跨步到她身後，舉起剛剛隨手操起，樓梯下堆積的一只空酒瓶，往她的後腦勺狠狠地敲了下去……

「然後呢？」溫蒂用極為平靜的聲音詢問我。

「然後艾莉絲就在我面前筆直倒了下去。」

「之後，你為什麼要這樣對待艾莉絲？還有，請你清楚告訴我，你是如何對待終於知道〈第五號房〉影片的柯薇亞？」

「艾莉絲，還有柯薇亞？」

空氣中瀰漫著一股濃厚的煙味。

坐在對面的塔德，那張削瘦的長型臉被自己剛吐出的煙霧遮住。這時間很短暫，隨著煙霧緩慢往四周散去，先顯露出他那雙如老鷹般銳利的眼神。

溫蒂記得第一次在獨立的會客室裡頭，透過一個桌面，近距離地望見這個眼神時，曾經在心裡驚駭地倒吸了好幾口氣。

長時間待在封閉的牢房中，使得他的人是如此萎靡猥瑣，但這雙眼睛卻似乎不受控制地，兀自在暗沉的空間裡發出筆直的自信光芒；甚至讓人懷疑這道目光，是否可以穿透一切，看見所有事物的真相與結局。

她感覺自己的呼吸開始不順暢。她在座位中默默地吞了好幾次口水，無聲地做了幾次深呼吸，強迫自己把注視得有些過分的眼神，從他的身上移開。僅僅一瞬間的見面時間，她馬上感覺這男人有種奇怪的魔力，而且這魔力卻不是來自於他任何的外表感覺。

溫蒂不明白自己的心，見到男人之後，彷彿被雷擊中一般發出乾渴的跳動原因。

她在底下搓揉著自己的雙手，竭力克制著雙肩與背部脊椎那邊發出的細微抖動。這是種奇異且強烈的恐怖力量，如雙腳浸泡到冰涼水裡的滲透感，可以感到全身細胞都往下墜落沉浸到下方的冰冷中。

尤其是塔德的雙眼。那雙潤澤深邃的瞳孔，從遠方迴繞到自己身上時，也僅只有一秒鐘，溫蒂覺得自己幾乎要停止呼吸，整個人彷彿站在尖銳的刀刃邊緣上頭；既恐怖又無法抵抗的各式感覺，在短短的時間裡不斷地衝擊著自己。

在被指派來到這裡與塔德對話的這段時間，不管他說了些什麼誇張的言詞與放肆的論調，溫蒂一律要求自己保持極高的耐心，為的就是要套出那最後的疑點，這個在典獄長樂迪歐口中，絕不失誤的亟電風球都刑求不出的答案。

兩人對話到這裡為止，溫蒂在心裡悄悄地喘了一口氣。

這麼多個星期以來，特地從鎮上住進了路得島監獄，從〈第五號房〉最開始的原因講起，終於進行到最後的階段了。

接近尾聲，那麼舞台的簾幕即將要放了下來，準備下台一鞠躬了嗎？

溫蒂的心跳加快，眨著眼睛等待最後的答案。

卻沒有想到兩人僅只沉默了幾秒鐘，對面的塔德突然放聲大笑了起來。那笑聲非常恐怖，尖銳刺耳的像是一根鋒利的長針，狠狠地刺穿了所有悶閉的空氣。

溫蒂本能性的捂上兩邊的耳朵，感到異常的毛骨悚然。

第9章

保羅醫生把錄音筆關掉，嘶啞的聲波瞬間被唐突截斷，聽覺中卻還殘留著長時間所環繞的高低音質。他像是看著什麼奇異的東西似地，先盯著那一隻長型的金屬筆桿，接著眨了眨眼睛，站起身跨出辦公桌，走到旁邊的窗子前凝視著窗外，眼前眺望著前方那片包圍住監獄的濃密樹林。

這天是個陰沉且昏暗的天氣。

沒有下雨，但是天空全被厚實的雲層蓋滿，空氣中也充滿了類似淡薄的灰白霧氣。他深鎖眉頭，把額頭頂在透明的玻璃窗上，雙手環抱在胸前，一會又垂放下來在兩腿旁邊。

溫蒂不敢出聲，怕吵到正在思考的保羅醫生。但是她還是有點遲疑，畢竟保羅不管在什麼時候，就是這副正在思索什麼問題一樣，他雙眼中央的肌肉永遠緊繃，已變成兩道深刻的刀痕。

「溫蒂，」保羅回過頭出聲喊她：「塔德笑完之後，有沒有說些什麼？」

「沒有。這過程很恐怖啊，他好像中邪了似的，整整笑了將近半小時；」溫蒂很苦惱地用手托著下巴，五官則扭曲地揪在一起：「我坐在他前面一直摀著耳朵，然後因為真的受不了全身不斷冒出的雞皮疙瘩，才把錄音筆關掉，退出會客室。」

保羅點點頭：「妳知不知道他為什麼就在已經走到了關鍵點時，突然笑了起來？」

溫蒂搖搖頭，表示完全毫無頭緒。

警方發現應該要介入〈**第五號房**〉案子的時間點，是在發生一連串重大的社會案件後。他們當然在很早之前，很快地就在每個網站的首頁中，發現人氣高居不下的熱門影片〈**第五號房**〉，鎮上所有商品通路與廣告，也都不約而同地想沾上這股風潮；「五」這個數字，幾乎在這段時間裡，成為小鎮上出現頻率最高的幸運數字。

但是這中間並沒有什麼值得深究與需要介入的地方，警方單位剛開始是這樣看待影片的。

雖然不知道拍攝者的目的，裡頭的人是誰，儘管畫面有些許不人道的扭曲方式，還有一些奇異的行為舉動，但是仔細觀察片子裡頭的女人，就可以明白她都是出於自願與樂意——這樣就無法構成任何所謂的犯罪條件。

這個世界擁有奇怪癖好的人實在太多、太多了。在這個壓力過大的社會裡求生存，過度擠壓的空間喘氣，每個人似乎都需要創造出自己私人的喜好。

觀賞過影片的警官們，在心裡暗自偷笑著。

有些人表面上是最佳模範警察，斯文有禮且嚴肅正直，下班回到家卻喜歡跟老婆玩性虐待遊戲。只要不在女人身上留下明顯的傷口，什麼下流的動作他們都做得出來。

有的則是偷偷酗酒，把烈酒裝在金屬瓶罐中隨身攜帶；連出勤執行任務的過程中，仍不忘仰頭灌個幾口。私下威脅販毒者供給自己免費的毒品；嘴裡老是掛著和平與愛的口號，卻跟熟識的老鴇談好條件，定時光臨幾家隱密且高級的妓院，恣意且粗暴地對待那些妓女。下班後脫掉一身警察制服，在速食店的廁所裡徹底變裝：戴上長假髮與換上大號的緊身洋裝，在臉上塗抹濃厚鮮豔的化妝品，再開個幾小時的車，到鎮外隱匿的同志酒吧中飲酒狂歡。

還有幾個控制慾強但是膽子小的警察，則在被上司責備後，會在路上撿拾流浪的貓狗回家，以各種奇怪的方式虐待牠們。隨意毆打自己的小孩，剪光他們的頭髮，或幾乎不跟他們說話。

在自己家中打造一間暗房，再花很長的時間把自己關在房間，架好前方相機的腳架，拍攝一系列猥瑣不堪的相片，沖洗出來的結果則貼滿了整個房間的牆面上……

天底下已經無新鮮事了。

大家都心知肚明，只要不傷害他人，沒有任何強迫性的行為，確實無法構成犯罪的條件。

然而，終於引起警方注意的第一起案件，就在〈第五號房〉影片，連續榮登網站上的首頁與最高人氣的第三個月後，有兩個自稱可以媲美〈第五號房〉的影片出現在網站中。

首先發現的警官是柏森，一個年紀約四十出頭，有個正常家庭的中年警官。

私底下的他沒有什麼奇怪的癖好，唯一的問題是他並不那麼滿意警察這份工作；要不是當初擔任警長的父親逼迫他走相同的路——他獨自一人時老喜歡幻想著這些往事，現在他應該早已從藝術學院光榮畢業，成為前途無可限量的導演。

當他第一次看過〈**第五號房**〉之後，就深深被影片裡所有控制得當的張力之美給吸引住。

他私下花許多時間研究與觀賞過所有影片，便不得不承認整部影片看下來，真是有無法形容的暢快與解脫。除了滿足了人皆有偷看他人隱私的卑鄙心情之外；更多的是好像自己曾經有過的污穢念頭，想像過骯髒、下流，無法說出口的事，都藉著螢幕中的影片，這絕美又真實的女人，得到告解與抒發的機會。

看完影片心裡會自然地湧出一種，接近本能性的興奮與舒暢感。

這簡直就是一場場比電影還要精采的真實人生演出。比起節目上那些宣稱實境拍攝的畫面，更容易直接刺穿心底忍受的底限，簡直可以稱為終極版的末世寓言。

柏森著迷於影片的期間，曾經悄悄地偽造了假的名字，試圖寫了許多信給五號先生。他在觀賞影片的過程中，從未有一秒鐘的時間回神想起自己的身分，五號房裡頭的美感使他無法自拔，讓他忘記真實世界的一切。

他當然幻想過如果當初自己成為真正的導演，是否能拍出相同張力的影片？

答案不置可否。

他真正的心得其實是既沮喪又感動；假設性的問題是沒有答案的，他移動滑鼠離開影片時，總在心裡默默想著。沒有成為導演就不要幻想，因為所有事情都是這樣，順著時光與事件流動，逝去了的任何事物皆沒有回頭的機會。

當他第一次發現，網路上居然出現了兩個號稱自己媲美知名的〈第五號房〉影片，也就迫不及待地點了進去。

沒有想到裡頭的影片，是一連串奇異的折磨與虐殺的場景。

第一個：

影片的一開始，就用滑順俐落的鏡頭，動態地拍攝著一間鋪著白色平滑的瓷磚，非常寬敞的浴室。除了地板與上面有間隔的蓮蓬頭之外，其他的組合全都是鏡子——連結著天花板與四周的牆壁上，全都是光滑明亮的鏡子。

柏森從未看過這樣的景象。

毫無遮掩的透明光亮，直接透視所有人隱諱私密的想像。接著，一群女人面無表情地打開浴室前方，那扇雕花的白色大門。她們似乎相當習慣也毫不畏懼旁邊的拍攝，分別順序地在門口迅速脫掉全身衣物，讓每個人裸露的肉身全一覽無遺。

其中兩個女人的身材中等，緊緻光滑的皮膚隨著水光反射出青春的氣息；另一個長髮女人的身材圓潤，兩邊大腿內側，分散地佈上幾片如手掌般大片的褐色胎記。

第三個女人則瘦骨如柴，裸露的肩夾骨與胸部兩旁清晰可見的一條條肋骨，順著光線打上了明顯的褐色陰影；她的身體還留有小孩般的稚嫩，但身體上隨處散落著各種未結痂好的傷痕。

最後一個女人的身材較豐腴，柔軟碩大的胸部，象牙色澤蕩漾著一股肉慾的性感。

這些不同的身體，現在脫光了表面遮掩，顯露出裡頭相同的皮膚。象徵女人的兩團胸部朝向鏡面，面對著彼此與自己；腿部背面與臀部交接處那相同的兩道彎月形皺褶，排隊伍似地整齊往返鏡面的反射中。

她們表情僵硬、動作一致，規律地站到蓮蓬頭下，開始刷洗著自己的身體。

柏森隨即發現，她們對待自己身體的方式很粗魯，完全不像一個女人洗澡的方式：在手中緊握著厚實扎刺的豬鬃刷子，先從胸口，再來是腹部與四肢，來回激烈地摩擦身上的皮膚。

一個個原本望過去的白肉色，隨著霧氣的瀰漫逐漸變成粉紅色，直到深紅色。紅色的肉體頓時塞滿在亮澄澄的鏡子中。

從鏡面望過去，無數的反射再倒映出重複相同的肉體。這裡變成一座條狀的肉體森林，佈滿著膚色的枝枒樹幹，往縮小又擴大的鏡面空間內不斷蔓延下去。他無聲地凝視著這個場景，看見電腦螢幕上，此時正淡淡地反射著蒼白的自己的臉，那熟悉的輪廓線條，似乎正緩慢地溶解在眾多的肉色中。

而帶有重量的詭異感則持續襲擊著柏森。他腦袋空白地繼續盯著眼前的畫面。

在這個影片中，沐浴是大家一起進行，沒有人有異議。大家魚貫進來後便即刻脫去衣服，沒有任何難堪與尷尬，稀鬆平常地好像觀者的驚訝是他個別的問題。

這是他闊別中學學生生涯許久後，第一次再度見到的場景。

在印象裡，儘管游泳池與健身房的沐浴設備也是通用場合，但都會在裡頭區隔每個淋浴間，沒有像現在無隱私到這種的地步。除了空間寬敞到隔出十幾個衛浴設備都沒問題，還有便是詭異地在空間裡佈滿鏡子……所以，這裡就是刻意要讓大家一起待在這個空間中，裸露出相同的肉體。

更令柏森驚訝的是，最開始由一位長相醜陋的男人帶領大家進來，暫且離開一會後，又抱著一個裝滿相同洋裝的竹籃，無聲地打開門，進入這裡。

他正置身在濃霧中，鏡頭特寫著他瞇起眼睛的神情，沒有任何隱諱的情慾曖昧。裸體的女人在他眼中似乎不具其他意義，嚴謹認真的氣氛，好像就只是在大食堂中，進行著平日必要的吃飯行為。

柏森感覺所謂的「裸露」，在這裡被顛倒了原本的意義。不帶有羞愧與可恥的成分，也毫無珍貴之處。大家都相同，沒有重量與分別，也沒有特殊的色彩與差異。大家的身體在此時都是一具無意義的東西，沒有任何以前關於愛情，或者各種歷史時光的痕跡。

那醜陋的男人讓柏森想起他曾經看過的電影。背景時空是監獄裡頭的用餐時間，旁邊四散的警察們正看守著低頭扒飯的犯人。在這過程中，沒有人說話，僅有規律的刷洗窸窣聲與水快速流動的響聲。

這根本不像洗澡沐浴，柏森心裡想。比較像是某種詭異的儀式。

不久，穩重的腳步聲從門後響起，另一個高大的男人側身從門口走了進來。進來沐浴室的他沒有停下腳步，帶著與先前醜陋男人相同的目光與表情，跨大步走進白霧茫茫的鏡子中央，再分別一一走到每個女人身後注視著。

他相同絲毫不關心女人的乳房大小與媚惑的身體線條，木然的眼珠子沉默地透出冷淡的光澤。他把步伐停在其中一個女人的身後。先是沉默地由上而下地觀看了一陣子，接著退後幾步，腳步濕淋淋地黏踏在地板上。

「妳好像沒什麼力氣，刷洗得不夠乾淨吶，要不要我幫妳？」

這句話清晰地瀰漫在水流聲中，從螢幕中的喇叭傳了出來。

女人聽見這句話後，潮紅的臉頰扭曲了起來，眼眶無聲地泛出大量的淚水；接著，用手中的刷子，再加大力道地，直到全身泛出通紅的顆粒與條狀痕跡。

不知道過了多久時間，女人們維持著用力的刷洗姿勢，直到站在角落的男人喊了停，大家才瞬間停止了規律的動作。

他依序走到女人的後頭，用目光順著每個身體詳細檢查，嚴厲的目光像在檢查動物的清潔工作。他滿意地點點頭走回門口，發給她們每人一模一樣的紅色露肩洋裝。

女人們溫馴地穿上了洋裝，由兩個男人走在前頭，像是一支訓練有素的小型隊伍，一行人緩緩地依序走出浴堂，最後停在走廊要進入客廳的玄關中。她們一個個走上那條長而狹窄的樓梯，紛雜零碎的腳步聲像一首沒有的破碎音符。

上方的長型走廊，先響起細微的開門與關門聲，然後空間中又恢復一片死寂的沉默。

第二個：

裡頭的場景倒是很用心，佈置得跟〈第五號房〉幾乎一模一樣。然而影片一開始都還正常，裡頭兩個男女很努力地做出許多日常的行為，母親與兒子，成年男人與成熟女人共處一室；男人的動作誇張了些，喊叫媽咪的聲音也較噁心黏膩；穿著白紗的女人則重頭到尾都顯得極度呆滯，空茫的眼神，低頭呢喃著含糊不清的奇怪話語。

柏森警覺地明白，這女人應該是在之前，就被男人餵食了過多的毒品藥物。

隨著時間拉長，片中的男人似乎開始煩躁了起來。那些應該圓滑優雅帶過的場面皆顯得粗鄙不堪，影片幾乎是他一個人在演著歹戲拖棚的獨角戲。後來男人幾乎以某種唐突粗暴的方式，截斷了自我設定的模擬〈第五號房〉的目標。

他放棄了繼續偽裝，終止了這場鬧劇，開始顯露出原本的殘忍本性。他走到女人身邊，急迫地把女人綑綁起來吊在房子中央，用打碎的鏡面玻璃，粗魯地開始割刮著女人裸露的大腿內側。女人因為吃了藥，所以沒有多大的痛感，在片子中只是發出低沉的喘氣聲，像是一隻被捂上了眼睛與其他感官，不明所以的無助動物。

柏森沒有繼續看完影片。他顫抖且沉重地關閉了網站，從桌子後面站起身，深深地嘆了一口氣。

他完全可以理解這第一部影片中的折磨，與第二部虐殺片之後失控的原因。

究竟有誰可以做到如五號先生一樣，對另一個或另一群人，擁有無上、沒有邊界的權力，這個獵物完全臣服於你的控制之下時，還能保持幾乎超過正常標準的理智，再透過如此精闢的拍攝與剪輯技巧，補捉住彼此其中的張力與美感……這些絕對都不是普通人可以做到的。

每個人心中，皆曾經妄想過擁有至高的權力，完全成為另個人的主宰者，這樣的誘惑實在太龐大，龐大到你真的擁有的時候，會想盡一切異常、殘暴的方式，來證明眼前發生的不是幻夢，這是確實存在的。

柏森沒有多加考慮，馬上打電話通知了上司，告知這兩支殘虐影片的存在。

沒有多久，報紙頭條新聞便是警方破獲了第一部影片中，已隱藏在暗處多年的人口販賣集團組織，以及逮捕第二個影片中的男人，搜索出已成為一具白骨的女人。

「〈第五號房〉影片效應繼續蔓延，影響力之龐大，引起許多民眾不當學習。」

「各式怪異的五號風潮吹起，究竟政府相關單位何時才會重視問題？」

「鎮長先生即日起現身呼籲民眾，絕對要強力抵制〈第五號房〉影片，企圖制止第五號房繼續侵蝕鎮上的良善風氣！」

「目前一名知名的網路駭客S先生表示，〈第五號房〉影片與其他影片的處理方式不同。影片經過嚴密的重重加碼與封鎖，而該影片站長五號先生提供給大眾的信箱，則一樣是透過無限網站的重疊連結申請，一般或是精密的人肉搜索對此毫無幫助。」

「就最新的民調顯示，鎮民對於〈第五號房〉的觀感不一：宣稱自己為此站台的死忠者比例約有55％，極力抵制者的比例約為30％，其他12％則表示沒有意見，僅有3％的人沒有看過。」

就在那部虐殺影片事件落幕之後，一連串的新聞媒體開始討伐第五號房，更高層級的政府單位則施加壓力於鎮上的警局；然而，警局那裡因為缺乏足夠的線索與證據（第五號房中的內容，並無牽涉到任何犯法的行為），對影片的來源也毫無頭緒，所以始終無法對此真正做出什麼實際的動作。

就在警局充滿愁雲慘霧的情況下，於某天清晨柏森當班之際，接到了一通足以扭轉劣勢的電話。

「我要報案！」話筒裡的聲音低沉、老邁含糊的口音，像是正從遙遠的天際邊傳過來。

「報案是嗎？」柏森很日常地嚼著口中的三明治，用右邊的肩膀將話筒夾在耳朵旁：「請問您要報什麼案子？」

「網路上的〈第五號房〉。裡頭的女人是原本住在西北A區的柯薇亞。她失蹤的消息曾經刊在報紙上。」

「第五號房？」柏森的心頭一緊，整個人挺直了起來，把話筒貼得更近：「請問您的大名是？」

「我是錢斯，是柯薇亞的老鄰居。」

當日下午，柏森獨自開車來到了西北A區，在那裡與錢斯太太談了非常久。獨居的老人通病就是當有人成為傾聽對象時，她可以把所有的身世與過往，全部毫無保留地告訴你。柏森整個下午，都在竭力忍受著錢斯太太反覆嘮叨同樣一件事，不管過程如何讓人不耐與苦悶，但是第五號房的案件終於有了突破：

證實影片中的女主角，正是先前失蹤多時的柯薇亞夫人。

於是當柏森傍晚回到警局，向上司報告了與錢斯太太談訪的內容，上司即刻讓柏森全面接手此案，並下達搜索命令：即日起全面通緝第五號房的拍攝者，找出失蹤的柯薇亞。

柏森與他的夥伴漢斯於隔日來到柯薇亞的住所。

他們破壞了生鏽的大門門鎖，接著進入屋內徹底搜尋所有相關的資料。那是一間坪數頗大且設施完備的空間。

乍看之下是個有模有樣且氣質高雅的房子，但是仔細觀察後，卻發現裡頭很多東西都荒廢了。離門最近的沙發佈滿層層蜘蛛網，地板上則積上了厚實已掩蓋原本色調的灰塵；而遮光的細蕾絲窗簾已破損不堪，中間露出無數個不同大小的洞。右上方的天花板泛著一大塊深褐色的水漬，暗沉的櫃子上擺滿了骯髒油脂的碗盤。

他們兩人慢慢地走進去環視著這整個空間。

廚房的爐子上凝著一層燒焦結痂的食物，許多東西擺在不同的角落任其腐朽：一包包生蟲的麵條、發霉潮濕的餅乾、乾燥到一觸摸就裂開的壁紙、一袋袋凝結成硬塊的糖與鹽巴、再也打不開的瓶子罐頭。

除了視覺可見的破敗家具之外，兩人也深刻感覺到，裡頭的空氣正強烈透露出已許久未曾有人生活，一種粒子粗大、毫無人跡氣息的空曠感，正從這個家的各個角落散發出來，朝著他們聚攏。但是儘管如此，仍無法減損裡頭昂貴的氣質。那些鑲著金邊掛在牆上的油畫，以及色澤低調的真皮沙發與桃木桌椅，在在顯示著主人敏銳的美感與雄厚的財力。

他們兩人很吃驚地站在屋子中央，用視覺環繞著四周感受著奢華與頹敗並存的衝突氣氛；接著柏森回過神，要求與漢斯兵分二路，讓漢斯在客廳與餐廳間找尋線索，他自己則進入主臥室內搜查。

柏森很快地就在房間角落的矮櫃中，發現了許多寫明了「查無此人」的信件。信件的住址都是同一個。

他把地址放在腦中想了一會，應該是鎮上南方郊區，那幾乎與鎮上全然隔絕的偏遠地區。大約有十來封被捆成一疊的信件，他把這些如同小包裹的信件捧在手心中，心裡感到相當掙扎。

不知道為什麼，柏森一看見地址，聯想到那從鎮上遠眺過去，被濃密樹叢所遮蔽的灰白屋頂，心裡就有一種強烈的直覺：就是那裡了，失蹤的柯薇亞與神秘的五號先生，就是在那個隱密的角落拍攝一系列的〈第五號房〉影片。

要是沒有意外，現在與漢斯離開這裡，直接開車到達南方郊區，應該就可以馬上找到失蹤的柯薇亞，以及逮捕這個神秘的五號先生。

但是如果事情就這麼順利地發展下去，結果可想而知，〈第五號房〉會隨著這些理所當然的過程而中斷，被有關單位全面封鎖……那麼，所有曾經撼動過自己的感觸，令人心醉神迷的影片便會從這世界上永遠消失。

他苦惱地坐在那張佈滿灰塵的床沿邊，捧著信件的雙手正微微顫抖著。

〈第五號房〉的影片，應該說那個任人放置影片的網站，早已經過了重重的機關設定，沒有人可以從站台中複製拷貝下任何影片……難道我就即將成為終結這個神話的劊子手，一個連自己想到都極度憎恨的角色？

柏森閉上眼睛想像著。

光是想到從此以後，下班回到家的深夜，那一個個靜謐充滿了孤寂的夜晚，打開電腦連結上網路後，面對仍充斥著聳動話題的各種新聞與影片，各式爆炸性的資訊，就如同置身在濃稠黝黑的黑洞裡頭；這些、那些，全都已無法真正提起我的興致，連讓我的目光短暫停留都不值的低等無知，毫無美感的庸俗……

「喂，你發現了什麼線索？」漢斯的聲音唐突地打斷了柏森的思緒，從門後方傳了進來。

「噢，我找到了……」柏森直覺地把整捆信封藏進了外套裡，「我只找到了一些無關緊要的東西，還有她個人的身分資料。」

「客廳這裡倒是有一個很特別的東西，」漢斯聲調興奮地提高，招手要柏森出來：「你看，這個東西被包上一層層的防水油布，小心翼翼地藏在客廳茶几底下的櫃子中。」

柏森看見放在客廳那張低矮精緻的茶几上方，是一個小花瓶般大小的透明罐子。裡頭盛滿了晶黃色如蜜蠟般的濃稠液體；而漂浮停留在液體中央，彷若停滯在真空的釉色宇宙，是一隻非常小型、身上還纏繞著粉紅色胚胎的小貓標本。

「這很奇怪吧，而且看久了還有點噁心，」漢斯抓了抓後腦勺，嘖嘖稱奇：「怎麼會出現在這樣高雅的住宅裡？」

他們小心翼翼地把這個標本帶回警局。

就在漢斯徹夜在網路上追查關於鎮上標本來源，發現於十幾年前，一個專門交換製作標本心得與出售標本的專賣網站中，重複頻繁地出現了一個相同的帳號。再繼續深究下去，發現這個帳號雖然已經停止使用多年，但最後一次出現的地點，是在一家非常偏僻古老的療養院裡頭，其中所申請的電腦系統中。

上司皺著眉頭，花了許多時間看完柏森與漢斯的書面報告紀錄。

這個〈第五號房〉的案子，是現在政府主要官員唯一關心的案件。當然報紙上都寫明了第五號房的影響力，但是沒有人真的明白，政府單位對此案件的關切，龐大得超乎想像。

他們下定決心一定要在極短的時間破案，終止所有從〈第五號房〉中延伸出來的效應，以及結束社會上奇異歪斜的跟從風潮；於是，他們給這位上司施加了非常大的壓力；壓力中包含了威脅、恐嚇，還有獎勵、升職；這種合併雙重奏效的完美加壓，讓他相當的頭痛。

他沒有看過〈第五號房〉，對所有網路上的虛擬世界毫無興趣，而在自己奇怪固執的個性驅使下，儘管他也知道應該要上網去瀏覽一下，對此影片的疑問也非常多，但是卻始終說服不了自己。

他每天回到家後，在與老婆孩子吃過晚飯，坐在電腦桌前，僅只是連接上網站首頁，就感到沉重到無法阻擋的睡意侵襲，又再一次地容許自己關掉電腦，回到臥室中呼呼大睡。

上司在看完兩位警官的報告後，發現這案子不僅棘手，也相當的不單純，於是在他嚴密的思考過後，決定撥了通電話，聯絡了那位政府單位裡，專門研究犯罪心理的權威保羅醫生。

保羅醫生與溫蒂到達聖心療養院的那天，是一個陰霾的天氣。

他站在療養院最前頭的鐵柵欄前，抬頭望著被灰暗雲層所遮蓋住的天空。被晨雨所淋溼的地面，現在正滲著涼濕的寒氣，由下而上吹襲著。

幾隻冬鳥發出叫聲，從遠方的叢林中飛出，越過灰濛的天色消失在北方的天際邊。

這家療養院是一所建立於五十年前的老舊院所，內部建築如它衰老的年紀一樣，泛黃的污漬與壁癌如藤蔓般纏繞四處，簡陋的設施在在顯示著一種頹喪感。

推開發出雜音的玻璃門，邊緣破損的大理石磚上，正豎立著環狀的深棕色服務台。服務台的兩側各是延伸到後方房間的長廊，天花板上排序整齊的日光燈，只錯落地亮了三盞昏暗的光線。

一進入療養院中，隨即感受到不同於其他生活與環境的質地。

不知道是這裡毫不遮蔽與處理的老舊感，還是封閉的清冷氣氛？他們一進入院內，同時感覺到一種奇怪的沉重感，彷彿這裡曾經發生與埋葬了過多的故事，而隨著時光過去，那些逐漸飄遠消逝的生命痕跡，仍深深地在地面與空氣中，留下一大片朦朧的灰色陰影。

保羅與溫蒂呼吸著濃厚的消毒水氣味，混雜著淡淡的腐爛氣息，對著服務台裡那個打著呵欠的胖女人，表明了兩人的身分，以及來此的用意。

胖女人草率地看了他們出示的證件，表示需要進去請院長出來說明，然後便撇下他們，離開服務台，走進了旁邊長廊的盡頭處。

兩人站在服務台前耐心地等後著，同時不發一語地回頭盯著玻璃大門外，那種植著人工綠地的庭院。裡頭有一些正在戶外散步、臉上掛著舒服笑臉的老人們。

儘管在白天有稀疏光線的時刻，這些老人們讓光亮白澄澄地爬滿臉上的皺褶處，坦誠地曬著裡頭潮濕的斑點與晦黯的病痛；但是他們可以想像一到了昏暗的夜晚，這個充滿死寂衰敗的院所裡，躍動的生命力則一律被悄悄地遺留在別處，像被按上了終止指令，披覆在那原本奇異活力的上方，是讓人無法忍受，簡直就是要把人逼入絕境的沉默與寂然。

這裡頭的一切白如死灰，界在活著與死亡、期待與絕望中間的灰色地帶。

「請問兩位有什麼事嗎？」

保羅與溫蒂同時回過頭，看見了一個矮小削瘦的老邁婦人，後頭跟著剛剛那位慵懶的胖女人。

婦人先禮貌地對他們自我介紹。

「我是聖心療養院第五代的院長班維爾，您們對這裡有什麼疑惑儘管問我吧。」

班維爾夫人是個矮個子的蒼老女人，這是保羅的第一個印象。

她究竟有多老了？身上套著一件拖地的白色長袍，看起來已經挺直的個子，縮矮地只到溫蒂肩膀的高度。那整齊綁束在後頭的花白長髮，還有那兩道眉毛，夾雜著淡淡的灰色，讓他想起了冬季末期的白灰色溶化大地。

微笑的模樣讓臉蛋上的皺紋全擠在一塊，裂開的嘴巴裡沒有半顆牙齒，瞇起的眼睛成為兩道彎曲的彩虹。保羅想起了自己的奶奶。但眼前這個老人似乎又比奶奶老。

他盯著那隨著動作往後飄動的白色毛髮，心裡想她或許跟天地萬物同歲也說不定。

於是就在班維爾夫人的帶領下，三人一起走進長廊最後頭的辦公室中。

辦公室是一個方正寬敞的空間。沒有任何裝飾，沒有電話也沒有桌曆，沒有時鐘，也沒有印象中，一間辦公室應該有的冰冷嚴謹的線條。從門外踏進，腳底先踏上一塊塊白色，沾有污漬與厚重灰塵的瓷磚，再往前走幾步，一張隨意擺放著的長型深棕色木頭工作桌，桌上有非常多散亂的資料與書籍，還有一台與髒亂的四周格格不入、完全嶄新的桌上型電腦。

桌面旁置了塞滿只抽一半菸蒂的陶瓷菸灰缸，底下則有幾張歪斜靠在旁邊的木頭椅子。而放眼望去就到底部的四面牆壁，全部都是與天花板齊高的書櫃，上頭有非常多，非常多，大概是保羅第一次看見如此紛雜、又那樣亂塞的各種書籍。

「兩位要詢問的是什麼？」班維爾夫人很舒適地坐在桌子後頭，點起了一根菸。

保羅很簡單扼要地提及了〈第五號房〉的調查，以及關於查詢標本的重複帳號。

「標本網站？標本……讓我想想！對了，這裡曾經有個名叫畢約克的中風病患，聽說他在未中風前，非常喜歡製作各種標本。當然，這些都只是聽他兒子說的而已；實際上在好幾年前，畢約克被送來療養院時，已經是個毫無行動能力，如同風中殘燭的半死之人。」

「那我們能與畢約克先生聊聊嗎？」

「畢約克早就不在這裡了，」夫人把夾在手指的菸拈熄，隨即傾身迅速地翻著桌旁的雜亂資料：「在一年多前吧，他的兒子就已經把他接了出去。」

「接他出去的原因是什麼？」

夫人聳了聳肩。

「他屬於直系親屬，所以我們沒有多問。很多人會突然在好幾年後，把送來這裡的家人接回去，大多是經濟的關係，付不出這裡的費用；像是前幾年發生的金融海嘯，這裡的病患就幾乎走了快三分之一。」

保羅點點頭，表示了解。的確，班維爾夫人說的沒錯，這等於是家務事，把親人送來這又接回去，院方確實沒有必要過問原因。他略轉頭看著正認真低頭作著筆記的溫蒂。

「那麼可以給我們畢約克先生詳細的資料嗎？」

「按照醫院規定，我們不能透露病患的資料，」夫人挑了挑眉，那張充滿皺紋的臉上帶了點嘲笑意味：「你們隸屬警方單位，對這方面的條例應該不陌生吧。」

「是這樣沒錯，但是因為這牽涉到極重大的案子，所以我們擁有關於這部分的全面搜索令。」

「噢，是這樣啊，」夫人露出無牙的嘴笑了起來，看起來似乎對此沒什麼太大堅持：「如果是這樣就另當別論了，我可以提供資料；畢約克先生啊，我看看關於他全部的資料在哪？」

保羅隨即發現，班維爾夫人只是裝模作樣地在找資料而已，實際上她似乎老早就已經把相關資料放在桌上那堆雜亂資料的中間。他早就撇到了上頭寫著畢約克的泛黃紙張，而夫人則作勢把它重複地拿起來又放下去，在經過數分鐘後，才假裝驚訝地表示終於找著了。

「在這！你看看我都老糊塗了，病人一代代來來去去，很多時候儘管資料都建檔儲存，但找出來還是要花些時間。」

保羅與溫蒂有默契地對視了一眼。他接過夫人遞過來的資料，順勢把整張資料瀏覽了一下。在資料上頭的監護人中，正正地簽上了「塔德」這個陌生的簽名。

「對了，療養院應該會依照病患的症狀，指派特定的看護照顧；那麼當時負責照顧畢約克的看護是誰？」保羅把視線從資料中往上移，回到夫人的臉上。

「我忘了。」夫人連想都不想，非常快速地回答。

「忘了？」保羅意味深長地笑了一下，舉起手上的資料：「檔案上有寫是一位名叫邁爾斯的看護，可以把他的資料也一起給我嗎？」

「連看護的資料也要？」夫人的臉色瞬間變得相當難看。她垮下了原本充滿善意的表情，沉默地又點起一根菸。

「如果我拒絕呢？」

「您要是拒絕，那真的很不好意思，我與這位溫蒂警官會馬上打電話請求支援，然後派出一整支警方菁英部隊，把這家療養院整個翻過來。」

夫人聽完保羅堅定的回答後，沒多表示意見，豬肝般難看的臉色也開始恢復平靜。她看似有點無奈地搖了搖頭，奮力地把只抽了幾口的菸按熄，從整堆的資料最底下直接抽出一張紙。

「邁爾斯的資料在這裡。」

「真的很謝謝您的配合。」保羅加重語氣地回答，接過資料。

那張薄薄地打上邁爾斯資料的紙張，看過去清空空的，上頭的字數異常的少。保羅很詳細地從上往下逐字看著資料，溫蒂把頭也湊了過去。

「資料上寫著這位邁爾斯看護，是在畢約克入院的第二天應徵進來這裡的？這時間也太靠近了吧！您不覺得奇怪嗎？」

夫人聳了聳肩：「沒什麼好奇怪的，我們當時缺乏照料中風病患的專業看護，剛好邁爾斯有這方面的經驗。」

「可是資料上寫明他在做看護前，是一個房屋仲介商？這樣就是您所謂的專業看護？」保羅刻意拖長問句的尾音。

「是這樣沒錯，」夫人飛快地用急迫的口吻解釋著：「但就在他任期的這段時間，照料畢約克可以說是無微不至，表現得非常出色。」

「資料上寫著他於去年的一月份離開這裡，」保羅把疊在底下的畢約克資料抽出來，兩份放在一起對比著：「所以說，邁爾斯與畢約克離開這裡的時間，幾乎一模一樣？」

夫人沒有回答，只是冷冷地用那雙混濁的雙眼，盯著對面的他。

保羅感覺疑點越來越多了。而眼前這個奇怪的老婦人，用著十分笨拙卻相當堅持的姿態，在盡力隱瞞著實情。

「好了，我們不想多打擾您了，真的非常謝謝您的配合。」

「不客氣。」班維爾夫人微顫顫地站起了身，臉色難看地回答。

「那我們自己出去就好，不勞駕您送我們出去了！」保羅在底下推了溫蒂一把，溫蒂慌張的站起身。

正當兩人轉身要走出去辦公室時，仍站在位置上的夫人突然喊住了他們。

「關於〈第五號房〉……兩位看過影片嗎？」

他們兩人停住腳步，回過頭來。「有，我們當然都有看過。」

「你們不覺得，」夫人的聲音突然提高，蒼白的臉色一瞬間激動地脹紅了起來：「不覺得那是屬於神秘的、無法用語言形容的神之作品嗎？難不成……難不成你們想要忤逆神，而破壞這世上唯一不可思議的絕美？」

保羅與溫蒂又相視了一眼，馬上懂了這個怪異的婦人，從他們的談話一開始到最後，始終都含糊不清的回答究竟為了什麼。

她或許不清楚這些與案件直接的關聯和答案，但卻與其他人皆相同醉心於〈第五號房〉，光聽見這個案子的名稱，便已在心裡產生強烈的敵意，以自己都不明白的方式獨自捍衛著。

班維爾夫人也是為〈第五號房〉喪失理智的其中一員。

「不打擾您了，再會。」保羅感到有些可悲，拉了溫蒂轉身走出。

保羅與溫蒂在獲得畢約克的資料後，馬上透過電話要求警局的同事協助，查出了登記在畢約克名下的所有財產與紀錄。當保羅聽見了位於南方郊區的地址，約略與溫蒂討論一下後，沒有多加考慮，直接把原本即將到達鎮中心的車子掉頭，往南方那片蓊鬱的森林開去。

這同時是兩人第一次前往南方郊區。

一路上兩人都沒有開口說話。保羅緊閉著嘴巴，眼神專注地盯著前方，雙手手掌則緊緊握著方向盤的兩端，維持平穩的速度前進。溫蒂的心臟跳動有些雜亂，隨著悶閉的車內氣氛，她感覺自己似乎無法控制胸腔進入氣體的速度，忽快忽慢的讓她幾乎感到有些暈眩。

她決定放棄控制自己的身體，把注意力轉移到窗外的景色。

車子一離開鎮中心往南方駛去，遠遠地便出現一座像是倒閉多時的荒廢溜冰場，與旁邊圓環狀的中央廣場。呈現兩個並列的大圓弧狀，展開在道路的前方。

隨著車速前進，離開中央廣場開進了一條筆直的街道。街道兩旁是普通的商店街，招牌皆泛黃老舊，前面的鐵捲門則一律緊緊掩閉著。由於街道的面積寬廣，再加上從未關上的車窗外，吹襲進四面八方的風，顯得更加冷清與蕭條。

隨著街道往前走去，兩旁的商店突然中斷，出現了一整排用古老紅磚打造的房子。房子建築相同破損老舊，牆上斑駁的漆露出底下灰黑的水泥。四周安靜得出奇，只有呼嘯在耳邊的風聲。

這裡像是毫無人煙的世界邊境。

溫蒂一邊左右張望，把眼前的景色與記憶中，與鎮上較偏僻的角落比對著。天色越來越暗了，溫蒂揉了揉眼睛，心裡的不安越來越強烈。

掠過一排房舍繼續往前，變成一條和緩往下降的坡道。兩旁縱貫的森林與旁邊底下往前流動的河川，正透出如秋日西曬般那樣紅得似火的痕跡，也如同正停格在火山爆發的一瞬間，那樣無法言喻，透澈的火紅。吸進的空氣粒子清澈分明，有重量地沉澱在肺部中。眺望著上方澄橘染紅的天空，感覺眼睛都要痛起來了。

當他們終於到達目的地，停車走下來，一踏進白色平房前面，那片被即將沒入的橘色夕陽，給染紅地準備步入黑夜的寬闊草原時，就明白終於找到了拍攝〈第五號房〉的場景位置。

而前方這棟孤立的白色平房，上方的屋簷，從濃厚的霧氣中延伸著奇異的蒼白感，如同一條長龍般的石灰岩房身，在有限的黯淡天色中，透出一股陰森且帶有奇異的莊嚴感。

兩人同時抬頭瞇著眼睛，凝視著這棟以壓倒性的姿態，孤寂豎立在此的建築物。他們各自輕輕調整自己的呼吸。

這裡與其說是獨棟別館，卻更像是印象裡，遙遠中古世紀的老舊房子。

不只是建築形式符合印象中的古典模樣，那股從建築物本身散發出來的嚴肅感，更發出類似暴力性質的強烈力道，感染著四周的空氣內容。這力道相當強勁，感覺建築物自己擁有生命般地選擇強悍挺立於此。

兩人有些膽怯地停在建築物的前方，非常仔細地往四周打量著。接著，保羅從車上取出了手電筒，兩人鼓起勇氣地放輕手腳，格外謹慎地進入空曠的平房內搜索。

轉開沒有上鎖的木門，平房內只呈現外觀那正方形，由厚實石灰岩牆所建起來的外觀。站在門口就能一眼望穿全部。空間裡已打碎掉應有的隔間牆壁，與所有其他家具全都被剝空了，只剩下這個空盪盪的殼子而已。

裡頭的空氣帶著濃厚霉味，還有淡淡的、沾了濕氣的石灰氣味。

四面的窗子上沒有任何玻璃，僅剩下破損、結了蜘蛛網的木頭窗框。外頭的月光與新鮮的空氣，像是從平房筆直水平線的外在流動過去。沒有什麼想往裡探頭進來，這裡也斷然拒絕了所有新鮮的任何東西進入。

兩人納悶地走出平房，又仔細地繞著平房周圍檢視。當他們終於發現後頭地窖的入口時，已經是晚上八點多的時間了。

兩人肩併著肩，一起站在一座不銹鋼鐵門的前頭。

「應該就是這裡了。」溫蒂伸手指了指鐵門，壓低聲音對保羅說。

不知道為什麼，當她一踏進影片中的草原，就有股無法言喻的熟悉混合著恐懼感，繁複地從心底深處源源不絕地湧出，在血液裡恣意流竄著。這種感覺非常奇怪，不是只有純粹的害怕而已，好像還參雜著一些連自己也感到陌生的情緒，比較靠近興奮，或者滿意的感覺，奇異地從恐懼的情緒中分歧出來。

溫蒂從沒有告訴保羅，也沒有告訴過任何人。

那在一遍遍觀看〈第五號房〉時的心情轉變，從抗拒，疑惑，逐漸轉變成欽佩甚至是迷戀……一開始，像勉強完成作業般地上去站台打開影片，內心便立即湧上一股煩躁與悲哀的沉重感；因此在看過兩三段影片後，就下定決心絕對不碰〈第五號房〉。

她把站台的網址從收藏中刪去，把相關報導從電腦裡剔除，在網路上保留的資料全都銷毀……然而，事情卻沒有想像中的簡單，因為她似乎已經無法不窺視所有的影片了。每當看見其他網站中，出現關於〈第五號房〉的名稱，便有一種類似飢渴的慾望，在心底逐漸腫脹擴大，而且擴大到無法用意志力克制的地步。

只要看見五號房的名稱，溫蒂就會感覺自己的舌頭開始發腫，最後被強烈但模糊的情緒給攪混到幾乎窒息。

影片似乎單獨地對著溫蒂，像是調整光線般地從微弱的光，一點一點地轉變，到綻放出眼睛目盲的燦光——不只是獨特的美感，還有像是細微到劇烈的地殼變動，震撼與平撫了她心中長久以來，喪失母愛的碩大缺口，還有填滿了長年對母親的不甘與疑惑。

溫蒂從未花心力分析自己複雜的感覺，她只是安靜地把這些變動封存起來，擱在潮濕的角落陰暗處，埋藏在她的心裡都不知道的地方。

「妳還好吧？」保羅皺著眉頭，看著她用顫抖的雙手握緊掏出來的槍。

「嗯。」溫蒂很勉強地點了點頭。其實全身的毛孔都因為興奮而大張開來，心臟感覺都要跳出胸口了。

保羅無聲地比出他先進去的手勢，接著做了幾個深呼吸，輕輕地踏出步伐靠近鐵門，才發現這門沒有完全關闔上，很剛好地留了一個狹小漆黑的縫隙。他狐疑地回頭看了溫蒂一眼，再好奇地往前把臉從縫隙處鑽進，看見門後方的下面，是一條往下延伸的狹長型階梯。

階梯在黑暗中，看起來非常長且沒有盡頭。透過縫隙射進去的纖細月光，正反射出一股詭譎的綠光。

保羅的心跳加速了起來。下方像是通往地底，那個不知名的幽冥世界。

他開始感覺不僅是那道微弱的光正對著他招手，連這座草原與平房，此時也在黑暗中恐怖地散發出希望他們進入的強大訊息。這種感覺很詭異，像一股強大的磁鐵吸力般，連風勢與空氣都朝向內流動地形成一股隱約的氣流漩渦。

他的眼睛盯著那在漆黑中發出的幽微的光，試著輕輕地圈起嘴巴，往下喊了一聲。

嘿！

陣陣的回音延伸進幽暗的樓梯，貫穿到最底部的空間，然後再緩緩地潰散消逝。這表示底下沒有被水泥封死；自己的聲音在底部流竄著，就可以明白裡頭還藏著一個極大的空間。

除了回音，他聽見了在這聲喊叫中，穿插進了一陣微小的音樂聲。很細小但卻清楚流暢的鋼琴聲，在剩餘的回音中來回點觸著；越來越明顯的跳躍音符，讓人聯想起電線杆上，在順序排列的電線中錯落停著的無數麻雀。

保羅伸手抹掉了額頭上滴下的汗水，全神貫注地側耳傾聽著。

他對音樂沒什麼概念，但是聽了幾秒之後，心裡很容易隨著音樂哼起來。

大概是以前為教廷譜曲的音樂大師們，他們發自內心為宗教的撼動力所做的樂曲。聽得出來歌曲中，以熟悉的聖歌當作基調，再搭配上流傳許多世代後，許多人對它的改編與些許編曲的不同，形成這樣美妙且易朗朗上口的旋律。

這首歌似乎被之後的世代大量移作各種用途。電影配樂、某個廣告或電台的開頭曲目、巡察城市中的遊行車音樂、大型百貨公司周年慶典的歡慶歌、電影後頭打上字幕伴隨離場所播放的歌曲。

保羅很仔細地聽了一會，感覺奇怪的是，一旦從遠方流進聽覺裡的曲子，又好像沒有記憶中那樣順暢。中間幾個高低音節僅錯落了半音，錯置的音符則巧妙地穿插在其中。

他把忽遠忽近的音符含在嘴巴裡，讓旋律在牙齒與舌間中上下起伏。

沒有多久，音樂從聽覺中慢慢飄遠，移除掉剛剛還響在耳際的小聲樂曲，僅剩下安靜得出奇的空間。很奇怪的是，一旦遠方的歌曲消失，剛剛還順口的旋律，瞬間便掉落了把它們組合在一起的力量，好像遺失了影子般地變得極為陌生；再拉長時間，曲子就徹底從印象裡革除。

保羅搖了搖頭，要自己回神過來，專心面對接下來要做的事情。他回頭對溫蒂招了招手，示意自己即將踏入這座階梯，到達底下的地窖。

隨著腳步往下走去，在眼前開展出越來越清晰的內部結構，正是目標中的〈**第五號房**〉。

剛剛在上方聽見的細微琴聲，似乎又從越來越靠近的腳步，同時於腦子的深層緩緩響起。雖記不起正確的音符位置，但是整首曲子所殘存的影子就在腦中立體浮現；如同音符錯落停止的麻雀群，在陰暗的地方焦躁地跳動著。

保羅醫生不斷地在心裡用各種方式讓自己集中精神，卻從未想過，到達地窖底下見到的場面，幾乎掩蓋過自己所有的記憶中，最驚悚也最詭譎的畫面：

傳說中的五號先生，把椅子靠在樓梯的正下方，雙手平放在雙腿上，很享受地聽著從地窖後頭流泄出的音樂。

他放鬆了臉部上的肌肉線條，甚至顯出一種饒有興味的表情，盯著保羅小心翼翼走下來的舉動；彷彿他早就明瞭車子從聖心療養院掉頭，開往南方郊區，到達上頭那片荒涼蒼翠的草原，以及過程中兩人所忍受的恐懼與害怕……

他像什麼都已預料到地輕輕抿著嘴，銳利的眼神則穿透過所有時光的切面，彷若在這之中，已經等待了太久、太久的時間。

跟在後頭的溫蒂，一見到此景，馬上本能反應出在警校反覆做過上千次的舉動，迅速向前逮捕了塔德。他完全沒有反抗，十分順從地伸出雙手讓她銬上手銬，壓著他上去地窖後，剩下保羅一個人獨自繼續搜索地窖。

他望著兩人一前一後上去的背影，吞了口口水回過身，視覺先是注意到了櫃子上方，那大小不一、數量驚人的標本。混濁的黃褐色液體，以及漂浮在中央各種死絕的動物屍體，在昏暗的光線下透出一股滲透人心底，那最恐懼底線的寒氣。

保羅撇開頭，忍住想要嘔吐的衝動，屏住呼吸；接著，他放輕腳步，謹慎地先環繞房間一圈，然後再慢慢地走到後方，側身輕巧地繞進了隔屏後頭。

一進入這個隔屏後面，好像踏入另一個不同的世界。

隔屏把後頭炙烈的強光全阻擋了起來。當保羅一踏入後，馬上警覺地閉上眼睛，痛苦地眨了好幾下眼睛。刺激的光線使淚水從眼眶泛了出來，連在閉緊的視覺暫留中，全都閃耀著放射狀般的綠黃色光芒。

幾秒鐘過去，保羅在恢復視力後，慢慢地往前靠近，卻倒吸了好大一口氣。

位在房間的正後方，從上頭的天花板中，往下吊垂著一個相當巨大、幾乎要刺痛人目光的發亮燈籠。等到走近後才終於看清楚那東西的面貌，它卻在剎那間，幾乎以蠻橫的絕大力氣，攪亂了保羅所有的感官。

這奇形怪狀的東西不只像個灼熱的燈籠，也像一個尚未破繭而出的大型蝶蛹。

那是用許多閃著光芒的線狀燈泡，如精心佈置一株大型的耶誕樹般，纏繞著一圈又一圈，密密麻麻的人型花燈屍體。已經面目模糊的漆黑臉孔上，底下大張的嘴巴則塞進了一個發亮的燈泡。

保羅醫生明白這案子的困難程度。

它不像一般心裡不正常的犯人，可以歸類到雙重人格或者邊緣化性格之類的範例。他研究過所有的影片，〈**第五號房**〉之所以難以歸類，就是在於塔德在囚禁柯薇亞的期間，創造了一個絕美的神話與幻象，他不僅說服了自己，也徹底說服了柯薇亞。甚至成功地說服了所有觀看的人。

透過溫蒂這幾個月來，每天過去監獄與塔德談話的錄音中得知，支撐這意境的緣由一開始，出自於急迫想掙脫對自我曖昧人生的束縛，由此延伸，他因此綁架了長久以來，寫了無數封匿名信破壞家庭的柯薇亞。

柯薇亞寫給塔德的母親蘿妮的匿名信，把自己營造成一位神秘人士，一個長久以來異常關心蘿妮的外遇對象，使得塔德的父母親婚姻破裂，讓塔德終生懷恨，才會有這一連串後面〈第五號房〉的發展。

透過彌補喪失母愛的心情，塔德綁架了柯薇亞，企圖將未實現的遺憾結合長久以來的願望，從而編造了囚禁一個女人的理由；再依照自己的需求於這段期間，恣意地轉換身分與角色：大多時候是一個需要母愛的兒子；但是在其他時間，則顯露出原本控制慾的本性，還有古怪執拗地，追求絕世唯美標本的變態心情（這部分似乎遺傳自他那也愛收集標本的父親畢約克），拍攝出一系列轟動社會的影片。

但是真正棘手的不是這個。

保羅醫生吃力地闔上檔案，閉上眼睛把身體癱在椅子上，再非常痛苦地搔著腦袋上，已經逐漸稀疏的頭髮。

仔細研究過〈第五號房〉的所有影片，就會明白整個案子有病的不只是塔德，柯薇亞也有病。從調查過她的身世背景（幾乎一輩子都維持自己一人獨居），再從影片裡頭細微的互動看來，柯薇亞戲劇化的人格非常嚴重，孤獨排他的性格，讓她可以輕易地與現實脫離，失去面對真實世界的能力，長時間只活在自己的幻夢裡。

那麼然後呢？

保羅覺得最艱困的是，柯薇亞在被囚禁的這段時間，應該已經把塔德當成了她真正的兒子，甚至在某方面來說，兩人程度一樣地依照自己的需求：柯薇亞也如塔德相同，在內心對他有著分裂的兒子與情人的身分變換；所以，不論之後塔德要求她做什麼，她理所當然地不會拒絕。

如今要找到失蹤的柯薇亞，希望相當渺茫。

而那具恐怖、如蝶蛹般的發亮屍體，後來經過精密的ＤＮＡ檢測後，證實是在塔德就職的公司裡，擔任人事室主任艾莉絲的屍體。

第10章

當最高法院宣判了關於塔德，也就是知名五號先生的判決時，所有的媒體爭相報導著這前所未有的決議：

即刻處以終極極刑：全權交由路得島典獄長樂迪歐自行決定方式。

從未有過相關的案例與判決。

當媒體一字不露地在頭條新聞公開這項決議時，實體的小鎮與虛擬的網路，兩邊世界似乎從天而降一枚威力強大的炸彈，把整個地表與眼睛所見的一切，皆銷毀般地翻攪過來，各自以不同的方式爆發出恐怖的爭議。

每台名稱不同的電視頭條新聞，每種隸屬不同單位的報紙頭條版面，全都是關於〈第五號房〉的判決，以及所有相關報導。

由於政府與警方單位絕口不提判決之外的所有問題，連一向與記者媒體交好的警政署發言人，表情凝重地出現在記者會上時，也反常地在蜂湧而上的麥克風前閉緊嘴巴，不耐地搖頭表示就到此為止，除了這個已確定的公開判決之外，再多的很抱歉，我們全都無法透露。

記者與媒體們發出抗議的怒吼，寬廣的會場頓時塞滿了巨大的噪音。發言人仍不動聲色，只是不斷地對著鏡頭鞠躬，並且攤開雙手表示無可奉告。

於是，開始有些報紙編輯還有網路新聞，便自己擅作主張，模擬出一切相關的經過與資料：

「他一個人單槍匹馬地與十名警員搏鬥、警方單位衝破拍攝第五號房的場景時，五號先生正用勾子把自己倒吊在房間中央。

〈第五號房〉在被警方攻破前，早已經被一把莫名的森林大火給燒光殆盡！

證實了五號房女主角柯薇亞的身分，她現在正被安置在一個極為神秘的地方。

就在警方破門而入的前幾小時中，五號先生已翻找出所有影片，正企圖把所有的片子燒毀。

難道沒有人知道嗎？〈第五號房〉其實不存在，一切影片中的內容與場景，都是由最頂尖的高科技動畫製作而成！

五號先生塔德的真實身分，其實是多年前震驚鄰鎮的連續殺人魔……」

由於真實的過程沒有人知道，所以許多怪誕不實且荒謬異常的傳聞，在眾多的媒體與網路中迅速擴張開來；程度非常誇張，在這個小鎮上的鎮民，不管關不關心〈第五號房〉的發展與演變，幾乎都感覺到他們早晨從床上睜開眼睛，拉開窗簾打開窗戶，從外頭吹進的沁涼微風中，都飽含著一種讓人不安的氣息。

這陌生的氣息讓人惶恐，讓人感到無法適應；他們心裡恐懼地想，這裡已經被改變了，已經不是我們久居的家園小鎮：

不只環繞於鎮中心的繁榮景色已風雲變色，謠言四起，連距離鎮中心位置遙遠的地帶，無數錯綜複雜的街道與籬笆，跨越過數不清的河流與教堂；走出中央廣場，離開高大壯麗的建築物後，長長寬闊的公路與道路，旁邊偶有一些籬笆與柵欄，在裡頭咬著稻麥飼料的牲畜發出低鳴，皆曾經從中撐開與延伸生活於其中的寬度，溫暖的色調，與紛雜喧囂的街道車聲融匯在一起。

屋頂上方的煙囪，在傍晚會流洩出與夕暮不同顏色的濃煙；而乾燥經過一天日曬的草地氣味，則被夜色來臨時的霧氣給弄得潮濕，吸進的空氣則混合著泥土與弄熱的食物香氣……

然而，現在望過去，這些曾經熟悉且溫暖的景色，已經被一大片混濁的烏雲給遮蔽了起來。

空氣中，清空空的只剩下怪異的耳語與喧囂的爭執，看不見任何帶有善意的事物；或許連熟悉的味道與觸感，這樣簡單的感受都已經喪失在其中。

就在密切關心案情後續發展時，最讓保羅吃驚的是，居然有網站在〈第五號房〉資料的最後結尾處，寫上了他們獨家持有剩餘未公開的〈第五號房〉影片，現在正秘密進行剪接與作最後處理，預備高價地在黑市與國外秘密兜售。

甚至，現在有意願購買者，還可以搶先以八折的優惠價錢預訂。

這是什麼奇怪的世界？

他很震驚這些報紙與網站，自己獨自發展出來的想像能力，並且在心裡感到相當反感。難道大家的良心與道德感都被泯滅了嗎？沒有人站在正確的地方，沒有人安靜下來仔細思考，這些傳聞對大家的影響；當然，也從沒有人跳出來指責說，所有我們看見的一切扭曲影像，都是違背這世界的正常運轉，是不應該存在的。

每個人都有自主權沒有錯，保羅憤怒地闔上報紙，用力關閉網路，拔掉電腦的插頭；但是一個變態綁架與殺人犯，根本不值得得到如此多的注視，這只會讓整個社會往更敗德的地方行去。保羅企圖讓自己從憤怒中平靜下來，離開書房，踱步到客廳玄關前頭，注視著那扇透明光潔的落地窗，把視線無意識地投射到大樓底下川流過去的車輛。

不管如何，現在終於進入整個事件的尾聲了。

於是，就在〈第五號房〉火熱延燒了將近幾個星期後，逐漸開始有許多鎮民，分別從不同的管道，向政府表達強烈的希望：請求趕緊結束這一切，期盼已公佈的判決，於近日內馬上執行。

終極極刑執行的那天早晨，保羅套著灰色的雪地大衣，站在路得島碉堡監獄外圍的樹林前方，無聲地仰望著天空。

這是一個灰暗陰霾、有點過於寒冷的早晨。短暫下大雪的日子已經結束，厚厚堆積在天空上方的雲，正孕育著下雨的預感。他一個人站在潮濕的土地上，看著旁邊河裡急速的水流。

河流在冬季時常會產生的混濁顏色已經消失，淺褐色帶有透明感的河水透出底下的圓形石頭；河的兩旁與前方，是一片聳高茂密的樹林，正被忽大忽小的季風，給描繪出韻律感十足的線條。

他看見幾隻顏色鮮豔的鳥，鳴喊著尖銳的叫聲，從樹叢中央一起飛出；牠們以一種彷彿要畫破天際雲端的姿態，往那更遙遠的山丘頂端飛去，然後消失蹤影。

保羅不知道自己站在那裡多久。天空開始顯露出散去陰霾的明朗。雖然沒有風，但是空氣仍是冷冷的，呼吸進來簡直就要刺穿肺部那樣的寒冷。

他把外套拉到鼻子下方，默默地吐著白色的霧氣。成群的小鳥筆直地從前端樹梢飛到天際邊，然後又迅速地飛走消失。上方傳來了類似大型噴射機般隱約的轟隆引擎聲，但是抬頭望去卻什麼也沒看見。

這是路得島碉堡監獄創建許多年以後，第二次使用位於那片樹林盡頭，另一棟相同用白灰色石灰岩所打造的碉堡。總共十層樓高，面積相同廣闊的空間，原本政府打算用來囚禁因各種精神疾病、而犯下嚴重刑案的囚犯。

裡面的設備與裝潢，則與前方外觀相同的監獄全然不同。

為了必須顧及所謂的人道與權利，政府單位表現得誠意十足：聘請十位專業心理醫生，以及二十位護士輪流守候、用雪白軟墊舖滿猶如一個個大海綿的夢幻房間、設備豪華附設立體音響的影片室、擁有超大液晶螢幕電視的交誼廳、充足且先進的醫療系統檢驗室、還有各種如頂級養老院設備的各種建設。

一開始，被法院宣告以精神異常結案的律師與家屬們，在囚犯被送來的一個星期後，從遠方跋山涉水地來到此地探望，皆會先被這些奢華的設備給哄得心滿意足，大大地稱讚政府確實有重視精神異常，無法與其他殘暴囚犯相提並論的邊緣犯人；但是，等到真正能夠見到被關在此地的親人時，他們才會發現以為逃過一劫的親人們：有的當然是真的精神有病，有的則是費盡心思地裝瘋賣傻，更多的則是靠花大錢請來的頂級辯護律師，在結案前那最重要時刻的出色表現……

不管造成來到此處的原因為何，都在被囚禁於此的短短幾個星期中，成為連一句話都說不清楚，滿臉都是口水與鼻涕，真正徹底的精神病患。

「怎麼會變成這樣？」

家屬們相當震驚。看著緩慢踏入會客室，正被兩名高大的男護士所架著的親人，正胡亂地撕扯著上方露出半邊青黃不一的頭皮，僅剩下幾撮稀疏的頭髮，以及音量忽大忽小，獨自咀嚼著潰不成句的古怪語言。眼前的親人，已經完全喪失了「人」的模樣；原本熟悉的外貌與動作，皆變形成讓人恐懼與心碎的怪異生物。

家屬們有的面對此景，被驚嚇地尖叫出聲。有的則是馬上掉下眼淚；更多人則是開始憤怒地詛咒所有他現在腦中出現的事物。不管他們的反應是如何不同，但是都會有唯一的共通點：就是無法說出那句，此時此刻在心裡大聲喧囂的：

我兒子本來被關進來前，是這麼一個好好的，正常的人……

「怎麼了嗎？貴公子被最高法院判定為精神異常，所以才會送來此處的不是嗎。」穿著雪白色的長袍，雙手環抱著一本資料的醫生，正挺直地站在會客室的角落。他非常慎重且嚴肅地等候家屬崩潰的反應，稍微平靜下來之後，便主動開口說出這句話。

「但是……但是……」

「不好意思，請問您的疑問是什麼？」醫生推了推金邊眼鏡，維持謹慎與禮貌的態度，微彎著腰等著家屬的問題。

「但是……是這樣沒錯，但是他們的情況，情況是不是比進來前更加嚴重了……」這種時候，家屬們只能怯弱且無力地，提出這個最後的抗議。

「噢，讓我看看，」此時，醫生馬上移動腳步，靠近哭泣的家屬，再敏捷地翻開手中那本厚重的資料本：

「當初貴公子因嚴重的精神疾病，而連續砍殺與強姦了五個女人，把兩個男人的眼珠挖出來；對了，還有把鎮上邊界唯一的教堂燒得精光，」說到這裡，醫生刷地一聲用力闔上本子，用著無比肯定且宏亮誠懇的聲音說：

「請您一定要相信我的專業判斷，貴公子現在的狀況，真的比之前好上太多、太多了！」

這是政府刑事單位當初一致通過表決，決定秘密地給所謂精神異常囚犯的家屬與律師們，一個最頂級與昂貴的大玩笑。喔，當然，他們通常不以玩笑來稱呼此事，而是覺得用禮物這個詞更為恰當。

當最高法院不知不覺地增加以精神異常，作為最後結案的判決時，他們對這些案件充滿莫大的質疑，與頭痛無法歸類到正常監獄的囚犯人數越來越多。「精神異常」，在他們眼中，是一個極含糊且曖昧的判決，等於是不管罪犯曾經幹下多少壞事，只要被庇護在這個判決底下，他們就可以輕易地擺脫死刑與監禁的責任。

然而，最令他們苦惱的，則是判決精神異常之後，所要面對的社會輿論與受害者家屬的批判。這些如同洶湧狂暴的海浪輿論，方式不同地朝著中央政府猛烈地推擠過來，第一個會被直接一箭穿心的，絕對就是隸屬於刑事單位，以及相關監獄的高層管理者的他們。

於是他們在某天特地為了此事聚集在一起，開了個史上時間最冗長的會議，而在全體陷入一片沉默，痛苦地想著解決方式時，其中一位主管主動打破沉默，站起來說了這樣一句話：

「如果我們來秘密策畫……你們覺得如何？反正那些罪犯的家屬與殺千刀的律師們，應該沒有人敢說出『自己的兒子或是當事人，本來是一個正常人』這樣大膽的話吧！但如果真的精神有病的也沒差，因為他們本來就是瘋了的啊！」

於是，這間位於路得島碉堡監獄的樹林盡頭，極盡奢華的精神病患碉堡隨即開始動工；至於藏匿在裡頭的「大禮」，則請了當時在醫學界中，最具權威的精神科醫生一手包辦。這位醫生聽見聘請他過去的真正原由後，先非常同意地點頭答應，然後，說出了他們事後彼此流傳許久，相當有意思的一句經典：

「其實你們都不知道，要把精神病患完全醫治好，幾乎不可能；但是相反的，要把一個正常人弄瘋，則是超乎想像的簡單。」

所有關於開始建立這聲名遠播的昂貴碉堡，與最後決然地在四邊周圍，強硬地拉上粗大的鐵鍊，全面封閉於樹林中從此棄置不用，所花的時間沒有超過兩年整。

儘管砸下大錢設計與裝潢的碉堡，被遺棄了實在非常可惜，但是那換來的巨大收穫是：律師界全面決然地更動辯論政策；最高法院則大大減低了以精神異常結案的比例。

至於其中還是偶爾會出現一兩個，真的只能以精神異常結案的案子，那些家屬們無不在轉身走出法院後，瘋狂急迫地四處奔走遊說，卑微地與各式人馬拉攏關係，為的就是要讓那犯罪的親人，在家屬們無法親眼目睹的幾個星期後，能被正確無誤地送進路得島前頭的碉堡監獄，而絕不是樹林裡，會使人精神徹底崩毀，退化成恐怖生物的那座。

保羅看了看手腕上的錶，距離實行塔德的終極極刑時間，大約還有三十五分鐘。他默默地輪流晃了晃有點僵硬的雙腳，邁開步伐走進茂密的樹林中。

他先讓自己的視覺，牢牢盯著微凸起的山丘上，那棟已被遺棄侵蝕到發黑的碉堡，底下的雙腳則自動跟著視線。保羅邊起伏著胸腔吐著白氣，邊低頭確認自己的步伐。當他走了一段時間，喘著氣抬起頭，再次重新對眼前的風景聚焦時，發現自己已進入濃密樹林的正中央。

被扯斷的鐵鍊入口處，旁邊有個污濁的看不見底的淺池。池子中央豎立了一枝從中間折斷的枯死樹根。樹根的顏色讓他聯想起某種已死去多時的動物屍骸。

保羅在入口處停了下來，抬頭看看被樹蔭所掩蓋的陰霾天空，那昏暗的色調依舊，但是四周的天色似乎更黯淡了一些。

保羅在進入樹林不久後便發覺，好像隨著腳步往碉堡靠近，天色便跟隨著他的向前，迅速地往更濃稠的黑色移動過去；似乎旁邊有佈景人員在控制微調著光源般地，一吋一吋讓四周緩慢黯淡下來。正當他踏上鋪往碉堡門口的鵝卵石徑上，聽覺中佈上了像在空氣中盤旋不去的風的聲音，但是身體卻沒有感受到任何風的痕跡，越往前進入，那聲音則越來越響。

保羅下意識地伸手捂住兩邊的耳朵，加快腳步。

此時，全然敞開的碉堡大門，從外面望進去的第一眼，會錯覺地以為看見了一條白燦的銀河；在門口邊筆直地順延燃燒下去，一直引導通往最底部電梯門口的，是工整放置在地板上，一盞接著一盞，炙烈地閃爍火光的白色蠟燭。

那些光點像是孤獨被流放在黑洞中的星點，閃著一股既哀傷又無法言喻的鬼魅之氣。

「你怎麼那麼晚來？不是跟你說要提早一小時？」電梯門打開後，樂迪歐正站在電梯門口，焦躁地跺著腳。

「我剛在處理一些私事，」保羅一邊隨口說著謊話，一邊避過樂迪歐的眼神，迅速地往內走去：「你都準備好了嗎？」他把脫下的大衣隨手掛在椅子上。

「當然。先是恭迎所有中央政府的高層長官們駕到，然後再過十分鐘，輪到所有記者與媒體們的入場；接下來，則是全體獄警們的最後出動。」樂迪歐站到保羅的旁邊，一改抱怨的口氣提高音量，用手肘推了推保羅：「怎麼樣？白蠟燭這點子還不錯吧？」

「效果真的很不錯，既像悲傷哀悼又像歡樂慶祝他的死，嘖嘖，看不出你那麼有心！」保羅諷刺地說。

「這不就等於一起順利達成兩種人的期待：希望五號先生死與活的相反兩類人……」樂迪歐不理會保羅的諷刺，仍保持愉快高昂的語調：「前所未有的終極極刑，當然要搭配一樣出色的佈置設計！」

「隨你怎麼說。」保羅聳聳肩，移動腳步使自己更靠近前方的透明玻璃。

當最高法院決議了塔德的終極判決，在第一時間打電話告知樂迪歐擁有此無上權力時，他馬上丟下手邊原本已絞盡腦汁一個多月，還未完成的風景拼圖，興奮地從地板上躍起，坐到書桌前面攤開白紙，仔細寫下一個個他曾經認真地幻想過，對這讓人極度厭惡的大變態，可以有什麼樣最極致的殘酷下場：

當眾被我活活地痛毆致死。（不行，我的手會沾上他噁心的血，就跟那天痛揍他一樣，害我連續洗了好幾十次的手！）

送他上另個琥珀島監獄的恐怖電椅。（聽說那裡最新引進的新式電椅，威力強大到幾乎可以活生生地烤乾一個人呢！但是……不在自己的地盤舉行，似乎少了點痛快感。）剝光衣服，用鐵鍊狠狠鞭打後，再吊架在碉堡外上三天三夜。（不對不對！這方式有點雷同一個殉道者的死法。）浸在汽油桶內兩個小時，直接在草原上焚燒。（火燒致死的痛苦據說非常巨大。但是缺點就是整個過程不用幾分鐘，還沒享受到他掙扎的痛楚，一切就落幕了。）載運回鎮上，在中央廣場上，用鋒利的刀先削刮下他的所有五官，再一片片地割下他全身上下的肉……（天啊！這絕對會引起恐怖的暴動，簡直是公開跟崇拜他的人挑釁！）

這些點子似乎一點創意與詩意都沒有，僅有充滿憤恨的復仇與懲罰，以及既貧乏又無聊的肉體殘虐。樂迪歐抓了抓腦袋，煩躁地把手上的筆往桌前摔去。鉛筆砸到金屬窗沿，清脆地斷成了兩截。

他嘆了一口氣，從桌上抓起鉛筆的殘骸丟進垃圾桶，然後站起來，踱步到後方地板上，那還缺了個洞的拼圖上方。現在，滿腦子都充斥著極普通平凡，無比厭煩的血肉糢糊……這真讓人感到反胃，簡直就是對著全世界公開，我這個路得島碉堡監獄的典獄長，是個為殘暴而殘暴、為虐待而虐待的恐怖惡魔……不只如此，還是個他媽的，毫無任何想像力的人。

「的確，」樂迪歐低頭自說自話了起來：「這些都不應該是這位鼎鼎大名的五號先生，網友稱呼為世紀末最才華洋溢的導演，所應該有的無趣下場。」

於是他無意識地低頭發呆，晃散的眼神盯著缺洞的拼圖，隨即沒有多做考慮地把腳踏出，在上面猛力地踩了又踩。等到終於發洩過激烈湧出的憤怒情緒後，他喘了幾口氣，再呆滯地離開破碎的拼圖，站到最後方的書櫃前。

就在與他眼睛高度平行的櫃子上，放了一張用精緻的金屬相框框起，由近距離捕捉一個微笑女人的肖像照片。那是樂迪歐的母親，他這輩子最愛的女人；於是他無意識依照平常習慣，伸手提起照片往上頭用力親了一下，然後放回去的同時，心中湧出〈第五號房〉影片的片段，胃部隨著腦中的記憶，感到一陣陣作嘔的絞痛感。

第五號房。南方郊區的獨立平房。隱藏門後的地下室。眾多蒼白的動物與昆蟲標本。長時間的綁架與囚禁。

樂迪歐閉上眼睛仔細回憶整個案子。

如果，把他相同關在囚禁柯薇亞的密閉空間中，然後，再一點一點地抽光裡頭的空氣，直到窒息……他靈機一動，馬上又坐回桌子前，抽出另一支筆，迅速地在白紙上寫著。

密閉空間……這個窒息與封存的字眼，似乎瞬間讓樂迪歐的腦子，主動從這座碉堡，迅速地往後延伸到那棟廢置許久，早已黯淡地隱沒在樹林中的碉堡。

他很認真的回想起在很多年前，因為已經沒有任何囚犯會被送進至此，因此中央政府下令關閉碉堡。關閉碉堡的一開始，很多奇怪傳聞便在四處紛亂地散佈，以各種古怪荒誕的故事情節，來繪聲繪影地描述裡頭曾經發生的事。直到碉堡封閉了幾個月後，一組詭異的照片，在政府單位毫無預警下，赤裸裸地空降與公開在網路上：

十張清晰且近距離拍攝的照片，正血淋淋地紀錄著所有被折磨成徹底瘋子的囚犯，所有奇形怪狀，噁心異常的模樣；從影像中散發出讓所有觀者，感到極為恐懼的震撼感。

沒有人知道照片的由來為何，政府也查不出來源。在當時，這照片的確掀起了鎮上劇烈的爭議與恐慌；但是這個風波出乎意料地沒有維持多久，很快地就自動平息了。原因沒有別的，因為不管如何，照片裡所有變形囚犯的資料，都曾經白紙黑字地清楚寫上精神異常；既然精神都已經異常，那麼在潰散壞毀的意志中，逐漸喪失「人」的模樣，也是不必大驚小怪，早可以預料的事。

就在政府經過不同管道強制壓抑下輿論，以及家屬們心虛的主動平息後，沒有人再談論此事，也沒有人繼續探究真正的真相。嚴密用鐵鍊於四周封鎖起來的陰森碉堡，一個可以把人，變形與扭曲成某種生物的恐怖刑房，最後留下了一個個的未被解開的疑惑，還有各種悲痛與恐懼的心情在內。

樂迪歐回憶後方碉堡的短暫歷史，心裡漸漸堅定了聲名大噪的五號先生終極極刑，一定要在符合他這個不能稱呼為人，已經是隻怪物的恐怖碉堡中舉行。

十分鐘過去後，在大批警官的護送下，一群穿著樣式相同的黑色西裝、表情漠然的中央政府官員，一一從電梯中走出來，就坐入替他們保留的最佳觀賞區中；接著，是扛著大批器材的媒體與記者，原本紛雜地在底下大門口發出喧囂的嘻鬧聲，電梯一開啟後，他們正面向著集體向此處投射目光嚴峻的政府官員，便立即安靜下來，迅速在四周角落搭建自己的攝影器材。

會場一片安靜無聲，僅有晃動身影夾雜著金屬工具碰撞的聲響，雜亂地穿梭在沉默的空間中。

保羅仍站在透明玻璃前，安靜地凝視著周遭所有的變化。

當樂迪歐興奮地跟他說明自己對極刑的計畫後，保羅曾經苦苦哀求過他，可否再延長行刑的時間，說不定就能找出柯薇亞的下落。

對付這樣擁有古怪強大的力量，足以控制與變化自己意志的精神病患，需要的就只有耐性。

只要有足夠的耐性與時間，或許能有計畫地先擄獲他的信任，再慢慢詢問關於〈第五號房〉的所有過程，而往結局一步步邁進的時光隙縫中，迄今仍生死不明的柯薇亞，就一定會微弱地從曲折的中間，顯現出來。

「我們已經等太久了，不能再拖下去了！好不容易找到艾莉絲的屍體可以將他定罪，柯薇亞的下落就變得一點都不重要了！」樂迪歐冷冷地回絕了他的要求。

「柯薇亞不重要？你現在說的不是一個冰冷的物品，是一條人命，活生生的人命啊。」保羅不放棄地遊說。

「停，這話題我不想再討論。上頭已經要求終極極刑即刻舉行，我只是奉命行事！」

「但是……」正當保羅還想繼續說，樂迪歐已經冷漠地擺擺手，隨即撇開頭，離開房間。

「去你媽的渾蛋！」保羅望著他遠去的背影，咬牙切齒地在嘴裡罵了這句髒話。

雖然兩人相識許久，保羅早已習慣樂迪歐那天生殘暴不仁、毫無同理心的性格，但是此時此刻，自己卻被這早料到的結果給弄得異常憤怒。

好幾年前從國外留學回來的樂迪歐，先被指派到政府刑事單位的基層；但就是因為他擁有一套自己的行事哲學，長期對上面的指令皆能迅速地遵行與達成，達成的方式又漂亮得讓人佩服，於是在短短幾年的時間裡，職位迅速往上躍升，最後成為路得島碉堡監獄有史以來，最年輕的典獄長。

除此之外，樂迪歐對他人毫無情感的特質，所作所為只考慮最後能否得到最大的益處：從開放監獄圖書館的藏書種類，到後來引進電腦網路的這些做法，雖然剛開始受到一些上司的質疑，但是沒有多久，碉堡監獄出類拔萃的績效，供給中央與鎮上出乎預期的大量木材原料，足以提升與豐厚兩個地方的財力，使得他的做法獲得一致的好評。

不管如何，仍改變不了樂迪歐冷血的性格，保羅心裡想。

從小到大的生活太過優渥，以至於對於他人的任何情緒毫無理解能力；在樂迪歐的觀念裡，只要能達到目的，踐踏與犧牲別人絕對是一件正確的事。保羅感覺有點心痛，優渥且充滿關愛的家庭背景，有時候對某些人來說，過多的愛其實是種隱形的暴力，會讓你慣性放大發生在自己身上的事，而逐漸喪失體會他人痛苦的能力。

溫柔的寵愛始終都與殘暴並存。兩者相依互存，彼此消長。

但是保羅捫心自問，自己是真的在乎柯薇亞的下落嗎？真的在乎這條陌生的生命嗎？想到這裡，他感到心虛了，獨自懷想著紛亂心事的他，臉頰漲紅了起來。其實沒有，他根本不認識柯薇亞，如此在乎只因為這個獨一無二的精神異常案件，如何處置柯薇亞的下場，在這個奇特的精神學理研究上，擁有突破性的重大關鍵。

只要能得知塔德最後的手段，便可以衝破此心理研究範疇，達到更深層的心理學境界；甚至，他的私心還曾經讓他幻想過，可以把研究〈第五號房〉的心理過程詳細紀錄下來，參加屬於高層心理學者的論文比賽，依照五號先生所掀起的各種社會風潮，絕對能獲得心理學界中極大的殊榮。

那麼，這樣的我與殘暴的樂迪歐，又有什麼分別？

保羅為自己的想法感到可悲。就在腦中充滿各種想法的這段時間中，實行終極極刑的程序已全然準備完畢，現在，只剩下最後的執行了。

這是在碉堡中的第三層樓，也就是最開始預備給精神病的囚犯們，所建立的大型高級視聽中心。挑高兩層樓的碩大空間，上面全用透明玻璃打造成圓形環狀的設備，除了角落是一間隱密的影片播放室，其他所有貼近玻璃的位置，原本是要讓心理醫生由上往下觀察底下的囚犯反應，所建立的特製座位。

「咦，溫蒂呢？她在哪裡？」保羅發現全部座位已經坐滿了人，便迅速用眼神巡視著眾人的臉孔，並沒有發現溫蒂的蹤影。

他在行刑的前天傍晚，有特地打電話給她；他想以她這陣子與塔德建立起來的友好關係，她應該會想要在場觀看結局。但是撥去的電話無人回應。他從傍晚間歇地打著電話直到深夜，隔天再打，都是無人回應的狀態。

不管了，保羅放棄地想，或許溫蒂在刻意逃避吧。這極刑的消息眾所皆知，如果她希望到場，應該會在最後的時間內出現。

現在，所有人都已經就位，迎接最後的關鍵：出動監獄裡所有的獄警，身上武裝戒備齊全地押送前方監獄中的所有囚犯，一一前往此座樹林中的碉堡。

當全部約有五千多名的囚犯，身穿統一繡有個別號碼的淺藍色囚裝，從大門口慢慢一個接一個地進入底下的圓形廣場時，所有玻璃後座的貴賓們，皆不由自主地從位置中站起來，目瞪口呆地往前靠攏。

這實在太驚人了！他們心裡想。

這身淺藍色的囚裝在印象中是如此暴烈與不受控制，這樣的聯想也穿透過服裝的本質，直接到達各種污穢下流、血跡斑斑、與支離破碎的命案畫面；但是此時，底下這些剃光頭髮，渾身充滿著張牙舞爪的刺青，臉上還凝結著明顯殘暴痕跡的囚犯，卻如同受到催眠般地溫馴，一個挨著一個，並肩重疊地靠攏站在廣場中央。

底下寬敞的圓形廣場，現在望過去成為一片極度擁擠，卻沉默異常的淡藍色海域。

〈第五號房〉的終極極刑開始。

原本光亮的空間黯淡了下來。安排在影片室裡的工作人員開始奮力運轉，往包圍在下方廣場四周的環狀大型螢幕上，放映出第一個大得如同龐然雕像般的畫面：

一個特寫女人臉部五官的鏡頭，開始漸漸拉開，顯露出女人套著透明白紗的全身。

「來，媽咪，把右手舉到頭部後方……」低沉的聲音從影片中清晰傳出。

「對，再往右邊一點。」

畫面中的女人站在房間的中央，把脖子的關節轉到極限，臉朝右後方望；而舉高的右手微微顫抖，左邊的手則插在腰際上。這姿態像是由明星為主題拍攝的寫真動作。

「不可以動，連發抖都不行喔。」

畫面閃出幾道白亮的閃光。

「來，換第二個姿勢。」

女人鬆懈下雙手，接著坐到地板上，然後把雙腳重疊彎曲在身體後方，腰部則扭曲到最大的弧度極限，讓撐在地面的雙手，使上半身挺直地面對鏡頭。

女人微笑的優雅表情始終如一，但是盡力在鏡頭前，擺出各種充滿肌肉線條的力道之美的她，身體已受不了維持各式極致的扭曲動作；雙臂與雙腳的肌膚表面，不時地泛出了明顯的雞皮疙瘩。再仔細觀察女人，她全身關節在不同的時間點中，已經間歇地開始發出劇烈的顫抖。

下一個動作，依照鏡頭外低沉的聲音指示，要她俯臥在閃著光澤的木質地板上，想像自己在水底裡般地作出如蝶式的姿態。

女人訓練有素地馬上擺出標準的姿勢。

但是僅過了十秒鐘，她的肌肉開始細微地發出陣陣顫抖，大顆如米粒般透明的汗水，迅速滲透出起了雞皮疙瘩的皮膚表層，濕淋淋地往下彎曲流淌著。這放大的畫面如同眾多分支的細小水流，覆蓋與蔓延於膚色的岩壁上。

不管是誰，看到這裡都明白，女人已超越自己身體所能負荷的極限，卻不顧一切地正極力勉強著自己維持，持續變換各種結合力與美的飽和姿態。

保羅一看到影片的開始，腹部馬上發出微微的疼痛，嘴裡的味道苦澀不堪，好像吞下了什麼壞掉的東西，灼燒的噁心感由咽喉底下的地方不斷湧出。心跳沒有先前那麼急促，但是呼吸則變得非常不順暢；肺部在此時無法發揮功能似的，從別的地方洩出了裡頭的氧氣。

心裡的不安與恐懼感，隨著身體反應出的不適，拉升與沸騰到最高點。

這是〈第五號房〉影片中的〈拍照〉。

而就心理學的研究角度來觀看此片，這片無疑是所有影片中最讓人感到莫名害怕，且整片皆蘊含著無聲的暴力，還有隱藏了最大量的性曖昧在內。

暴力與性，在心理層面上，是彼此緊緊相繫在一起的。

這片最成功也最讓人最恐懼的地方，在於影片裡的柯薇亞，不知什麼原因地，異常極盡所能地勉強自己，做出一連串違反人體姿態的動作；而在那些如時光靜止的僵持時間中，她可以逼迫自己用所有的意志力達成，卻無法控制已經疲乏竭盡的肌肉與關節。

在一個個放大特寫的鏡頭中，她的身體、肌肉、關節、與皮膚細節，被精確的鏡頭一一仔細分開拆解，成為一幕幕穿梭在極端粗野的暴力，卻又融合了反差極大的抽象細緻美感之中。

保羅完全明白，這些畫面會使不管觀者是什麼樣的人，擁有什麼樣的背景與特質，皆會不由自主地從心底深處，瘋狂噴發出無法克制的恐懼，混合著極大的心驚膽跳；以及從自己都不知道的地方，散發出隱隱約約，無法言喻的恐怖性的衝動本能。

正當他恐懼地思考著這些問題時，便聽見圍繞在旁邊的政府官員與媒體記者，沒有人出聲，在靜謐的空間中，細微地發出一連串生硬的吞口水聲。

蒼白的膚色畫面，正透明地流動在他們驚駭的臉頰上。

底下沉默的囚犯們，開始發出窸窣的雜音；隨著影片中的姿態越來越繁複，女人的身體與肌膚緊繃到了極限……

保羅閉上了眼睛。他記得〈拍照〉的結尾畫面，他根本不敢想像。

影片的最後一個畫面，是柯薇亞脫下了汗涔涔的白紗，露出赤裸的全身。

那具漂亮、毫無瑕疵的胴體，此時已沾滿稀薄的水分，在光線下反射出晶瑩的點點亮澤。鏡頭外那低沉的聲音沒有繼續說出指令。他把攝影機架在原處，自己背對鏡頭走入畫面中。

當五號先生一進入畫面，底下所有的囚犯，皆不約而同地發出焦躁的叫喊。他與前方的柯薇亞相同，也是赤身裸體的，卻在頭部的地方，套上了一個黑色、僅露出兩隻眼睛的蒙面面罩。

那黑色的面罩完全不特別，就是搶劫犯因避免露出面貌而戴上的普通面罩；但是此時，卻夾雜在兩具赤裸的膚色身體中央，那由黑色面罩所散發出的莫名暴力感，簡直達到精神上所能承受的刺激巔峰。

裸身在視覺感官中，會自然產生一種弱勢與被虐者的想像，而再加入無法見到真實面目的黑面罩，這會讓人輕易地聯想起各式殘虐的性虐待，或者更多使人恐懼的肉體折磨。

黑頭罩男人一步步逼近前方的女人，伸手將女人的兩隻雙臂撐起，與肩膀水平地舉高，然後調整女人的雙腿使之重疊，再把她的頭輕輕地往右邊壓下，宛如一個殉道者的十字架姿態。

鏡頭最後一幕的停格與特寫，在裸身的十字架畫面中央。

整部影片綜合著暴力、信仰、情慾、與未知的恐懼……這些人類最原始的本能，一同丟入鎔爐般共同炙烈地重疊燃燒；而筆直鑽進刺激感官的強大力量，如同核彈爆發一般，幾乎讓所有人的胸口，感到窒息般的劇烈焚燒。

就在底下的囚犯全發瘋似地大吼大叫，狂躁的淡藍海域即將湧出大浪時，控制台突兀地關閉影片投射，四周瞬間陷入深沉的黑暗中。聲響也與光線同時消失，大家被突如其來的黑暗給驚嚇地閉上了嘴巴。

黯黑中，從影片室又投射出一道燦亮白光，打在廣場的正上方。

泛著蒼白光澤的裸體，頭上戴著如影片一樣的黑面罩，用麻繩綁縛在十字架上的五號先生，正從上方緩緩地降了下來。

全體囚犯靜止在位置上，抬頭安靜地看著這十字架從上而下，直直地降落到地面。

保羅退後到位置的最後方，根本不敢繼續往下看。

就心理學的正常反應來說，現在所有犯人的腎上腺素，已經被影片的內容給激發到了最極致，完全喪失了理智與意識，等於在這幾分鐘裡，他們會瞬間變化成一隻隻只靠本能反應的兇猛野獸，為的就是要發洩出已如火山爆發般的內在機制。

底下的廣場光線仍持續昏暗，僅有打在肉體十字架上的白色光源，非常勉強地形成一道朦朧的圓形光暈。

保羅看著樂迪歐對細節的安排如此周密，心裡不禁感到一陣噁心反胃。渾沌的視覺會無形提升人的勇氣，嘗試未曾做過的任何事情——只要不用看見自己殘暴的行為，橫流的鮮血與斑爛的傷口，那黑暗足以助長內心隱晦的兇殘念頭，讓它們化成實際的行動。

此時的五號先生，成為被丟入兇猛殘暴的獅子群中，一塊最美味的大餐。所以，不用往下觀看，他也知道塔德的下場會是如何。

樂迪歐似乎也早已料到，底下會發生什麼慘無人道的暴烈場面，他跟在保羅的後面退出人群外。現在，所有的政府官員與媒體記者，每個人都像著了魔似地，從位置上站起身往前貼近，把全部的視覺全緊貼在玻璃中往下望。

這很正常。一般人對於暴力與性方面的畫面，會有本能上想靠近與觀看的衝動。

「怎麼樣？我這終極極刑策畫的不錯吧。」樂迪歐站在保羅的身後，邀功似的迫不及待地詢問他。

「讓終極極刑在此廢棄的生物碉堡中舉行，就已經創意十足；當然，接下來的安排，簡直就可以跟五號先生媲美，成為才華洋溢的導演了！」保羅非常諷刺地回答。

「這沒讓你滿意嗎？我花了將近兩個晚上才想出來的點子……」樂迪歐不滿地盯著他。

「沒必要讓我滿意。這所有的安排，只是讓你潛在的性格更昭然若示，讓人知道你有多麼變態而已。」保羅冷冷地說了這段話後，穿上了外套，一個人搭電梯下樓，離開碉堡。

然而於第二天清晨，由所有媒體記者以及頭條新聞所發表出的極刑結果，跟當時想像的畫面有很大的出入。

應該說，由實況轉播的終極極刑，五號先生最後當然成為預期的一團團血肉模糊，四處飛濺的肉塊；但到達這預期的最後結局，過程卻拖了非常久的時間。

就在十字架到達地面後，大批的囚犯逐漸面露兇光的湧近侵略時，從瘋狂的海域中間卻跳躍出一個人影。他獨自毫無保留地揮舞著四肢，用力凝聚身上所有的力道，竭盡所能地保護著五號先生；一個人像一頭勇猛的瘋狗，毫無畏懼與退縮，全程皆盡全力地抵擋著所有兇猛的野獸。

保羅驚訝地瞪大眼睛，盯著轉播畫面，才發現在極度昏暗的混亂中，那頭往上飛揚的紅色頭髮，在黯淡的光線中顯得極為刺眼，於人群裡極力抵擋著一波又一波的巨濤駭浪。

那是紅毛。

那是在亂刀殘殺自己的母親之後，被判終生監禁的紅毛。這樣在外人眼中喪盡天良的他，卻毅然地選擇在最後一刻犧牲自己，成為一塊塊與五號先生混合在一起的血塊肉醬。

保羅看見同樣缺失母愛的紅毛，竭盡全力地護住塔德時，不禁在螢幕前流下淚來。

第11章

早晨從床上起身後，保羅下意識順從每天的習慣走到窗戶邊，伸手拉起窗簾，抬頭望見窗外上方的天空。

這間小公寓的位置，很幸運地沒有被其他建築物遮蔽，只要略略抬頭，就可以眺望遠方筆直延伸的陰沉天空。這星期的天氣十分不好，約有四天的連續雨天，不用拉開窗戶就可以聽見滴答的風勢夾雜著雨點，不停拍打屋簷的聲響；而剩下的三天，則是整個世界被浸濡在黑漆的天色中。

他揉揉雙眼，打了個呵欠，用模糊的視線盯著窗外。

風勢比昨天減弱了許多。先前沉重的灰色塊狀的雲，被強勁的風朝南不停地吹流過去，形成一種呢喃般的短促聲響；連日的風雨終於停止，從先前累積到地面的一灘灘水漥，現在正安靜地逐漸縮小形狀。

保羅走到浴室中盥洗，決心出門走走。

這是在〈第五號房〉事件結束，過了三年多後的年底。

全鎮正歡欣鼓舞地準備迎接耶誕節到來的某天中午，保羅走出家門，來到鎮中心最熱鬧的精品百貨店，想著要為親人購買什麼耶誕禮物的同時，在旁邊擦身而過的人群中，發現了一個穿著一件質料高級的黑色毛外套、肩背著一個真皮褐色包包的女人，正擠身在人潮中央往前移動。

保羅的眼睛發現她的蹤影後，便不顧禮貌地急忙插身進人群中，跟在女人的後方約兩公尺的距離。整個人行道上全都是人，紛亂的顏色與喧囂的街道聲融匯，讓人心情煩躁了起來。但是由於女人穿的是與周圍鮮豔色彩相反的黑色，所以鎖定這目標還算容易。

他一面輕輕地向四周喊著抱歉，一面企圖在水洩不通的街道上加快腳步。

他保持距離地跟在女人的後方，暫時就這樣走著。有時候距離過近時，他會停下來假裝看著旁邊的櫥窗，或假裝拿起口袋中的手機說話，以調整彼此之間最適當的距離。

保羅從後面觀察著女人的裝扮：除了與四周相比顯得黯沉的黑色大衣與肩膀上的包包，她垂下的手上還提著一個棕色的大紙袋；裡面不知裝了什麼奇怪的東西，看過去那鼓脹的凹凸外表，正頻繁地被隨即而來的人群波動著，往前後晃盪出一陣陣古怪的弧度。

女人一點也不在意的樣子，安然地走過鎮中心最擁擠的街道，迅速穿越中央廣場，避過大路上的人潮，往後面偏僻的小道走著。她好像對這一帶相當熟悉的樣子，從繁華的街道踏進靜謐的小巷，附近隨即變成安靜的住宅區。因為已經缺乏所有足以擋住保羅的人牆，所以他小心翼翼地放慢腳步，讓彼此之間的距離拉得更遠。

後來女人往前方的右邊巷子轉進後，進入了一家小型的咖啡館中。

保羅偷偷地在咖啡館外頭觀察了一陣子，發現看似小型工整的店面，裡頭的人還真不少：一些年輕人坐在吧台與綁著馬尾，一臉性格的老闆大聲討論著時事；幾對情侶坐在雙人座位上安靜地喝著咖啡；兩三個獨自來的客人，則正專注地讀著桌面上攤開的書本。

女人就坐在背對大門，右邊中央的單人座位上。她已經把黑色大衣脫下掛在椅背後，露出裡頭的淺灰色羊毛薄衫，以及從脖子延伸到背脊的削瘦弧度。因為背對著所以也看不見她正在做什麼，只能知道她沒變化多大的動作，像冥想般地安靜坐在位置上。

保羅盯著她背影一會，轉過身站到旁邊的屋簷下，從口袋掏一根菸來抽。

「嘿，我好像沒見過你，待會準備進來喝咖啡嗎？」

那在後腦勺綁著一撮馬尾的老闆，打開門站到他的旁邊，嘴裡叼著一根菸，湊上去向保羅借火。

「嗯，對啊，」保羅打亮手中的打火機，一邊尷尬的回答：「我待會把菸抽完就會進去。」

「我看你剛剛往裡頭東張西望，是有看見認識的人嗎？」老闆瞇著眼睛，看似隨口問問般的，很享受地抽著菸。

「對啊，就是那個右邊座位上穿羊毛衣的女人，應該是我很久以前認識的一個朋友。」

「喔，你說柯薇亞呀，她是我這裡的常客啊！」老闆順著保羅的指示，看了一眼安靜的女人背影：「我想想，好像是一年多前吧，一開始她來的時候，就坐在角落裡看書；我想她應該很喜歡這裡的氣氛吧，沒多久就維持天天都來的習慣。」

「柯薇亞。」為了不讓人起疑，他壓抑住自己的疑惑，只是重複了這個陌生的名字。

「對啊，但是儘管每天都看得到她，但她從不跟任何人說話。只在最開始的時候，禮貌地告訴我她的名字，與需要的咖啡。我曾經多次試圖與她閒聊天氣，或其他日常生活的問題，她都只是笑而不答。」

保羅點點頭，兩人把抽完的菸捻熄在旁邊的菸灰缸上，一起進入店內。

「就給我一杯熱美式吧，我要坐在她旁邊的位置。」保羅跟老闆說完，走過去女人的身邊。

店裡的暖氣太強，一進去就感覺相當悶熱。店裡現在正播放著老式的爵士樂曲，說話笑鬧的聲響幾乎與音樂一樣大聲，整家店因為雜匯了不同的高低音質，使本來就很小的空間，因為喧鬧而顯得更擁擠了。

但似乎沒人在意這個問題，大家各自在位置上開心地享受午後時光。雖然每桌的氣質很不搭調，但是整體卻有種奇怪且年輕的和諧感。

保羅刻意坐到女人的目光，只要抬頭就可以看見他的斜前方位置。他隨手拿起送來的咖啡，一邊喝著，一邊刻意用強烈的視線注視著女人；但是女人似乎未曾感受到他的注視，用擦了荳蔻指甲油的右手指托住下巴，像在思考什麼事情般地安靜坐著。

保羅不久發現，女人動也沒動桌上的咖啡，就任憑它如裝飾品地擺在原處。而持續往前凝視的目光，只是安靜堅定地放置在前方，但是那個方向沒有什麼特別的事物，既沒有掛畫也沒有任何裝飾品，只有半面白漆顯得凋零的醜陋牆面，還有一堆正擋著大片落地窗的年輕人。

她的眼神卻沒有穿過人群，停在落地窗外的風景，也沒有看屋子的內部，而是一直注視著空氣中的一點；好像有透明的什麼正飄浮在其中，承接住她那專注的眼神。就這樣經過了一段時間，當他已經把面前的咖啡喝完，正考慮叫第二杯時，斜前方的女人突然站起身，披上椅子後面的黑色外套，動作迅速地轉身走到門口，推門離開咖啡館。

保羅急忙跟了上去，如先前一樣保持距離地跟在她的後方。

三年多前，〈第五號房〉隨著五號先生塔德的公開終極極刑落幕之後，鎮上與網路這兩個世界逐漸恢復了原本的清靜。

當然還是可以在很多地方發現相關的蹤跡：違法地繼續熱烈討論〈第五號房〉的部落網站、少許研究生把此事件當成研究對象，寫成一篇篇相關的學術論文、某些電影的拍攝手法與劇情，簡直與五號房完全雷同、少數民眾宣稱無法適應而顯得精神異常，做了些傷害他人與自殘的事情上了社會新聞、以此為題材出現的小說、或拆解最後極刑的段落，變成一張張的影像照片……

關於〈第五號房〉的震撼餘韻不斷從各地冒出，從陰暗潮濕的角落緩緩發芽成長，這些都是可以預期的；畢竟這個事件從開始到結束，都以某種極端戲劇性的方式呈現與發酵，深深撼動了全部的人。

就曾經迷戀與著魔的人們來說，這不僅僅是部影片，或是無關痛癢的社會現象，那是奔馳在他們想像中的魔幻時刻，一部深鑿進人們的心底深處，顯現與保留了最真實的慾望與絕美，一部讓人心醉神迷的經典。

在這三年多的時間裡，就保羅自己而言，其實〈第五號房〉事件並沒有完全結束。這裡頭尚未解決的疑點實在太多了。首先是失蹤的柯薇亞下落仍然不明，再來便是當時他與溫蒂在聖心療養院所獲得的資料，關於畢約克與邁爾斯這兩個人，他們的資料在極刑之後，一起從保羅的辦公室抽屜中離奇消失。

這讓保羅非常無法理解。現在的他，仍印象清楚地記得每個細節。

那個時候他與溫蒂一起走進地窖，那個偏僻的五號房拍片現場，接著，由溫蒂逮捕了塔德，保羅則隨即在後方發現艾莉絲死狀慘烈的屍體……然後，記憶的場景移轉到路得島碉堡監獄，兩人一起研究與花費著許多時間，對塔德進行深入的交談與測試。

但是，終究仍差了最後一步，還是沒有打開塔德的秘密心房。一切宣告徒勞無功。

就在終極極刑結束後，保羅決心辭職，不願意繼續跟著擁有多年交情的樂迪歐；他對樂迪歐最後以如此不人道的處理方式相當不滿，也發覺如果再不離開路得島碉堡監獄，那麼自己的良心很快就會從中慢慢泯滅，逐漸變成如同樂迪歐那樣毫無人性的野獸。

於是在極刑實施後的隔天，他回到辦公室收拾自己個人的東西與雜物，就在此時，發現關於聖心療養院所提供的資料，全都不翼而飛。

保羅仍持續跟在女人的後頭好一段時間，最後，往巷道左邊彎進的一條小路。

一到冬季的午後，所有街道便顯得空盪盪，強烈的風勢把地上的土捲起；塵土飛揚的整條街，白茫茫地掩蓋街道盡頭，上方的天空則白亮得跟透明玻璃一樣。

最後，他們來到一個隱藏在南方郊區前，佔地寬廣的新建設社區中。

保羅記得這個新社區的年紀很輕。幾年前，一家在業界有些名氣的私人建設公司，大動作地圍起了山坡中地勢平緩的地段，以非常迅速的時間蓋好這整個社區（全部時間幾乎沒有超過一年），接著再對外張貼出華麗的房屋介紹。

保羅看過這個廣告，也記得新聞曾經報導過這一帶的幽靜良好環境，使得建商一對外開放參觀與購買訂屋，出售率幾乎創下小鎮的紀錄。

現在從敞開的鐵柵欄門口，悄悄地尾隨女人進入，映入眼簾的皆是統一的三層樓磚紅色平房，整體顯得優雅大方。沿著寬敞的街道兩旁，種植著一整排工整低矮的綠色植物。保羅對植物沒有概念，但是就視覺來說，那些隨風擺動的圓弧狀葉片，的確會放鬆人的心情。

女人毫無猶豫地直直往前走，接著停住腳步，站立在其中一棟平房下方，從褐色包包中掏出鑰匙。

不出聲叫她，一切都白費了。保羅用力在心裡思索著，於是在女人轉開門鎖前，緊張地按耐住紛亂的心跳，決心出聲喊她。

「嘿！好久不見了！」保羅一個箭步向前，輕輕拍了拍女人的肩膀。

「嗯……」女人聽見聲音回過頭，先微瞇著眼睛，打量了一臉緊繃的保羅後，面無表情的臉上馬上綻放出笑容：

「是保羅啊，好久不見了！你怎麼會在這裡？你也住在這附近嗎？」

「不，嗯，不是，」保羅慌亂地本來想編個謊話否認，但是一時間想不到別的原因，在女人強烈的注視下，決定實話實說。

「我剛剛在街上看見妳，但是因為太久沒見了，所以不敢上前與妳相認，但是又想說應該要與妳敘敘舊的，於是就跟在妳後頭來到這裡。」

「是啊，我們真的好久沒見了！來，不要客氣，上來我家坐坐吧。」女人大方地擺擺手，走進了屋內。

嶄新的屋內還殘留著一股粉刷的氣味。保羅迅速地用目光環視了屋內，這是間小坪數的空間，簡單地擺上了高雅的白色沙發、電視、茶几、與後方的小型餐桌。每一層應該都與一樓相同，毫無其他隔間，但是如果以一棟平房為單位，那麼一個人獨自住在這的空間綽綽有餘。

「我剛剛上街去添購佈置耶誕節的東西，還抽空去咖啡館喝了杯咖啡。」女人一邊脫下黑色大衣，放下手中的大袋子，一邊熟練地打開客廳的燈。

「妳搬來這多久了？」

「兩年了吧。」女人坐到保羅對面的沙發，臉上充滿了善意的微笑。

「當時怎麼會決定搬來這裡的？」

「你記得我以前住的地方嗎？那裡真的太吵了，有時候想要好好一覺到天亮都沒有辦法，搞得精神很緊繃與疲乏。這個想搬家的念頭是一直都有，直到有好的仲介商出面，介紹了遠離鎮中心的新社區，才毅然地決定離開那裡住到這邊。」

保羅一直仔細地注視著女人的臉孔。她的樣子沒有多大的改變，但是在那細微的表情中，似乎多了些以前沒有的東西。

他發覺只要盯著這張熟悉的臉孔，那種以往曾經共事過的記憶，便會從這些注視中顯露出來。女人在談話的時間裡，不斷抬起頭來看著遠方，就如同在咖啡館一樣，好像空氣中出現什麼是只有她能辨識的東西，讓她持續地把目光空茫地掠過保羅的臉，放在透明的什麼上面。

保羅逐漸完整地想起女人以前的模樣。

以前的她總是如此，分別會在許多不同的時間點中，不經意地露出迷惑與困擾的神情，但每次只維持那麼幾秒鐘，又馬上回復了相同的制式微笑。但是這些特徵，現在在女人的身上已經看不見了；在這段音訊全無的時間裡，已經被湍急的流水給沖刷殆盡。那些曾淡淡卡在眉宇間的困惑不解，似乎已經全部消失，留下一個較為澄澈純粹的，他所不熟悉的嶄新面貌。

「我可以參觀一下妳的新家嗎？」保羅小心地提出要求。

「非常歡迎。」女人站起身，隨即抱起一路上提回來的大袋子，慢慢走到旁邊的大理石階梯上。一塵不染的白色階梯，正反射著保羅模糊的影子。

一站定到二樓的空間時，保羅做了好幾次深呼吸。

那也是相同完全開放式的空間。正方形的兩邊牆壁旁，分別有順序地擺了好幾幅油畫。畫布上頭全塗滿了鮮豔的顏料，筆法相當不成熟與生澀；這些畫都看得出想表達的東西與意念，但是基本的比例與輪廓，還有顏色調配都顯得些許變形怪異。

「妳現在正在學畫嗎？」

「是啊，試著培養一些別的興趣。畫畫很有意思，可以藉著顏色與線條，來勾勒出心裡所想像但描述不出來的畫面。」

「所以，所以這些都是埋藏在妳腦中的記憶？」

「對啊，尤其是靠牆最尾端的那張油畫，就是那張……怎麼樣？至少有些樣子吧！」女人嫣然一笑，紅潤的臉色看起來非常開心。

保羅走到女人所說的那張油畫前。

那是一幅幾乎與他同高的大型油畫，上面塗滿濃厚，幾乎往前突起的黑色顏料；只有畫面的中央，留下一個看得出是人體全身的線條弧度，擺出如同十字架般的姿態，塗上從眾多混濁的黑色中突圍而出，那詭異膚色帶白的濃彩。

這幅畫讓保羅心驚膽跳。儘管畫技很不成熟，但是畫面已強烈表達出她心中的意象，便是直指向那最後的終極極刑。

「噯，我都忘了，」女人突然放大音量，提高手中那個棕色的大袋子。

「我就是上街購買這個要裝飾耶誕節的，你要不要陪我上三樓佈置？」未等保羅回應，女人逕自走到後頭往上的階梯，一步步踏上三樓。

保羅離開畫，邁開腳步趕緊跟在女人後面。

這二樓的一切已經使他的思緒錯亂，所以當他來到三樓時，感覺好像被莫名地勒緊喉嚨，嚴重的窒息感讓他幾乎喘不過氣來。相較於一、二樓的簡單擺設，三樓卻什麼都沒有，甚至也沒有在天花板中央裝設光源，僅在正方形的空間中，用小型的暈黃燈泡圍繞著中央一圈，此時正散發著詭異的光圈。

在燈泡中央，是一尊披上白布的大型雕像。

白色重疊的粗厚布料，在光圈中反射出渾黑的暗色陰影。

就在女人緩慢地抬起雙腳，跨越過環繞在地板上的光圈，慢慢走向中央蓋著白布的雕像時，保羅開始不由自主地打起了冷顫。

「對了，保羅啊，我們認識那麼久，一直都沒有機會跟你介紹我的父母親：埃羅斯先生與埃羅斯夫人。」

女人說完後，卻古怪地往旁邊關上了燈，再往前動手扯開白布。

原本保羅一進到屋內，就一直感受到被濃密的古怪感所包圍；現在，那些沒入陰暗中的各種物體，卻突然瞬間消失在這片唐突的漆黑中。看不清的四周，彷彿是一片空曠的，幾乎沒有界線的寬闊空間。

他感覺停下腳步的自己，正站在一個廣大、沒有邊際也沒有上方與底部的奇異空間。

保羅急切地伸長自己的雙臂，狼狽地往四周摸去；的確，深入黑暗的雙手，似乎只把濃密的空氣弄混，手掌前端撲空跌落在什麼都沒有的虛空之中。

他的心臟緊縮著，深呼吸一口氣想要大聲地喊叫，但是聲音卻堅硬地梗在喉頭的上端，什麼聲音也發不出來；只有相同短暫的氣音，急促連續地從口中冒出，連凝聚的時間都沒有地，被吞進一團團的黯黑裡。

他不敢置信地企圖安撫住情緒激動的自己，連續做了好幾次的深呼吸，再仔細地揉了揉眼睛。現在，睜開眼睛的他，看見四周開始顯現出微弱的光，彷若在黃昏時，那種昏暗的陰沉暮光。

原先濃密的黑暗已全部在視線中消失。他感覺自己的意識跟不上四周的變化，而產生對現實無法肯定的模糊感，光線忽明忽暗地閃爍在眼前。微弱的光線，正閃爍在雪白毫無任何污漬的牆壁上；空間則開始縮小成規矩的正方形裡，充滿了奇怪的液體氣味混合著淡淡的香水。

等到保羅終於藉著圍繞在地板上的小顆燈泡，看清楚原本披蓋在白布之下的東西，雙腿嚴重戰慄地幾乎要讓他當場倒了下來。

那是一尊共同鑲嵌在透明樹脂的兩具赤裸屍體。

屍體停格於瞬間還有永恆的姿態，是彼此相互糾纏在一起，就像於一九八〇年藝術家安妮萊柏維茲，在槍響的幾小時之前，所留下約翰藍儂與小野洋子相擁的珍貴影像一樣：男人俯身貼緊在女人的上方，大弧度地彎曲著雙腿，右手纏著女人濃密的頭髮中央，而左手則呈現一個弓形，完整地環繞著女人的臉；女人則平直著身體，與男人一起懸空彷若漂浮在樹脂的正中央。

兩人的表情安祥。親密貼近的臉頰上，停格著如夢幻般的甜美微笑。

這尊雕像奇異地凝結住流動的時光，與一切的光影變化。保羅睜大眼睛，看著從底下眾多的燈泡，投射於其上所反射出的輕盈晶點，像一個被冰雪全然封住的完整世界；而由眼前綻放出的幻影群像，已經將周遭世界能稱得上色彩與記憶的東西，毫不保留地遺棄在這之外。

如果現在，保羅心裡想，如果現在我還能鎮定住心神，艱辛地從腦海中挖掘出實際的風景與事物，一定就只是像殘破貧乏的臨時搭建物，在這永恆的面前，逐漸潰散消逝。

這是一個從未見過且絕世獨立的標本。

在這封存住永恆的前方佇立著，會感到自己說出的話與腦海裡的所有意念，都失去了力量與意義；就像附在玻璃窗上的雨滴，不斷地從現實的領域慢慢滑出軌道之外。

現實在它前面扭曲，時間則不受控制地狂亂奔流。

女人與保羅並肩站在這美好無暇的裸體前方。她用著極為詳細的眼神，望著在微暗光線中發著冰冷但仍細緻的光芒，那兩尊光潔的裸體上。

保羅發現她的巡視的眼神鎮靜得出奇，異常有把握地巡視著身體的每一個細部，如同在檢視自己的身體般，確定每個皺摺與紋路，都已經深深地刻畫在自己的腦中。她深深呼吸著混濁的空氣，瞳孔則蒙上一層薄薄的，暈染著淡綠顏色的霧氣。

她在這過程中什麼也沒有說，似乎正努力克制著語言，只用確切的視覺記憶著。

這不是女人所謂的她的父母親：埃羅斯先生與夫人；而是架空懸吊在〈第五號房〉的秘密之中，也是保羅尋覓多年——那生死不明的柯薇亞與畢約克。

女人的眼睛，此時正目眩神迷地盯著眼前的雕像；彷彿這是她的世界軸心，屬於她這個人的全部意義，已經由這尊雕像全然地貫穿了這一生。

保羅從來沒有想過，會在這樣古怪的時間與空間裡，挖掘出他費盡心力尋找的答案。然而，對保羅而言，最大的疑點已經從許多仍懸而未決的事件中，跳到了一個人身上：溫蒂。

終極極刑的那天，保羅沒有在人群中發現溫蒂的蹤影，而仔細回想起來，就在他沒有注意的某個時間空隙裡，他正在思索著樂迪歐殘虐的性格，與反省自己的自私時，溫蒂早已悄悄地從路得島上消失，音訊全無。

她動作迅速地向警方提出辭職，再全面地改變電話號碼、居住地，甚至是自己的名字與面貌。

那麼，最後失蹤的畢約克與邁爾斯的資料，就是被溫蒂取走的。

「溫蒂？溫蒂？」保羅在艱困的呼吸中，嘗試輕輕呼喊著這個熟悉的名字。

女人聽見聲音回過頭，卻一臉茫然地往保羅後方搜尋著：「還有誰在這裡嗎？保羅，我怎麼沒看見人？你在呼喊誰啊？」

她望向後方的眼神呈現嚴重的渙散。垂下的眼皮覆蓋住黯淡的眼珠，頭髮雜亂地垂在後方，身體動也不動地彷彿被什麼給凍結住了的，僵硬地撐在那邊。蒼白的臉頰上，殘留著一種深入夢境中的人所會露出的表情一樣，嘴角旁留下疑惑、苦惱般的淡淡影子。

保羅望著溫蒂，感覺時間在這裡被迫靜止了。

他先對著溫蒂輕輕地搖了搖頭，然後頹喪地跌坐到地板上。

保羅明白，此時的溫蒂就如當初被逮捕的塔德，已經把這個生命的軸心，全然地放置在腦海中的空白位置上方；她已經不是當初生澀但是聰明伶俐的警官溫蒂，此時她是柯薇亞，永遠如謎一般的柯薇亞。

當初從眾多警官的資歷與心理測驗資料當中，保羅毅然地選擇了溫蒂，一個心底深處擁有與塔德相同缺失母愛，心底懷抱著空茫缺口的溫蒂；只是沒有想到，自己就這樣把她推入了永恆漆黑的渾沌泥沼之中。

保羅試圖用繃緊的腦袋，回想著幾年前的那一天，被他選中了的新手警官溫蒂，在萬籟俱寂的夜晚來到路得島碉堡監獄。

或許，就在她第一天試著踏進塔德的世界時，便因為裡頭的寂靜無聲、詭異歪斜的氣氛、平衡暴力與溫柔的性格、靜止的時間感、縮小又延伸的扭曲空間，還有空曠荒涼的毫無氣味而哭泣著；然而，再歷經了與塔德溝通的試煉後，開始接觸也終於清楚了所有關於〈第五號房〉裡的輪廓與弧線角度。

在每個寒冷的清晨曙光中，她躺在碉堡中的冰冷床上，看著厚重的窗簾抵擋住望頭的所有光線，陰暗濃稠地徹夜包圍住她。她以為自己將永遠跌落進失去母親的疑惑與痛楚，永遠都會感到自己在這個地方的格格不入。

但是，〈第五號房〉裡吻合她缺失母愛的濃厚悲傷與痛苦，終將在她的身上蔓延與延伸。它們最終還是吸收了她，在她的身體裡頭呼吸，挖出已埋葬的秘密往事，取代它成為她的第二個心臟，在左胸腔上方喧囂地不肯停止。

吞噬了長久以來，心中空缺房間的所有內容物。

現在，所有的謎底都現出原形了。

保羅想起邁爾斯，這個神秘的人物，應該就是塔德與溫蒂對談時，被錄音筆紀錄下來的，關於畢約克最鍾愛的永恆標本，那贖罪故事中的胡賽因。

他為畢約克，這個與他相同喜好保存事物的老人，奉獻出那間充滿記憶與悔恨的南方郊區平房，最終成就了這尊讓人不寒而慄、卻完整地封存住永恆絕美的活體標本……不管是邁爾斯或是胡賽因，他已經不是代表一個真實的人，保羅心裡想；他是一個黑洞，一個烙記下過往一切的黑色影子。

保羅記起了〈第五號房〉中的絕美畫面。

詳細的內容已經有些朦朧了，各種記憶的影子，在當時逐漸一點一點地把他們包裹進去。那裡沒有人的雙腳被鎖鏈緊繫住，沒有人雙手被綁縛住，也沒有人刻意地把門反鎖地看守著，但是他們卻始終逃不出那個地方。

溫蒂、塔德、柯薇亞，甚至是紅毛與其他觀看者，都是自己最嚴厲的看守人。他們自己綁縛住自己的雙手雙腳，成為未曾歇息的嚴厲看守者。在他們的內心，當然一定曾出現過是否能逃離那裡的心情，但是同時也被那沉重的、未曾饒恕過自己的心，給糾纏著不得不放棄；因為他們無法克服這樣的矛盾，也沒有辦法說服自己。

〈第五號房〉的存在，終究只是一個媒介，把無法原諒過往與自己的內在抽屜，給竭力全部拉出來，再透過想要偷窺他人的原始慾望，與各式不同的黑暗面，間接地把這些稠密的東西給攤在世人面前。

這其實是間沒有名字與內容的房間，裡頭卻充斥著各種對生命最重要時刻，所產生各種怪誕又扭曲的解釋；然而澄澈的真相，最後仍被蒙上一層泛黃的空白。

溫蒂自己也不清楚，她究竟把自己遺忘在哪裡了吧？

大家最後都要一一地消失吧，我想。保羅向溫蒂告別後，慢慢地走出昏暗的社區，感覺世界在轉瞬間變得空空盪盪的，連自己的輪廓都要被銷毀般地黯然，即將沉沒入深海的底部。有些東西像被突然截斷般地斷掉作廢，有些事情卻需要花一些時間；等到時間慢慢過去，便會像煙霧一樣地散開，露出最原始與本質的面貌。

天色已進入完全漆黑的夜晚時，通往鎮上的街道正下著細細的雨絲。

•

保羅感覺非常疲倦，盯著透明的雨絲，正無聲地侵蝕著黯淡的樓房與大地。他沒有躲進屋簷底下，眼神渙散地走在越來越大的雨中，任憑兩旁躲雨的群眾，把好奇的目光投射在他身上。

在那樣的黑暗中，他不斷想起降落在遙遠海平面上的雨；那些雨水沉默地敲打海面激濺起的水花，在朦朧的意識中泛起了一圈又一圈的漣漪。停在即將到達自己住家的街道口前，保羅感覺全身的力量已經用盡般地靠在旁邊的牆上，眺望著灰濛濛的天色與晦澀的小鎮景色，就一直望著那樣的風景。接近夜晚的街道看起來非常骯髒與頹敗，空氣中有股淡淡的腐敗味，到處充滿了一種即將毀滅的氛圍。

保羅抬頭發現，正上方閃著即將熄滅的破敗街燈，正間歇地把他的影子投射到牆壁上，簡直就像深深烙在那裡的黑色醜陋痕跡；而那裡也包含著他自己的存在似地，隨著街燈忽明忽暗地閃了幾下之後，世界像突然熄滅般地進入一片全然的漆黑。

「去他媽的!!我要光線充足的燈泡!!」保羅突然像發瘋似地，對著空無一人的街道大喊著。

後記：「妙妙」和「小菫」

我還記得某個冬季的夜晚，我與他一起走到內湖的美麗華裡頭。那時候四周清空空的，僅有強烈大量的冷風吹襲，使我們縮著身子放慢腳步，最後停在摩天輪的下方。

於是我記起了一個關於摩天輪的故事。

村上春樹在一九九九年出版的作品《人造衛星情人》，其中最具震撼力的一個故事，就是裡頭的女主角妙妙，對著裡頭另一個女主角小菫講述，她在十四年前到達瑞士靠近法國邊界的一個小村，為了幫忙父親的事業在那裡居住了一段時間。

就在某個夜晚，妙妙登上了村外遊樂場中的摩天輪，想像在命運巨大車輪中花時間慢慢旋轉，到達一定高度時從遠處眺望看見自己居住的公寓窗口。原本應該空無一人的房間，卻看見出現了另個她自己，被一個她極厭惡的男人，就在自己凝視的望遠鏡中，給徹底地玷污與強暴了。

在那震撼交錯疲憊中的隔日清醒，妙妙一夜白髮；原本的頭髮一根不剩地全部變白，簡直就像剛下過積厚起來的雪一般雪白。

我留在這邊。但另一個我，或一半的我，卻移到那邊去了。帶著我的黑髮、我的性慾、生理、排卵，還有或許我生的意志之類的東西一起去了。而留下的一半，就是在這裡的我。我一直繼續這樣覺得。

在瑞士一個小村子的觀光纜車裡，由於某種原因，我這個人決定性地被撕裂兩半。

就在妙妙講述這故事之後的隔天，捧著心愛戀她的小堇，一個人彷彿消失在世界上的失去蹤跡。

說完這個故事後，我抬頭看著寒冷黯黑的冬季天空。那裡面什麼都沒有，名副其實蒼茫的黑暗夜色猶如沒有邊際的大網，把我確切地包裹了起來；而我，彷若正盯著漂浮在空氣中許多透明的粒子，安靜地由天空下降到地面，全面溶化進潮濕的地面中，形成反射著異常光澤的海平面。

分裂的自己。與世界。

小堇與妙妙，以及這個分裂意象的故事曾經深深地撼動著我的心。

於是我開始嘗試著搜索內在分裂的什麼，進而完整與達成我的創作理念，是那樣的絕對與不容侵犯的黑與白色地帶；我想極端的暴力與極端的溫柔並存，便是我企求以及渴望碰觸的境界。

除此，還有該用什麼樣的方式，表達出我是如此想望在此生中，封存一個絕無僅有的意義與價值，那將超出世間所有能想像到的語言與意象，截斷各種不同切面與質地的記憶……這就是我要追求的目標。

這本《第五號房》的創作時間出乎意料的短，僅只有一個月的時間。

以前我也曾經這樣逼迫自己過：全面閉關，不接電話也不出門，百分之百退縮回歸到生活的本能，除了吃飯與睡覺，其他時間全部都投注在寫小說中，進行一個月的超越自我極限挑戰，最後也成功地完成一本小說。

但是創作《第五號房》的感覺卻與當時截然不同。

我仍舊維持每天出門上課，一樣正常的作息與工作，但是從腦中湧出的大量靈感，卻沒有被破碎的時間所阻撓。它們一開始便生根在我的靈魂中，急迫地呼喊著我，要我用全部的心力寫出來。

然而這創作的過程裡，超乎我想像中的快樂與滿足，每天早上起床，坐在書房中打開電腦，便會從容地化身成〈第五號房〉中的五號先生塔德，試圖用他的眼睛與感官來感受這個世界，緩慢且有序地敘說出一個脫離我這個個體，而支離破碎地飽含衝突、孤寂、暴力、變態、歪斜的全新人生。

到最後完成這本小說的同時，我感覺自己彷彿吸食過頂級毒品，也是在村上的《人造衛星情人》，那個傾心愛戀著妙妙的小堇……沒有人可以懂這樣包含著極致毀滅與幸福滿溢的感覺；即使我，也感覺此生已絕無僅有。

沒有什麼比靈魂與生命全面投身進創作，還要更痛並快樂的事了。

將此作品獻給所有我的最愛，以及愛我的人。

第五號房

作者◆謝曉昀
發行人◆王學哲
總編輯◆方鵬程
主編◆葉幗英
責任編輯◆徐平
美術設計◆吳郁婷

出版發行：臺灣商務印書館股份有限公司
臺北市重慶南路一段三十七號
電話：（02）2371-3712
讀者服務專線：0800056196
郵撥：0000165-1
網路書店：www.cptw.com.tw
E-mail：ecptw@cptw.com.tw

局版北市業字第 993 號
初版一刷：2011 年 2 月
定價：新台幣 300 元

ISBN 978-957-05-2583-0

第五號房／謝曉昀著. --初版. -- 臺北市：
臺灣商務, 2011. 02
面 ； 公分.

ISBN 978-957-05-2583-0（平裝）

857.7 9902458

讀者回函卡

感謝您對本館的支持，為加強對您的服務，請填妥此卡，免付郵資寄回，可隨時收到本館最新出版訊息，及享受各種優惠。

■ 姓名：＿＿＿＿＿＿＿＿＿＿　性別：□ 男　□ 女

■ 出生日期：＿＿＿＿年＿＿＿＿月＿＿＿＿日

■ 職業：□學生　□公務(含軍警)□家管　□服務　□金融　□製造
□資訊　□大眾傳播　□自由業　□農漁牧　□退休　□其他

■ 學歷：□高中以下（含高中）□大專　□研究所（含以上）

■ 地址：＿＿＿＿＿＿＿＿＿＿＿＿＿＿＿＿＿＿＿＿

＿＿＿＿＿＿＿＿＿＿＿＿＿＿＿＿＿＿＿＿

■ 電話：(H)＿＿＿＿＿＿＿＿＿＿(O)＿＿＿＿＿＿＿＿

■ E-mail：＿＿＿＿＿＿＿＿＿＿＿＿＿＿＿＿＿＿

■ 購買書名：＿＿＿＿＿＿＿＿＿＿＿＿＿＿＿＿＿

■ 您從何處得知本書？

□網路　□DM廣告　□報紙廣告　□報紙專欄　□傳單
□書店　□親友介紹　□電視廣播　□雜誌廣告　□其他

■ 您喜歡閱讀哪一類別的書籍？

□哲學・宗教　□藝術・心靈　□人文・科普　□商業・投資
□社會・文化　□親子・學習　□生活・休閒　□醫學・養生
□文學・小說　□歷史・傳記

■ 您對本書的意見？（A/滿意　B/尚可　C/須改進）

內容＿＿＿＿＿編輯＿＿＿＿＿校對＿＿＿＿＿翻譯＿＿＿＿＿
封面設計＿＿＿＿＿價格＿＿＿＿＿其他＿＿＿＿＿＿＿＿

■ 您的建議：＿＿＿＿＿＿＿＿＿＿＿＿＿＿＿＿＿＿

＿＿＿＿＿＿＿＿＿＿＿＿＿＿＿＿＿＿＿＿＿＿＿

※ 歡迎您隨時至本館網路書店發表書評及留下任何意見

臺灣商務印書館　The Commercial Press, Ltd.

台北市100重慶南路一段三十七號　電話：(02)23115538
讀者服務專線：0800056196　傳真：(02)23710274
郵撥：0000165-1號　E-mail：ecptw@cptw.com.tw
網路書店網址：www.cptw.com.tw　部落格：http://blog.yam.com/ecptw

廣　告　回　信
臺灣北區郵政管理局登記證
台北廣字第6450號
免　貼　郵　票

100台北市重慶南路一段37號

臺灣商務印書館　收

對摺寄回，謝謝！

傳統現代　並翼而翔

Flying with the wings of tradtion and modernity.